Verena Dahms

Elodie – Liebe auf den zweiten Blick

Verena Dahms

Elodie

Liebe auf den zweiten Blick

Impressum
1. Auflage

Coverdesign: Irene Repp htpps://daylinart.webnode.com
Bildrechte: © massonforstock - 123rf.com; © studio306 - 123rf.com; © thomaseder - 123rf.com;
© Pascale Planchon - stock.adobe.com; © Darkmoon_Art - pixabay.com
Lektorat und Buchsatz: Elsa Rieger
https://www.elsarieger.at/lektorinnen/
Korrektorat: Enya Kummer

Imprint: Independently published

ISBN: 979-8476741008

Inhaltsverzeichnis

Es gibt Menschen, deren Bestimmung es ist, einander
zu begegnen. Wo sie auch sind. Wohin sie auch gehen.
Eines Tages treffen sie sich.

(Claude Gallay, Seule Venise)

1. DREIUNDZWANZIG JAHRE

»Du wirfst mich also weg wie einen ausgedienten Hausschuh?« Tränen steigen in mir auf. Versuche sie zurückzuhalten. Ich will nicht weinen, keine Schwäche zeigen. Doch sie sind stärker. Ich senke den Kopf, Gilles soll meine Tränen nicht sehen.

Nur das Ticken der großen alten Standuhr ist zu hören und der Gärtner, der draußen die Gartenumzäunung mit der elektrischen Heckenschere bearbeitet. Es ist ein goldener Oktobertag. Die Bäume haben ihr buntes Herbstkleid angezogen. Die Luft ist immer noch mild, ungewöhnlich mild für diese Jahreszeit. Nach dem verregneten Sommer zeigt sich der Herbst versöhnlich.

»Ich werfe dich nicht weg, Elodie.« Gilles Stimme ist scharf. »Ich habe dir im sechzehnten Arrondissement an der Rue de la Tour eine Wohnung gekauft und zudem bekommst du noch eine monatliche Zahlung. Wegwerfen ist anders. Begreif endlich, dass es zwischen uns nicht mehr funktioniert.«

Ich hebe den Kopf, schaue ihn an. Wie er dasteht. Breitbeinig. Selbstbewusst. Machohaft. Der Unbesiegbare. Mit seinen fünfundfünfzig Jahren sieht er unheimlich gut aus. Der Körper wieder durchtrainiert. Kein Wunder bei seinem Sportprogramm, das er jeden Tag durchzieht, auch wenn seine Arbeitsstunden meist über das normale hinausgehen. Vor ein paar Jahren war er rundlicher, hatte sich ein Bäuchlein angefuttert, es war den Geschäftsessen zu verdanken. Dann hatte er einen Herzanfall.

Frage mich, ob er nicht übertreibt, der Arzt warnte ihn damals, sagte, er müsse es langsamer angehen, weniger arbeiten, mehr für sich tun. Für Gilles war das der Auftakt, sich das leichte Übergewicht manisch runterzutrainieren, obwohl er die Arbeit nicht reduzierte.

»Ich verschwinde jetzt in den Fitnessraum und danach habe ich ein Arbeitsessen.«

Die Tür fällt hinter ihm ins Schloss. Ich bin allein. Draußen brummt die Heckenschere. Ich schaue auf die Uhr. Noch eine Stunde, dann wäre auch diese Lärmquelle verstummt. Nur die Standuhr würde mit ihrem leisen Ticken die Stille unterbrechen.

»Mein Püppchen«, hat mich Gilles genannt, einst, als wir frisch verliebt waren. Seinetwegen habe ich mein Studium an der Kunstschule abgebrochen. Er wollte mit dem Heiraten nicht zuwarten. »Was willst du mit einem Abschluss«, hat er mich gefragt. »Kunst ist doch brotlos und ohne Zukunft.«

Und so gern habe ich mich überreden lassen. Denn ich wusste eh nicht so recht, in welche Richtung ich gehen sollte mit gerade mal zweiundzwanzig. Gilles war zehn Jahre älter und genau das hat mir gefallen. Kein pickeliges Jüngelchen, sondern ein gestandener Mann, der mich in die Liebe einführte.

Es war eine pompöse Heirat, mit circa hundert geladenen Gästen, die meisten von Gilles' Seite. Seine Eltern gehören zur oberen Schicht in Paris. Der Vater war CEO in einer internationalen Pharmafirma.

Kurz nach der Hochzeit kaufte Gilles ein prachtvolles Anwesen in Vincennes an der Rue de Fontenay, einem noblen Vorort von Paris. Mit zwölf Zimmern, einem geheizten Pool und einem Fitnessraum im Keller. »Wir müssen standesgemäß wohnen«, erklärte er. »Du wirst eine Hausdame haben, die dir zur Seite steht.«

Wie betäubt schlurfe ich die Treppe hoch ins Schlafzimmer und lasse mich auf den Stuhl vor dem Frisiertisch fallen. Ziehe die Haarnadeln aus dem Chignon. Obwohl ich fast fünfundvierzig bin, ist mein schwarzes Haar immer noch voll und ohne eine einzige graue Strähne. Ich bürste es mit langen Strichen durch. Gilles mochte meine langen Haare und wenn ich einmal neckisch bemerkte, sie beim nächsten Friseurbesuch abzuschneiden, drohte er mit erhobenem Finger.

Heute droht er nicht mehr, heute sind ihm meine Haare egal.

Wie lang bin ich nun schon mit ihm verheiratet? Dreiundzwanzig Jahre. Die Entfremdung kam schleichend. Es dauerte, bis ich sie bemerkte. ›Mein Püppchen‹ nennt er mich schon ewig nicht mehr.

Als er vor einem Jahr aus unserem Schlafzimmer auszog, war ich noch nicht misstrauisch, dachte, er wolle meinen Schlaf nicht stören, da er immer öfters am Abend wegen der vielen Arbeit spät heimkam. Als er dann oft erst zum Frühstück erschien, da begannen meine Zweifel an seiner Treue. Gefragt habe ich nie, weshalb auch, denn ich war mir sicher, er würde mich belügen. So etwas fühlt man nach langen Jahren der Zweisamkeit.

Nun ist die Katze aus dem Sack. Was ich schon seit einiger Zeit gefühlt, nein, erwartet habe, ist eingetroffen. Er hat mich gegen eine Jüngere ausgetauscht.

Ich stehe auf, schüttle die Haare durch und streiche meine Bluse glatt. Zeit, um mit der Hausdame das Abendessen zu besprechen. Ich lache kurz auf. Was soll ich denn noch besprechen! Er hat mich vor nicht einmal einer Stunde wie einen alten abgetragenen Schuh abgeschüttelt. Nicht ganz. Ich soll ja eine Wohnung bekommen. Eine sogenannte Abfindung für dreiundzwanzig Jahre Ehe. Für dreiundzwanzig Jahre, die ich ihm den Rücken freigehalten habe. Für dreiundzwanzig Jahre Püppchen und Gespielin. Für dreiundzwanzig Jahre, in denen ich seine schrägen Sexpraktiken mitgemacht habe. Ich war Domina und Hure. Seine passenden Geschenke, die aufreizenden Dessous, die Handfesseln und anderes erotisches Spielzeug habe ich nur widerwillig angenommen. Meistens hat er mich nach einer solchen Nacht am nächsten Tag großzügig belohnt. Ein Brillantring, ein Tag in einem der teuersten Schönheitssalons von Paris, ein Abendkleid von Chanel.

Aber es gab auch schöne Nächte mit ihm. Nächte voller Zärtlichkeit und Liebe.

Ich höre, wie die Eingangstür ins Schloss fällt und wenig später die Pneus seines Mercedes auf dem Kiesweg knirschen.

Ich stehe auf und gehe in die Küche im Souterrain.

Madame Bonnamie, die Hausdame, schaut kurz auf, als ich die Küche betrete. »Monsieur Pedotte kommt nicht zum Abendessen, aber ich soll Ihnen diesen Schlüssel geben, Sie würden schon wissen ...«

»Ich weiß, ich werde heute nur eine Kleinigkeit essen. Wenn Sie hier fertig sind, können Sie nach Hause gehen.« Ich nehme den Schlüssel und gehe wieder nach oben.

Am nächsten Tag bestelle ich mir ein Taxi und lasse mich in die Rue de la Tour fahren.

2. GILLES

Mit geschickter Hand steuert Gilles seinen Mercedes durch den Pariser Abendverkehr. Ausgesprochen zufrieden ist er mit sich. Das Abendessen mit einem Geschäftspartner ist ganz nach seinen Wünschen verlaufen und bald wird eine erkleckliche Summe auf seinem Kontoauszug erscheinen.

»Ha«, er lacht auf. »Hab ich doch wieder einmal den richtigen Riecher gehabt.« Kurz nachdem der Dow Jones in die tiefsten Tiefen gefallen ist, hat er zugeschlagen. Und heute! Höhenflüge ohne Ende. Schon immer liebte er den Kitzel der Börse. Mehr noch als eine Liebesnacht mit einer schönen Frau. Gilles lockert den Schlips und parkt seinen Wagen in einer Seitenstraße.

Der Türsteher begrüßt ihn mit einer leichten Verbeugung. »Herzlich willkommen, Monsieur Pedotte.«

»Danke«, Gilles lässt unbemerkt einen Zwanzigerschein in die Hand des Türstehers gleiten.

Gelächter schlägt ihm entgegen, kaum betritt er den Nachtklub. Sofort zieht ihn das in die fröhliche Stimmung und er lässt sich entspannt auf seinen angestammten Platz unweit der Bühne fallen.

Seine Angebetete beendet soeben ihren Auftritt. Aufreizend sieht sie wieder aus. Mit dem kurzen Röckchen, das tiefe Einblicke gewährt.

Sie nickt ihm unmerklich zu, als sie ihn entdeckt und schiebt die Euroscheine, die die Herren ihr entgegenstrecken, in den Bund ihres Höschens.

Gilles wird es ganz heiß. Noch ein paar Stunden, dann wird Chantal ihm gehören.

Sie verlässt die Bühne und kommt kurz danach in einem Umhang aus Spitzen, der ihre Blöße bedeckt, an seinen Tisch.

»Cherie, wie schön, dass du schon da bist. Ich habe dich erst später erwartet.« Sie beugt sich hinunter und küsst ihn zärtlich auf die Wange. »Noch eine Vorstellung, dann gehöre ich dir«, haucht sie und setzt sich auf seinen Schoß.

»Ein Schluck Champagner?« Gilles greift nach der Champagnerflasche und dem Glas.

»Oh ja, meine Kehle ist ausgetrocknet.« Hastig leert sie das Glas. »Ich muss wieder, Cherie.« Sie gleitet von seinen Knien und verschwindet hinter die Bühne.

Vor ziemlich genau sieben Monaten lernte er Chantal kennen. Anlässlich eines Meetings mit finanzschweren Geschäftsleuten in einem stinknoblen Hotel etwas außerhalb von Paris. Nach getaner Arbeit folgte ein gepflegtes Abendessen. Danach verwöhnten hübsche Mädchen die illustren Herren.

Und Gilles? Auf den ersten Blick verliebte er sich in Chantal. Sie verfügt über alles, was sich ein Mann von einer Frau erträumt.

Obwohl, vorzeigen kann er seine eigene Frau durchaus. Sie hat immer noch volles langes Haar. Auch ihre Figur lässt nicht zu wünschen übrig. Ein paar Falten im

Gesicht, die nicht groß stören. Aber seine Ehe ist schon seit einiger Zeit öde und langweilig, selbst wenn Elodie sich alle Mühe gab, seine ausgefallenen Sexwünsche zu erfüllen, sie machte es nicht mit der gleichen Hingabe wie Chantal.

Gilles traf sich immer öfters mit Chantal. Er mietete eine hübsche Wohnung für sie, denn ihr Studio entsprach nun gar nicht seinem Geschmack. Klein und schäbig eingerichtet, das Bett durchgelegen und in einer Straße, wo nachts die Betrunkenen herumlärmten. Das war keine Umgebung für heiße Liebesnächte. Auch ihre Arbeit im Nachtklub störte ihn mehr und mehr. Er gönnt ihren Körper keinem anderen Kerl. Nach vielen heftigen Diskussionen – denn sie liebt ihren Job, die Auftritte, das Umschwärmtwerden – hat er sie dazu gebracht, zum Monatsende den Job aufzugeben und mit ihm zusammenzuziehen.

»Cherie, ich bin fertig.« Chantal ist wieder an seinem Tisch. Sie hat sich umgezogen. Eine enge Jeans und einen legeren Pullover. Die blonden Locken zu einem Pferdeschwanz zusammengebunden. Nur der Mund ist dezent geschminkt, der Rest des Gesichtes ohne Makeup. Mit dreiundzwanzig Jahren kann sie sich das auch leisten.

Gleich wird er sie vernaschen.

3. NEUERDINGS SINGLE

Das fünfstöckige Wohnhaus an der Rue de la Tour strahlt mit seinen stuckumrahmten Fenstern ein gewisses Etwas aus.

Es ist eine noble Wohngegend, Gilles hat sich nicht lumpen lassen. Ich möchte gar nicht wissen, wie viel er für die Wohnung bezahlt hat. Wahrscheinlich ist es ein teurer Freikauf gewesen.

Der Taxichauffeur hilft mir galant aus dem Wagen. Ich schaue hoch, im vierten Stock ist sie. So jedenfalls steht es auf dem Zettel, den mir Madame Bonnamie zusammen mit dem Schlüssel gegeben hat.

Die Eingangstür lässt sich schwer öffnen und gibt einen knarrenden Ton von sich. Da fehlt die Hand eines Hausmeisters, denke ich, während ich die Treppe hinaufgehe. Das Treppenhaus ist genauso nobel wie die Außenansicht des Hauses. Ein dicker Teppich dämpft die Schritte.

Neugierig öffne ich die Wohnungstür. Ein klitzekleiner Eingang, in dem nur eine Person Platz hat und der direkt in das lichtdurchflutete Wohnzimmer führt. Auch der Balkon hat Handtuchgröße. Ein Schlafzimmer, eine Küche, eher eine Zeile, und eine Dusche vervollständigen mein neues Heim. Und die Wohnung ist zudem komplett möbliert. ›Einem geschenkten Gaul schaut man nicht ins Maul‹ heißt es und ich bin froh, dass ich eine Unterkunft habe, die erstens in einem annehmbaren Quartier liegt und zweitens meine Finanzen nicht belastet. Ich müsste Gilles dankbar sein, dass er mich so nobel abschiebt, wenn es nur nicht so weh täte.

Ich lasse mich aufs Bett fallen. Die Matratze ist weich und quietscht leicht. Alles in diesem Haus scheint zu quietschen. Klar, es ist auch ein altes ehrwürdiges Gebäude in einem alten ehrwürdigen Quartier.

Eine ganze Weile liege ich still da. Von der Straße dringt der Autoverkehr gedämpft ins Zimmer.

Wie soll es denn nun mit mir weitergehen? Ich habe nichts zu bieten. Absolut nichts außer einem begonnenen und nicht abgeschlossenen Kunststudium. Papas Worte, doch zuerst mein Studium zu beenden, habe ich in den Wind geschlagen. Mühsam rappele ich mich hoch. Diese Matratze ist wirklich zu weich. Ich werde sie austauschen müssen.

Leise ziehe ich die Tür von meinem zukünftigen Reich ins Schloss und ebenso leise schleiche ich die Treppe hinunter. Draußen hole ich erst einmal Luft. Ein Kaffee wäre jetzt nicht schlecht. Durchatmen. Nachdenken.

Ich laufe die Straße hinunter und biege in eine Nebenstraße ein. An deren Ende entdecke ich ein Bistro. Tische und Stühle stehen aufgrund des milden Wetters noch draußen auf dem Gehsteig. Eilig strebe ich darauf zu und lasse mich auf einem der Korbstühle nieder.

Paris und seine Bistros, ich liebe sie. Sie sind immer da, wenn man sie braucht.

Ich ordere einen ›Noisette‹, den Espresso mit einem klitzekleinen Schuss Milch mag ich am liebsten, und einen Cognac. Mit einem freundlichen Lächeln nimmt der Kellner meine Bestellung auf.

Als beides vor mir steht, krame ich eine angefangene Packung Philip Morris aus der Handtasche. Eigentlich habe ich mit dem Rauchen schon vor Monaten aufgehört, seit aber die verkorkste Situation mit Gilles immer schwieriger wurde, greife ich ab und zu wieder zum Glimmstängel. Genussvoll ziehe ich den Rauch ein, begleitet von einem Schluck Cognac.

Wie geht es jetzt mit mir weiter? Ich habe keine Ahnung. Mit Gilles' monatlichen Überweisungen kann ich leben. Aber es wird ein ödes Leben werden.

Keine Einladungen, keine Partys, keine Theaterbesuche an der Seite meines Ehemanns. Keine schicken Restaurants, dafür wird das Geld nicht reichen. Däumchen drehen und warten, bis mich ein Prinz aus dem Dornröschenschlaf wachküsst. Ich lache auf. Mit fünfundvierzig Jahren werden mich alle Prinzen der Welt links liegen lassen.

Seit meiner Wohnungsbesichtigung sind drei Wochen vergangen, in denen ich versucht habe, mich an die Trennung zu gewöhnen. Sie waren die Hölle. Ich wollte mit Gilles ins Gespräch kommen. Wollte wissen, ob es wirklich keinen Weg mehr für uns gäbe. Ich war sogar bereit, für einige Zeit in diese Wohnung zu ziehen, damit wir etwas Abstand voneinander haben, aber er blockte ab. Das tat er immer. Sobald er zu irgendwas eine klare Stellung nehmen musste, ging er in Abwehrhaltung.

Anfangs war das nicht so, aber wahrscheinlich habe ich es nur nicht sehen wollen. Ich war jung und sehr verliebt und habe es genossen, von ihm verwöhnt zu werden. Wenn wir auf einer Party oder auf einer von seinen vielen Geschäftsessen – mit Damenbegleitung – eingeladen waren, bemerkte ich wohl, wie sehr es ihm gefiel, ein so junges Ding an seiner Seite zu haben, mit dem er angeben konnte. Und wenn ich ehrlich bin, es gefiel mir auch.

Ich steige aus dem Renault und nehme die beiden Taschen aus dem Kofferraum, in die ich gestern Abend nur das Nötigste eingepackt habe. Den Rest werde ich später abholen.

Es gibt keinen Lift und so schleppe ich die Last die Treppe hoch in den vierten Stock. Oben angekommen muss ich zuerst einmal tief durchatmen. Meine Sportlichkeit hält sich in Grenzen, schon immer. Ich öffne die Tür und schiebe das Gepäck mit dem Fuß in den Flur.

Eine innere Leere macht sich breit. Der Tag null hat soeben begonnen. In Zeitlupe packe ich aus und versorge das wenige im Schrank. Mit hängenden Armen bleibe ich eine Weile im Schlafzimmer stehen. Ich sollte noch etwas einkaufen gehen. Keine Hausdame mehr, die mir das abnimmt. Ein Stück die Straße hinauf habe ich beim Herfahren das Schild von einem kleinen Super-U gesehen.

Ich schnappe die Handtasche, den Mantel und fliehe aus der Wohnung, die nun mein neues Heim sein wird. Auf der Straße empfängt mich Nieselregen. Ich ziehe die Kapuze des Regenmantels über die Haare und beeile mich, in den Laden zu kommen. Aber eigentlich ist es ja wurscht, wie ich aussehe. Ab sofort muss ich für niemanden mehr hübsch sein.

Der Einkauf in dem kleinen Stadtladen ist schnell erledigt. Kaffee, Milch, Butter, Käse und ein Baguette.

Das Nieseln hat sich in der Zwischenzeit in einen echten Regen verwandelt und Wind wirbelt die Blätter von den Bäumen am Straßenrand. Die vorbeifahrenden Autos spritzen die Regenpfützen bis auf den Gehsteig. Als ich das Haus erreiche, bin ich ziemlich durchnässt.

Auf dem Balkon schüttle ich den Regenmantel aus.

Der Abend schleppt sich hin. Ich versuche zu lesen, aber meine Gedanken schweifen ständig ab, zu Gilles. Was er jetzt wohl gerade macht? Wahrscheinlich das Gleiche wie immer. Entweder hat er eine Sitzung, ein Essen oder er sitzt am Computer und kontrolliert die Börsenberichte. Die Börse, seine Spekulationen, sein guter Riecher, der ihm viel Geld in die Kasse gespült hat. Oder er hat Sex mit seiner neuesten Eroberung.

Ich lege mich aufs Bett und starre zur Stuckdecke hinauf.

4. EINSAMKEIT ERDRÜCKT MICH

Nach drei Tagen Einsamkeit habe ich genug. Ich muss raus, muss etwas tun, sonst werde ich verrückt. Draußen rempeln mich wenigstens Menschen im Gedränge an, auch wenn die nicht mit mir sprechen.

Ich studiere die Metrokarte. Die nächste Station Passy ist nur vier Minuten entfernt und die Nummer sechs fährt direkt zum Charles de Gaulle-Étoile. Das trifft sich gut, ich hasse das Umsteigen in den Metro-Gruften. Der Wind, der durch die Schächte pfeift, der Geruch, die Bettler. Metrofahren kann ich sowieso nicht ausstehen. Meistens bin ich mit dem Taxi in die Stadt gefahren. Die überfüllten Straßen, die Parkplatzmisere, das ist nicht meins. Mit dem Metroplan bewaffnet – alle Pariser tragen in ihren Taschen einen solchen Plan mit sich – eile ich zur Station. Der letzte Oktobertag verabschiedet sich mit kaltem Wind und Nieselregen.

Die Station ist sauberer, als ich gedacht habe. Ich nehme die Rolltreppe. Es ist fünfzehn Uhr und es sind nicht allzu viele Menschen unterwegs. Zum Glück. Die Bahn fährt ein, die Räder quietschen, ich steige ein. Die Sitze sind zerschlissen und es müffelt. Ich wickle mich fest in meinen Schal und schließe die Augen. Ein Ruck, die Metro fährt an. Am Charles de Gaulle-Étoile haste ich die Treppe hoch.

Das Nieseln ist schwächer geworden.

Zusammen mit dem Menschenstrom lasse ich mich die Champs Élysées hinuntertreiben. Wie lang habe ich das nicht mehr getan? Eine Ewigkeit ist es her. Nach unserer Hochzeit hat mich Gilles ab und zu zum Essen ins Hotel Marriott eingeladen. Besonders der Brunch am Sonntagmorgen ist immer ein Erlebnis gewesen. Noch trunken nach der vergangenen Liebesnacht schwebte ich im siebten Himmel. Ich konnte das Glück kaum fassen. Das Glück, an der Seite eines heißblütigen Liebhabers zu sitzen, Champagner zu trinken und seine Auserwählte zu sein. Ich bemerkte die neidischen Blicke der Frauen an den Nebentischen, wenn er mir zärtlich übers Haar strich oder mich mit Häppchen fütterte und mir dabei heiße Liebesworte ins Ohr flüsterte.

Ich bleibe vor der Edelparfümerie von Guerlain stehen und betrachte mich kritisch im Schaufenster. Für mein fortgeschrittenes Alter von fünfundvierzig sehe ich immer noch ganz passabel aus. Etwas dünn bin ich in den letzten Wochen geworden. Das gefällt mir. In Paris ist man nicht mollig. In Gedanken versunken bummle ich weiter. Ein Glas Wein wäre nicht schlecht, aber gleichzeitig denke ich an meinen Geldbeutel, der ab sofort geschont werden muss.

»Elodie, Elodie!«

Ich bleibe stehen und drehe mich um. Eine großgewachsene Frau schlängelt sich durch die Menschen. Es ist Yvonne, meine Studienfreundin an der Kunstschule! Fast hätte ich sie nicht mehr erkannt. Schick schaut sie aus. Die kurz geschnittenen blonden Haare, die knallrot geschminkten Lippen. Die ellenlangen Beine stecken in schwarzen Leggins.

»Elodie, wie lang haben wir uns nicht mehr gesehen?« Sie umarmt mich. »Gerade heute habe ich an dich gedacht. Wie geht es dir? Gut?« Prüfend schaut sie mich an. »Komm, lass uns einen Wein zusammen trinken. Hast du Zeit? Und über alte Zeiten quatschen.« Ohne meine Antwort abzuwarten, nimmt sie mich an der Hand und steuert auf ein ziemlich teuer aussehendes Restaurant zu.

Wir finden einen freien Tisch nahe der Bar. Yvonne befreit sich von ihrem dicken Schal, den sie mehrfach um den Hals geschlungen hat. Ich ziehe den Mantel aus und hänge ihn über die Stuhllehne.

»Wir hätten gern einen Weißwein«, erklärt sie dem Kellner mit weißer Schürze. Als der mit einer Flasche zurückkommt, winkt sie lachend ab. »Wollen Sie uns besoffen machen, nein nur zwei Gläser.« Sie zwinkert ihm zu.

»Sie müssen sich schon klarer ausdrücken, Madame«, er zieht sauer ab. Nach kurzer Zeit stehen zwei Gläser vor uns, zusammen mit einer Schale Nüssen.

»Wie lieb von Ihnen.« Yvonne strahlt ihn an. Das kann sie immer noch, Menschen bezirzen. Ich habe sie deswegen oft bewundert. Ihre Offenheit, ihre direkte Art aber auf eine Weise, dass niemand mit ihr böse sein konnte. »Erzähl, Elodie, was machst du so?«

»Zuerst du.«

Yvonne lacht. »Mir geht es blendend. Ich arbeite seit ein paar Monaten für eine Firma, die Modeschmuck vertreibt. Es läuft wie geschmiert. Manchmal komme ich fast nicht nach mit der Arbeit. Seit wir uns das letzte Mal gesehen haben, bin ich dreimal umgezogen, jetzt wohne ich in einer hübschen kleinen Wohnung an der Rue Marcadet. Zwei Zimmer, Küche und Dusche. Ein Zimmer ist mein Arbeitszimmer, im anderen schlafe ich.« Ihre weißen Zähne blitzen. »Ich bin froh, endlich etwas Bezahlbares gefunden zu haben.«

»Wo ist das?«

»Im zehnten Arrondissement. Wenn ich aus dem Fenster schaue, sehe ich die Sacré-Coeur. Und du, was machst du denn so? Immer noch Ehefrau von Gilles?«

Yvonne mochte meinen Mann nie besonders. Einmal hat sie mir an den Kopf geworfen: »Er ist ein Macho, ein selbstgefälliger Wichtigtuer mit seiner Kohle. Einer, der dich für jede andere Frau sitzen lässt, die hübsch ist und ihm gefällig.«

Das war einer der Gründe, weshalb sich unser Kontakt gelockert hat, denn ich habe ihr die Aussage übel genommen. Heute muss ich ihr recht geben.

»Gilles …«, ich nehme eine Erdnuss, »Gilles …«

»Nun, was hat Gilles getan?«, drängt Yvonne.

»Gilles hat mich weggeschickt.«

»Weggeschickt?«

Ich nicke.

»Einfach so?«

»Nee.«

»Nun sag schon, lass dir nicht jedes Wort aus der Nase ziehen.«

»Er will nicht mehr mit mir zusammenleben. Er hat

mich ausgetauscht gegen eine Jüngere.« Ein Schluchzen steigt in mir auf. Ich schlucke es mit Wein hinunter. Meine Hand zittert.

»Das gibt es doch nicht.« Yvonne streicht mir über den Arm.

»Doch, du hast mir immer gesagt, dass er mich einmal gegen eine Jüngere austauschen wird. Ich wollte dir nicht glauben, weil ich alles getan habe, um ihn zufriedenzustellen. Hat aber nichts genützt.«

»Das habe ich so dahergesagt, weil ich ihn nicht mag. Ach, Elodie, das tut mir so leid für dich. Was machst du jetzt?«

Ich hebe die Schultern, lasse sie fallen. »Keine Ahnung. Er hat mir eine Wohnung gekauft. Es ist eine schöne Wohnung in einem gehobenen Quartier, aber was mache ich mit mir? Ich fühle mich wie in einem Hamsterrad. Drehe und drehe meine Kreise. Zum alten Eisen gehöre ich noch nicht, aber ich weiß einfach nicht mehr weiter. Mich ödet alles so an.«

Yvonne winkt dem Kellner. »Wir brauchen nochmals zwei Wein.« Sie drückt meine Hand. »Und nun zu dir, meine Liebe, du könntest dein Studium wieder aufnehmen. Du hattest doch vor, dich in Design und Grafik weiterzubilden, dann hättest du eine Aufgabe.«

»Ich weiß nicht, dazu bin ich doch zu alt, um nochmals zu studieren. Ich habe längst alles vergessen. Ach, mich kotzt es an. Entschuldige, Yvonne.«

»Du musst dich nicht entschuldigen, ich kann dich sehr gut verstehen.«

Der Kellner bringt den Wein und schenkt nach.

»Noch einen Wunsch, die Damen?«

Yvonne schüttelt den Kopf. Ich betrachte sie. Ihre Gestik. Das fein geschnittene Gesicht. Ihre blauen Augen. Als ich sie kennenlernte, konnte ich nicht viel mit ihr anfangen. Sie war immer auf Achse. Selbstbewusst und in meinen Augen eine Streberin.

Ich war das Gegenteil. Zurückhaltend und absolut nicht selbstbewusst und schon gar keine Streberin. Ich wollte nach dem Schulabschluss einfach ein bisschen studieren. Kunst lag nahe, da ich ein Händchen zur Kreativität hatte, so sah es mein Papa, und als ich den Wunsch äußerte, in Paris zur Kunstschule zu gehen, hat er sofort zugestimmt. Mama war da eher skeptisch, aber Papa und ich konnten sie davon überzeugen, dass das Studium in Paris einfach sein musste. Mit der Zeit wurde Yvonne meine beste Freundin. Sie hat mich mit ihrem Aktivismus mitgezogen, hat mich getröstet, wenn ich Heimweh nach Nizza und dem Meer hatte. Nach meiner Hochzeit mit Gilles trafen wir uns nicht mehr so oft. Sie mochte meinen Mann nicht, und das hat sie mir mit ihrer Offenheit auch deutlich gesagt. Und ich dumme Kuh war beleidigt.

»An was denkst du gerade?« Yvonne schiebt mir das volle Weinglas zu.

»An uns«, erwidere ich.

Sie lächelt mich an. »Du wirst jetzt darüber nachdenken, wie dein Leben in Zukunft aussehen soll. Wenn ich kann, helfe ich dir gern.«

Ich senke den Kopf. Wie recht sie hat. Ich trinke das Glas leer.

»Ich geh jetzt nach Hause und ja, ich werde darüber nachdenken. Danke, Yvonne.«

»Ab sofort treffen wir uns wieder öfters, versprochen?«

»Ja, versprochen.«

Die Dämmerung hat eingesetzt, als ich das Restaurant verlasse. Auf den Champs Élysées ist Hochbetrieb. Hastig streben die Büromenschen den Metrostationen entgegen. Paare bummeln fröhlich lachend auf dem Gehsteig.

Ich habe es nicht sehr eilig, in meine leere Wohnung zurückzugehen. Der Regen hat aufgehört, ich schließe mich den schlendernden Paaren an, mit dem einzigen Unterschied, dass ich solo bin.

5. EIN ANGEBOT

Zwei Tage nach unserem Treffen ruft mich Yvonne an. »Ich habe eine Idee, du könntest in das Haus einziehen, das ich von meinen Eltern geerbt habe. Dort kannst du dir in Ruhe überlegen, wie es mit dir weitergehen soll.«

Verblüfft über das Angebot frage ich: »Wo befindet sich denn dieses Haus?«

»In Monfaucon in der Dordogne. Es steht leer, seit meine Eltern gestorben sind, das sind jetzt sechs Jahre. Du kannst dort wohnen, solange du das möchtest. Ich will kein Geld von dir, du sollst nur ein bisschen den Rasen mähen und aufs Haus schauen.«

Ich schlucke. Rasenmähen und Haushüten, das haben bisher immer der Gärtner und die Hausdame gemacht.

»Muss ich das gleich entscheiden?«, frage ich mit belegter Stimme.

»Nein, natürlich nicht. Aber je eher du eine Änderung in dein Leben bringst, desto besser für dich.«

Drei Tage habe ich nachgedacht. Auf der Karte habe ich Monfaucon gesucht und nach einiger Zeit auch gefunden. Winzig klein muss es sein, das Dorf. Ich tippe den Namen in der Suchmaschine Google ein.

Monfaucon ist eine französische Gemeinde mit 302 Einwohnern im Departement Dordogne, in der Region Nouvelle-Aquitaine steht da. Und weiter: Sie gehört zum Arrondissement Bergerac und ist Teil des Kantons Pays de la Force. Die Einwohner werden Pierrotins genannt.

Ich habe nicht gewusst, dass es außerhalb von Paris auch noch Arrondissements gibt. Das Departement scheint ziemlich groß zu sein, von Flüssen durchzogen und mit viel Wald bestückt. Die nächste größere Stadt ist Bergerac. Ich wühle mich weiter durchs Internet. Die Dordogne lebt vom Wein, von Walnüssen und vom Tourismus, heißt es da. Die Winter können feucht und mild sein. Bordeaux, die Perle an der Garonne, erreicht man in knapp einer Stunde von Bergerac aus. Bordeaux war früher einmal die Anlaufstelle für die Holzlieferungen aus Afrika und mit diesen Lieferungen wurden die Termiten ins Land eingeschleppt. Interessant, aber wenigstens liegt eine große Stadt in der Nähe, wo ich mal hinfahren könnte, wenn mir die Decke auf den Kopf fällt. Yvonnes Vorschlag, dass ich mich aufs Land zurückziehen soll, ist sicher lieb gemeint. Aber ist das für mich wirklich das Richtige?

Ich muss raus. Laufen. Den Kopf durchlüften.
Im Bistro an der Seitenstraße sitzen nur wenige Menschen bei ihrem Feierabendwein oder ihrem Pastis. Der Kellner begrüßt mich mit einer angedeuteten Verbeugung und schiebt mir den Stuhl zurecht.

Beim ersten Besuch hier habe ich beschlossen, dass das mein Zufluchtsort wird. Auf dem Land wird es so etwas wohl nicht geben.

»Einen Cognac?«

»Heute nicht, Henri, heute ein Glas Wein. Haben Sie einen Bergerac?«

»Aber natürlich, Madame.«

Nach kurzer Zeit steht ein Glas mit einem dunkelrot funkelnden Wein vor mir. Der Kellner stellt noch ein paar Salzstangen dazu. »Santé, Madame.«

Ich nippe am Wein. Schmeckt wirklich exzellent, ähnlich einem Bordeauxwein, nur etwas leichter. Mit Weinsorten kenne ich mich aus. Gilles ist ein großer Weinkenner und an unseren privaten Einladungen wurde nur das Beste vom Besten kredenzt. Typisch Gilles. Protzen, zeigen, was man hat.

»Noch einen Wein?«

Ich schaue auf mein Glas, es ist leer. Ich habe es ohne zu merken ausgetrunken. »Ja, bitte.«

»Wir haben kleine Snacks, Leberpastete mit Salat oder Zwiebelsuppe, falls Sie etwas essen möchten, Madame.«

»Leberpastete wäre super.«

»Kommt sofort.«

Meine Gedanken kreisen weiter. Immer um die gleiche Frage: Soll ich oder soll ich nicht?

Gedankenverloren streiche ich etwas Leberpastete aufs Baguette. Spüle mit einem Schluck Wein nach. Und wieder: Soll ich oder soll ich nicht? Weshalb zum Teufel kann ich mich nicht entscheiden? Habe ich etwa Angst? Angst, etwas Neues in Angriff zu nehmen? Nein, das ist es nicht. Aber was ist es dann?

Der Kellner wischt neben mir einen Tisch sauber. Die drei Männer, die sich lautstark über den französischen

Präsidenten und seine Politik ausgelassen haben, sind gegangen.

Habe ich Angst vor Veränderungen, so wie die drei am Nebentisch Angst vor Macrons Veränderungen haben? Das kann es nicht sein. Macrons Partei ›La République en marche‹ hat mir von Anfang an gefallen und ich habe die Änderungen, die Macron einführen wollte, vehement unterstützt. Frankreich war kurz davor zu verkrusten und brauchte jemanden an der Spitze, der diese Verkrustung durchbrach. Leider ist ihm einiges, was er vorhatte, bis heute nicht gelungen.

Ich trinke den Wein aus, zahle und verlasse das Bistro.

Am nächsten Morgen steht mein Entschluss fest; ich werde Yvonnes Angebot annehmen.

Mit Mühe quetsche ich die letzte Reisetasche in den Kofferraum. Der Renault ist vollbepackt mit Kleidern, Schuhen, Büchern und anderem Kleinkram, den ich unbedingt mitnehmen will.

Yvonne hat am Telefon lautstark applaudiert, als ich ihr mitteilte, dass ich es mit Monfaucon versuchen will. »Du wirst es nicht bereuen. Ich werde Yves, der ab und zu nach dem Haus schaut, sagen, dass er den Schlüssel unter den großen Blumentopf legen soll.«

Ein kurzer Blick hinauf in den vierten Stock, bevor ich mich ins Auto setze und losfahre.

Nach dreißig Minuten habe ich die Stadt verlassen und fahre auf die Autobahn A 10 in Richtung Orléans-Bordeaux.

»Ihre Fahrzeit beträgt fünf Stunden und zweiundfünfzig Minuten«, meldet die freundliche Stimme aus meinem Navi.

Na dann, los. Ich will in Monfaucon sein, bevor es dunkel wird. Links und rechts der Autobahn breiten sich weitflächige Felder aus, abwechselnd mit einsamen Bauernhäusern und Wald.

Ich schalte das Radio ein. Juliette Grécos Chanson ›Sous le Ciel de Paris‹ ertönt aus dem Lautsprecher. Ich summe mit. Ein Abschiedslied an Paris. Wann werde ich wieder unter dem Himmel von Paris sein? Keine Ahnung. Bald werde ich unter dem Himmel von Monfaucon sein.

Nach drei Stunden fahre ich auf einen Rastplatz und bestelle einen Kaffee. Nur wenige Leute sind unterwegs. Ein paar Lastwagenfahrer, ein sehr verliebtes Paar und ein älterer Herr mit Hut. November ist keine Ferienzeit. Ich muss weiter, trinke den Kaffee aus.

Nach etwa einer Stunde bin ich in Bordeaux. Ich fahre auf die Autobahn A 89 Richtung Montpon-Mussidan-Perigueux und erreiche nach fünfundvierzig Minuten die Ausfahrt Mussidan.

Nun wird es schwierig. Die Landstraße ist kaum beleuchtet, die Markierung in der Mitte praktisch nicht mehr sichtbar. Zum Glück habe ich ein gut funktionierendes Navi. Nach einer Ewigkeit, so kommt es mir vor, erklärt mir die sympathische Stimme, dass ich mein Ziel erreicht habe.

Ich schaue mich um. Dunkelheit, kein Haus weit und breit, und es regnet. Wo zum Henker ist dieses Haus?

Alles, was ich sehe, sind mächtige Bäume, eine regennasse Straße, eher ein Sträßchen, aber kein Haus. Ich steige aus, ziehe die Kapuze der Regenjacke über den Kopf und gehe ein paar Schritte.

Plötzlich stehe ich vor einem eisernen Tor, an dem eine Holztafel mit der Aufschrift ›Paradis‹ befestigt ist. Hm, Paradies? Ob das ein gutes Omen ist und es auch mein Paradies sein wird.

Das Tor lässt sich ohne Mühe aufstoßen. Erleichtert laufe ich zum Auto zurück und fahre den leicht abfallenden und geschwungenen Weg zum Haus.

Den Schlüssel entdecke ich unter dem Blumentopf neben dem Eingang. Nach einigen nicht so damenhaften Ausdrücken finde ich endlich das Schlüsselloch. Nach einem kräftigen Fußtritt öffnet sich die Tür. Modrige Luft schwappt mir entgegen.

Ich stolpere hinein, suche nach dem Lichtschalter. Schließlich finde ich ihn. Eine sehr schwache Glühbirne flackert auf. Ich stehe mitten in der Küche. Vage nehme ich einen Holzofen wahr, ein Monstrum, auf dem man auch kochen kann. Daneben einige Holzscheite. In der Mitte der Küche ein Ungetüm von Tisch, an dem locker zehn Personen Platz haben. Ich taste mich weiter, stoße eine Tür auf. Das muss das Wohnzimmer sein.

Ein offener Kamin füllt eine ganze Wand. Auch hier gibt es einen riesigen Esstisch, nur fehlen, im Gegensatz zur Küche, die Stühle.

Eine Tür weiter lande ich im Schlafzimmer. Ein Bett, links und rechts zwei Nachttische, ein Schrank, eine Kommode, mehr nicht. Neben dem Schlafzimmer gibt es noch eine weitere Tür. Ich öffne sie und schließe sie schnell wieder. Das Zimmer ist zugemüllt mit altem Kram. Und über allem schwebt muffige, feuchte Luft.

Eilig laufe ich zum Auto, schnappe die Tasche, in der ich das Nötigste für die erste Nacht eingepackt habe, und gehe wieder ins Haus. Was ich bis jetzt in dem schummrigen Licht gesehen habe, macht mich nicht euphorisch. War der Entscheid, mein Seelenheil auf dem Land zu suchen, eventuell doch nicht das Richtige?

Elodie, nicht gleich klein beigeben, morgen sieht alles anders aus.

Mit dem Trainingsanzug unter dem Arm mache ich mich auf die Suche nach Badezimmer und Toilette. Neben dem Holzofen in der Küche sehe ich eine Tür. Nur einen Spalt lässt sie sich öffnen. Mit Mühe zwänge ich mich hinein, eine Badewanne aus dem vorigen Jahrhundert, die direkt hinter der Tür steht, ist der Grund. Mit Staunen betrachte ich das Stück. Mindestens hundert Liter Wasser muss sie fassen. Die geschwungenen Füße sind Schlangenköpfe und der Emailleüberzug am Badewannenrand blättert. An der Wand gegenüber hängt ein kleines Waschbecken. Die Toilette befindet sich, abgetrennt durch eine Holzwand, aber ohne Tür, direkt neben dem Badezimmer. Zum Glück ist es kein Plumpsklo, sondern eine echte Toilette mit Spülung.

Ich klaube die Zahnbürste und die Zahnpasta aus dem Kulturbeutel und drehe den Wasserhahn auf. Nichts! Nicht einmal das kleinste Rinnsal tropft aus dem Hahn. »Dann eben nicht.« Mit einem Handtuch trockne ich die regenfeuchten Haare, schlüpfe deprimiert in den Trainingsanzug und in dicke Wollsocken, gehe ins Schlafzimmer zurück und lege mich ins Bett, das klamm und feucht ist.

Der dicke Kloß im Hals löst sich langsam auf und nun laufen die Tränen über meine Wangen. Ich denke an die kleine Wohnung in Paris. Habe ich richtig entschieden? Zweifel überkommen mich, mein Herz ist schwer. Allmählich wird mir wärmer und ich dämmere weg.

6. VICTOR

Lucienne Muller schiebt die Brille in ihre dunklen Locken. »Was du mir bis jetzt geliefert hast, mein Lieber, ist absolut nicht brauchbar. Es war abgesprochen, dass du das Manuskript bis Ende Dezember fertig hast. Das, was ich bisher gelesen habe«, sie schüttelt den Kopf, »das ist ein Schüleraufsatz.«

Zerknirscht rutscht Victor auf dem Stuhl nach vorn und knetet die Finger. »Ich hatte noch nie in meinem Leben eine solche Schreibflaute. Mein Kopf ist leer. Es kommt einfach nichts.«

»Wenn ich jeden Abend Partys feiern würde, dann hätte ich auch einen leeren Kopf. Reiß dich zusammen, Victor. Schon deine beiden letzten Romane waren nicht der Hit. Der Verlag will wieder einmal den Rubel rollen sehen, sonst bist du weg vom Fenster.«

»Ja, ja. Der Verlag hat gut reden. Als ich noch Bestseller geschrieben habe, da hat er mich hofiert. Ich sei der Größte, hat er in die Welt trompetet, und jetzt, jetzt … ach was, kann ich eine Zigarette rauchen?«

Lucienne Muller schiebt ihm den Aschenbecher über das Pult. Victor zündet sich eine Gitane ohne Filter an und inhaliert tief.

»Jetzt, wo ich mal einen Hänger habe, da wollen die mich fallen lassen. Ich bin doch kein Roboter, brauche einfach noch etwas Zeit.«

»Ich rede mit dem Verlagsleiter, aber bis Ende Januar, allerspätestens Ende Februar ist das Manuskript auf meinem Tisch. Haben wir uns verstanden?«

»Ja«, brummt Victor und bläst den Rauch aus. »Ich habe verstanden. War das alles, was du mir sagen wolltest?«

»Nein, noch was, wenn es dir möglich ist, verlasse Bordeaux, such dir irgendwas auf dem Land in der Einsamkeit, hier ist die Versuchung viel zu groß.«

»Ja, ja, das ist einfacher gesagt als getan.« Missmutig drückt er die Zigarette im Aschenbecher aus, greift nach seiner Jacke und verlässt den Raum mit schleppenden Schritten.

Lucienne schaut ihm nach. Seine langen dunklen Haare hat er im Nacken zusammengebunden. Er sieht mit seinen knapp fünfundfünfzig Jahren immer noch gut aus. Schlanke Figur, und wenn er nicht gerade zerknirscht ist so wie jetzt, hat er einen stolzen Gang. Gern würde sie ihm helfen, aber da muss er ohne sie durch.

Sie hat ihn über den Verlag kennengelernt, für den sie als freie Lektorin arbeitet. Es war sein erster Roman und sie war fasziniert, mit welcher Leichtigkeit seine Sätze daherkamen. Sie war auch fasziniert von ihm als Person, denn sein Lebenslauf war alles andere als gradlinig. Mit siebzehn hat er die Schule geschmissen, ist von zu Hause abgehauen und durch Frankreich gezogen. Er sei ein Prügler gewesen, hat er ihr erzählt, nur in einem sei er gut gewesen, im Geschichtenerfinden. Der Erfolg für seinen Erstling war phänomenal. Wie eine Rakete schoss der Verkauf in die Höhe. Er entwickelte sich von Buch zu Buch, seine Storys wurden immer brutaler, eingepackt in eben diese Leichtigkeit der Sätze und genau das begeisterte seinen Leserkreis. Aber seit fünf Jahren brachte er nichts mehr zustande.

»Schade«, murmelt sie, »ich habe gern mit ihm zusammengearbeitet, ich bin gespannt, ob er es schafft«, und sie widmet sich wieder dem Manuskript, an dem sie arbeitet.

»Blöde Kuh«, Victor stampft auf. »Ich kann nicht immer nur liefern und das weiß sie genau.« Er zieht eine Gitane aus der Packung und steckt sie zwischen die Lippen, zündet sie an, während er auf die Straßenbahn wartet. Kaum hat er den ersten tiefen Lungenzug inhaliert, kommt sie angefahren. Fluchend wirft er die Zigarette weg und zwängt sich hinein. Feuchte Mäntel, Atemluft in seinem Nacken, Taschen, die an seine Knie schlagen. Seine Stimmung ist nun definitiv im Keller.

Vor zwei Wochen hat ihn seine Freundin aus der Wohnung geworfen. Einfach so. Ohne Vorwarnung. Sechs Monate hat sie ihm Unterschlupf gewährt. Am Anfang war es noch schön mit ihr. Sie haben sich geliebt, gerauft und dann wieder geliebt. Sie war eine heiße Braut.

Aber immer öfter wechselte sie in den Modus ›Nörgeltante‹. Da war es nicht recht, dass er bis zum Mittag im Bett lag. Dann hatte er nicht das Richtige zum Essen eingekauft. Dann saß er bis in die Puppen am Computer. Nichts konnte er ihr recht machen.

An der Haltestelle Saint Michel steigt er aus, schlurft unzufrieden mit sich und der Welt zur Rue des Fours. Seine Bude befindet sich in einem alten Haus, im Parterre. Ein Zimmer mit Kochnische, Dusche und Klo.

In diesem Quartier wohnen viele Nordafrikaner. Die Fassaden der Häuser sind verschmutzt, die Bausubstanz vielfach am Limit des Erlaubten.

Dumpfe, kalte Luft schlägt ihm entgegen, als er die Tür öffnet. Er versucht, den Petroleumofen in Gang zu bringen, doch die Flamme zündet nicht. Mit einem Tritt beendet er den dritten Versuch. Verärgert holt er eine Flasche Schnaps aus dem Kasten, schenkt sich ein Glas voll und leert es in einem Zug. Die scharfe Flüssigkeit strömt wärmend durch Victors Körper. Er schenkt sich ein zweites Mal ein, jetzt ist ihm wohler. Einen Moment sitzt er wie benebelt auf dem wackligen Stuhl. Dennoch ist ihm klar, dass er rasch etwas liefern muss, das an seine früheren Erfolge anknüpft. Dass er das in diesem Loch nicht schaffen wird, weiß er auch. Auf seinem Bankkonto sieht es desaströs aus und seit er seinen sogenannten Freunden ihre Drinks nicht mehr bezahlen kann, ist der Freundeskreis immer kleiner geworden.

Aber ist da nicht Jean, ein ehemaliger Kumpel? Victor erinnert sich, dass Jean ihm angeboten hat, seinen Wohnwagen zu nutzen, der in irgendeinem Dorf auf dem Land steht. »Falls du mal Ruhe zum Schreiben brauchst.«

Er hat abgewinkt, denn er hasst das Land. »Ich kann auch in Bordeaux schreiben, aber danke für dein Angebot. Ich komme gern darauf zurück, wenn es einmal notwendig sein sollte.«

Jetzt ist es notwendig und Jean die Lösung. Hektisch sucht Victor in seinem Papierberg nach der Telefonnummer. Nach ein paar Flüchen findet er sie und greift zum Telefon. Dreimal klingelt es, dann meldet sich der ehemalige Kumpel.

Victor bringt sein Anliegen vor.

»Klar, kannst du den Wohnwagen nutzen, hab ich dir doch damals angeboten. Wann soll es denn sein?«

»Sofort, ich muss unbedingt mein Manuskript fertig schreiben. In welchem Dorf steht er denn?«

»In Monfaucon, ziemlich einsam am Waldrand.«

»Muss ich auf der Karte suchen.«

»Ich komm heute Abend vorbei und leg dir einen Plan und den Schlüssel in den Briefkasten.«

»Ist gut. Danke dir vielmals.«

Am nächsten Tag holt Victor seinen alten Citroën, den er bei einem Freund unterstellen konnte. Kritisch betrachtet er den Wagen. Ob der das noch schafft bis nach Monfaucon? Die Roststellen sind unübersehbar. Er fährt in die Rue des Fours, packt seine Habseligkeiten in den Kofferraum, versperrt seine Wohnung, nachdem er dem Nachbarn aufgetragen hat, den Briefkasten zu leeren und auch sonst mal nachzuschauen, ob alles noch in Ordnung ist.

Nach etwas mehr als einer Stunde erreicht er das Dorf. Eine Kirche, ein paar Häuser, das war's. Wie fast alle Dörfer in Frankreich. Langweilig und öd.

Oft hat er solche Dörfer gesehen, während er durchs Land trampte. Eine alles überragende Kirche, um die sich ein paar Häuser wie arme Büßer ducken.

Er müsse im Dorf in Richtung ›Paradis‹ fahren, kurz vor dem Bauernhaus würde der Wohnwagen stehen, zwischen dem Waldrand und der Straße, hat Jean auf einen Zettel geschrieben.

Der Campingwagen ist nicht zu übersehen. Das Paradies muss noch ein Stück weiter vorn liegen, denn er konnte keines entdecken, als er die Straße entlangfuhr.

Victor lenkt den Wagen auf das Gelände, parkt und stapft durch das hohe nasse Gras, steigt die drei Stufen hoch und schließt die Tür auf. Kalte abgestanden Luft schlägt ihm entgegen. Er inspiziert die Einrichtung, es ist alles vorhanden. Eine Bank, die zum Bett aufgeklappt werden kann, ein Gaskocher, Geschirr, ein kleiner Gasheizer.

Victor zieht die Schnapsflasche aus der Tasche und trinkt einen Schluck direkt daraus. »Nun denn, zum Wohl, Herr Schriftsteller, und gutes Gelingen.«

7. DAS PARADIES

Es tropft. Irgendwo tropft es ins Zimmer. Ich setze mich auf. Lausche. Stille. Es hat aufgehört, aber nur für einen Moment. Tak, tak, tak.

Es ist stockdunkel. Ein Ast schlägt ans Fenster. Ich schaudere und ziehe die Decke unters Kinn. Muss nachsehen, wo es hereinregnet.

Zögernd schlage ich die Wolldecke zurück, stehe auf, tappe tastend durch das Zimmer und suche nach dem Lichtschalter. Endlich! Die Glühbirne an der Decke flammt auf. Es ist ein spärliches Licht. Gelblich. Meine Augen suchen den Boden ab. Nach kurzer Zeit entdecke ich die Wasserlache am Fenster. Entweder ist das Fenster undicht oder das Dach. Eine Weile stehe ich mit hängenden Armen da und betrachte die Pfütze. Doch sie bleibt und im Gegenteil, sie wird größer, tak, tak, tak. Im Moment kann ich nichts machen. Ich schaue mich um und entdecke einen Nachttopf aus Porzellan mit gemalten Blumen in einem der Nachttische. Ich stelle ihn unter die undichte Stelle und gehe in die Küche.

Es ist kalt und feucht. Mein Blick wandert zu den Holzscheiten neben dem Ofen. Mit klammen Fingern nehme ich zwei kleinere Scheite, hebe den Deckel hoch und stopfe sie in die Öffnung. Nach einigem Suchen finde ich Zündhölzer und einen Stapel Zeitungen, die allerdings auch feucht sind. Noch nie im Leben habe ich ein Feuer gemacht. Zu Hause in Nizza ist es Vaters Aufgabe gewesen, den Kamin anzuzünden, und in der Villa in Paris war die Hausdame dafür zuständig. Beide Kamine, der in Nizza und in Paris, waren nicht zum Heizen gedacht, sondern für die Ambiance.

Hier in diesem alten Bauernhaus, das den Namen ›Paradis‹ trägt, ist das anders. Jedenfalls kann ich keine elektrischen Wärmequellen entdecken.

Ich knülle die Zeitung zu kleinen Kugeln, stecke sie zwischen die Scheite und halte die Flamme des Zündholzes an das Papier. Es funktioniert. Das Papier fängt Feuer. Nach zwei Minuten ist der Spuk leider vorbei. Von den Papierkugeln ist nur noch etwas Asche vorhanden und die Scheite sind so feucht wie zuvor.

»Mist, dann halt nicht.«

Die Tasche mit den nötigsten Einkäufen, die ich unterwegs in einer Raststätte besorgt habe, ist noch im Kofferraum. Kaffee, Butter und ein Baguette. Auch ein paar Flaschen Wasser habe ich eingepackt.

Schnell schlüpfe ich in die Gummistiefel, eile hinaus und schnappe die Tasche. Ich halte meine Nase an die Kaffeetüte. Herrlich.

Jetzt brauche ich nur noch Filtertüten, eine Kanne und einen Topf. In einem der Schränke finde ich eine angebrochene Packung Filtertüten. Nach weiterem Suchen entdecke ich eine Kaffeekanne. Ich spüle sie mit einem Schluck Mineralwasser aus, fülle das Kaffeepulver in die Filtertüte. In einem Unterschrank ist auch ein Topf. Okay! Und jetzt? Wo soll ich das Wasser kochen? Die

Suche geht weiter und, oh Freude, ich werde fündig. Ein kleiner Campinggaskocher befindet sich in einem der Schränke. Ungeduldig zerre ich ihn hervor und prüfe ihn auf seine Tauglichkeit. Nach dreimaligem Versuch und verbrannten Fingerspitzen zündet die Flamme. Kalt ist mir nach alldem nicht mehr, und nach kurzer Zeit kocht auch das Wasser.

Noch nie habe ich meinen Morgenkaffee so genossen und ich bin sehr stolz auf mich. Was würde Gilles sagen, wenn ich ihm das erzählte. Aber ich werde ihm ja gar nichts mehr erzählen, durchfährt es mich und ich spüre einen Stich im Herzen.

Nimm dich zusammen Elodie, Gilles ist Vergangenheit.

Es hat endlich aufgehört zu regnen. Ich sollte langsam meine Koffer holen. Die Eingangstür klemmt, aber mein Fußtritt ist erfolgreich, ich stoße sie auf.

Einen Augenblick bleibe ich vor dem geöffneten Kofferraum stehen. Soll ich wirklich oder besser gleich wieder nach Paris zurückfahren? Das Paradies scheint einige Macken zu haben. Mein Blick wandert über das hohe feuchte Gras, über dem Nebelfetzen wie zerrissene Watte liegen. Etwas weiter am Waldrand entdecke ich drei Holzhäuser. Ich erinnere mich, dass Yvonne mir gesagt hat, ihre Eltern haben einmal ein Pferdegestüt unterhalten.

Mit einem Ruck hebe ich die Koffer aus dem Wagen. Gekniffen wird nicht. In der Küche überlege ich, wo der Wasserhaupthahn sein könnte.

Heute würde ich noch mit einer Katzenwäsche auskommen. Ich hebe meinen Arm. Das Deo tut seinen Dienst für einen weiteren Tag.

Als ich die letzte Tasche, die mit meinen Büchern, aus dem Kofferraum hebe, entdecke ich neben der Tür eine Steinplatte mit Griff. Sie ist mit allerlei Unkraut überwachsen. Darunter könnte sich der Hauptwasserhahn befinden.

Ich stelle die Tasche auf die Erde und versuche, mit beiden Händen die Platte hochzuheben. Nach dem dritten Anlauf kann ich sie etwas anheben und gleichzeitig zur Seite schieben. Juhu, ich hatte recht, da ist er, der Wasserhahn, eingewickelt in ein altes Bettlaken. Nächster Schritt, aufdrehen. Schneller gedacht als getan. Mit einem Stein hämmere ich in die Drehrichtung, und siehe da, es funktioniert, der Hahn hat sich gelöst.

Ich klopfe mir sinnbildlich auf die Schulter und marschiere mit der Büchertasche stolz in die Küche zurück.

Meinen Triumph muss ich natürlich gleich auskosten und lasse Wasser für den zweiten Kaffee in den Topf laufen. Auch der schmeckt köstlich.

Den Rest des Vormittags verbringe ich mit einer Entdeckungsreise durch mein Paradies.

Neben dem Haupthaus, das stolz in der Landschaft steht, gibt es ein kleineres Haus. Leicht geduckt schaut es unter einem ausladenden Dach zur großen Schwester hinauf. Zwischen den beiden Gebäuden entdecke ich einen Durchgang, der nach hinten führt. Das muss einmal ein Gemüsegarten gewesen sein. Heute macht sich

Unkraut darauf breit. Zwei mächtige Eichen stehen wie stramme Leibwächter am Rand des Gartens. Ich laufe wieder zurück und öffne neugierig das Tor zum Schuppen, der am Ende der beiden Häuser steht. Spinnweben versperren den Eingang und Fledermäuse hängen an der niedrigen Decke. Der Stadel ist vollgestopft mit irgendwelchem Zeug. Ein Niesanfall überfällt mich und ich verlasse hastig den Schuppen.

Dann ist da noch die Grünfläche vor dem Haus, Garten ist übertrieben, auf der sich verwilderte Büsche tummeln. Sie reicht bis zum Waldrand. Mein Gott, auf was habe ich mich da eingelassen? »Du musst nur ein bisschen nach dem Rechten schauen«, höre ich Yvonne sagen.

Was ist eigentlich mit diesem Yves, von dem Yvonne erzählt hat und der aufs Haus geachtet hat? Vielleicht wäre die Idee, nicht auszupacken und gleich zurückzufahren doch besser.

Ziemlich niedergeschlagen gehe ich ins Haus zurück. Nach meiner Besichtigungstour brauche ich doch eine Dusche. Der Durchlauferhitzer scheint zu funktionieren. Jedenfalls kommt warmes Wasser aus der Leitung, sobald ich den Warmwasserhahn aufdrehe.

Die Dusche ist herrlich. Auch wenn der Wasserstrahl nicht so stark ist, wie ich das gewohnt bin, der Tag ist gerettet.

Ein dicker Pullover, eine frische Jeans und Wollsocken, meine Gummistiefel und die Regenjacke, ich will mich auf der Mairie, dem Rathaus, im Dorf als neue Bewohnerin vom Paradies anmelden.

Als ich endlich das Gemeindehaus gefunden habe, es liegt etwas versteckt hinter der mächtigen Kirche, hat sich der Regen verzogen und durch eine dicke Wolke blitzt die Sonne hervor. Das lässt die Umgebung gleich freundlicher aussehen. Beschwingt laufe ich die drei Stufen hoch, klopfe und trete ein.

Der Bürgermeister hinter dem Pult nickt mir zu und bedeutet mit einer Handbewegung, mich zu setzen. Er trägt Glatze und scheint gutem Essen nicht abgeneigt zu sein. Ich ziehe die Schultern hoch, es ist auch hier kalt und ziemlich ungemütlich. Nur das obligatorische Bild von Macron mit der Tricolore-Schärpe hängt an der Wand hinter dem Bürgermeister.

»Sie wünschen Madame?« Endlich hat er mit Schreiben aufgehört.

Ich ziehe meinen Pass aus der Tasche. »Ich möchte mich gern als die neue Bewohnerin vom Paradies anmelden, eigentlich bin ich nur Mieterin, aber ich werde die nächsten Monate da wohnen.«

»Aha, Sie sind Madame …«, er hält kurz inne und schaut auf seinen Kalender auf dem Pult, »Pedotte aus Paris? Yvonne hat Sie bereits angekündigt.« Er betrachtet mich neugierig. »Yvonne und ich sind zusammen zur Schule gegangen. Wie geht es ihr? Sie war schon lang nicht mehr hier.«

»Es geht ihr gut.«

»Und Sie wollen sich hier also für eine Zeit lang niederlassen?« Wieder ein neugieriger Blick.

»Ja, ich wollte mich aus der Hektik zurückziehen und ein paar ruhige Monate auf dem Land verbringen.

Yvonne hat mir das Haus ihrer Eltern angeboten und deshalb möchte ich mich hier als neue Bewohnerin anmelden.« Meine Stimme ist ein paar Oktaven gestiegen. Was geht ihn das an, er soll mich registrieren und gut ist.

Du bist auf dem Land, Elodie, da ticken die Leute anders.

Ich straffe die Schultern und schiebe ihm den Pass zu.

»Den brauche ich nicht. Ich habe Ihren Namen, das genügt.« Er wendet sich wieder der Akte auf dem Schreibtisch zu.

»Gibt es hier im Dorf einen Laden?«, frage ich.

»Nein, gibt es nicht, den nächsten finden Sie in Le Fleix, Mussidan oder in Bergerac«, erwidert er kurz angebunden.

Aufgeblasener Gockel.

Ich stehe auf und gehe. Vor der Tür bleibe ich einen Moment stehen und atme tief durch. Kein Mensch weit und breit. Erneut überfällt mich tiefe Mutlosigkeit. Ich gebe mir einen Ruck. Elodie, du hältst das jetzt durch.

8. VICTOR

Es ist bereits Mittag, als Victor mühsam von seinem Nachtlager aufsteht. Er ächzt. Spürt sämtliche Knochen. Bis tief in die Nacht hinein hat er an dem Manuskript gearbeitet. Schon lang ist es nicht mehr so gut gelaufen, die Worte und Sätze flossen ungebremst vom Kopf in die Tastatur und von dort in den Laptop. Der Schnaps gab ihm Auftrieb und hielt ihn gleichzeitig warm.

Er schiebt den Vorhang zur Seite. Es hat aufgehört zu regnen, Nebel liegt über der Wiese und den Baumwipfeln.

Mit zitternden Fingern reißt er die Kaffeepackung auf, die er im Schränkchen gefunden hat, schüttet, ohne abzumessen, das Pulver in den Filter. Das Wasser tropft langsam in die Kanne und der Duft weckt Victors benebelten Kopf. Heiß und bitter brennt der erste Schluck auf seiner Zunge.

Hunger verspürt er keinen und Lust auf eine Dusche auch nicht. Er öffnet den Laptop und liest den Erguss der letzten Nacht.

»Scheiße.« Ein Klick und alles ist gelöscht.

Leise fluchend schlüpft er in Hose und Pullover. Er muss raus, den Kopf durchlüften. Dieses Mal muss er es einfach schaffen. Mit einem weiteren Fluch schleudert er die leere Schnapsflasche in den Abfalleimer, nimmt die Jacke vom Haken und stürmt hinaus.

Mit ausholenden Schritten, die Hände tief in den Jackentaschen vergraben, verschwindet er im Wald.

Nach einigen Minuten wird er ruhiger. Er muss die Story komplett umschreiben. Sie ist zu wenig blutig, der Held zu zaghaft, nicht glaubhaft, eine lahme Ente, und der Gegner einfach ein Nichts.

Verdammt, Victor, reiß dich am Riemen, du kannst das.

Er marschiert immer tiefer in den Wald hinein. Dorniges Gestrüpp wächst über den Trampelpfad, umgefallene Bäume versperren den Weg. Er hat keine Ahnung, wo er sich befindet und in welche Richtung er gelaufen ist. Er stapft weiter. Unverhofft steht er auf einer Lichtung. Der Nebel ist inzwischen dichter geworden. Victor schaut sich um. Stille. Eine Stille, die ihm Angst einflößt. Ein solches Gefühl kannte er bisher nicht. Er war immer der Größte, ein Held wie in seinen Büchern. Aber mit Stille kennt er sich nicht aus.

Er dreht um, er muss zurück, muss an seinem Roman arbeiten und läuft los, achtet nicht auf den Weg, der immer morastiger wird. Ohne jeden Übergang findet er sich auf einer kleinen geteerten Straße wieder. Er biegt nach rechts ab und hofft, dass sie zurück zu seinem Wohnwagen führt. Sein Orientierungssinn hat ihn komplett verlassen. Nach ungefähr zweihundert Metern kommt er an ein Tor, an dem eine Tafel mit der Aufschrift ›Paradis‹ hängt. Victor bleibt stehen. Das ist also das Paradies. Wer hier wohl wohnt?

Vom Haus ist von der Straße aus nicht viel zu sehen. Doch wie aus dem Nichts steht plötzlich eine Frau am

Tor. Alles, was er von ihr sieht, sind die langen dunklen Haare, die unter der Kapuze hervorquellen. Sie nickt ihm freundlich zu.

Victor macht einen Schritt zur Seite, steckt die Hände in die Taschen und läuft davon. Für einen Schwatz mit einer Fremden ist er nicht in Stimmung. Das ist also die Besitzerin vom Paradies? Sein Gefühl sagt ihm, dass sie nicht so recht zur Landbevölkerung passt, obwohl er nicht viel mehr als Haare und ihre erstaunten dunklen Augen gesehen hat. Vielleicht eine Städterin, die hier Ferien macht. Im November?

Egal, er läuft mit ausholenden Schritten die Straße entlang, genervt von sich selbst, genervt, keine ordentliche Zeile für seinen Roman zustande zu bringen.

Wieder im Wohnwagen zündet er eine Zigarette an, fährt dann den Laptop hoch und starrt eine Weile auf die weiße Fläche. Die Frau vom Paradies kommt ihm in den Sinn. Dann tippt er den neuen Titel ein. ›Das Blut des Schlächters‹.

9. ECHTE VERZWEIFLUNG

Das ist ein unfreundlicher Mensch, so grimmig wie der ausschaut, zum Glück bin ich dem vorhin nicht im Wald begegnet.

Ängstlich eile ich ins Haus zurück, drehe den Schlüssel zweimal um und hänge zur Sicherheit auch noch die Kette davor. Einen Moment bleibe ich stehen, lausche. Draußen bleibt es still. Ich atme auf. Er ist gegangen.

Es ist immer noch kalt im Haus, ich habe es nicht geschafft, den Holzofen anzufeuern. Ich sollte ernsthaft versuchen, diesen geheimnisvollen Yves zu finden. Der könnte mir eventuell helfen. Vor allem brauche ich trockenes Holz. Hat Yvonne mir keine Telefonnummer per WhatsApp geschickt? Eifrig durchsuche ich ihre Nachrichten. Alles Mögliche hat sie mir mitgeteilt, doch eine Telefonnummer von Yves kann ich nicht finden. Ich schreibe ihr eine Nachricht und packe den Korb mit den Einkäufen aus. Der kleine Dorfladen in Le Fleix hat mir gefallen. Die Auswahl ist zwar nicht besonders groß, aber ich habe alles bekommen.

Die Salami, den Käse und die Butter lege ich in die Kühlbox, die ich mitgebracht habe. Ich werde mir wohl einen kleinen Kühlschrank zulegen müssen. Nicht gleich, aber gegen den Frühling hin. Ich habe gelesen, dass es in der Gegend vom Winter ziemlich rasch und ohne Übergang in den Sommer gehen kann. Das Baguette kommt in eine Stofftasche. Zwei Flaschen Wein, einen roten Bergerac und einen weißen Montravel aus der Region, habe ich auch noch eingekauft. Die brauchen nicht in den Kühlschrank, die Küche ist kalt genug.

Das Handy vibriert. Es ist Yvonne, die mir die Telefonnummer von Yves geschickt hat.

Im Schuppen neben der Dependance findest du trockenes Holz, aber Yves kann dir gern helfen, wenn du nicht klarkommst. Yvonne.

Okay, zuerst der Schuppen, wenn das nicht klappt, dann der Yves, denke ich und ziehe die Regenjacke über. Es hat wieder zu regnen angefangen. Mit dem Handy als Taschenlampe taste ich mich durch die Dunkelheit. Der Schuppen entpuppt sich als Abladestelle für Gerümpel. Das habe ich beim ersten flüchtigen Hinsehen gestern gar nicht bemerkt.

Das trockene Holz liegt natürlich zuunterst, eingeklemmt zwischen einer alten Kommode und einem eisernen Bettgestell, auf dem noch irgendwelche Behälter liegen, die ich nur schwer bewegen kann. Nachdem ich es irgendwie geschafft habe, entpuppen sich diese Scheite auch nicht als besonders trocken, aber sie sind zumindest kleiner als diejenigen, die in der Küche liegen.

Mit dem Bündel unterm Arm gehe ich ins Haus zurück. Das gleiche Prozedere wie am Morgen beginnt. Zeitungspapier zusammenknüllen, Scheite übereinanderlegen und anzünden. Gebannt starre ich in das Ofenloch. Klappt es dieses Mal?

Hurra, die Scheite haben Feuer gefangen. Ich juble.

Ich muss den Yves nicht anrufen, ich kann es selbst. Und wieder bin ich stolz auf mich.

Wenn mich jetzt Gilles sehen könnte. Sein Püppchen – wie oft habe ich mich über den Tonfall geärgert, in dem er das Wort aussprach. Es war so herablassend. Nichts hat er mir zugetraut. Ob er seine neue Flamme auch Püppchen nennt?

Egal, ich werde jetzt ein Glas Wein trinken.

In einer Schublade finde ich einen Flaschenöffner. Energisch ziehe ich den Korken aus der Flasche. Der Wein schmeckt etwas herb, ist aber ein ehrlicher Landwein. Gilles hat immer über diese Weine gespöttelt. Klar, bei ihm kam ja nur das Beste auf den Tisch und teuer musste es sein. Eindruck schinden, das ist sein Lebensmotto.

Mit den Füßen auf einem Sessel, den ich vor den Ofen geschoben habe, trinke ich mit viel Genuss das Glas leer und schenke nach.

Es ist unheimlich still. Kein Auto, keine Krankenwagensirene, wie sie in Paris fast ununterbrochen zu hören ist, nur das Knacken des Holzes, das sich durch die Wärme zusammenzieht. Unheimlich. Einsam. Winter auf dem Land. Und hier soll ich meinen neuen Lebensbereich finden? Ich bin nach wie vor nicht sicher, ob das die richtige Entscheidung war. Würde ich hier glücklich werden?

Noch nie war ich allein, immer hatte ich jemanden um mich. Im Studium meine Studienkollegen, danach als verheiratete Frau zumindest die Hausdame, auch wenn Gilles sehr oft außer Haus zu tun hatte, mit der ich mich ziemlich gut verstand, obwohl sie spröde wirkte. Ich lache auf.

Hunger? Nein! Aber Lust auf ein weiteres Glas Wein. Soll ich? Nein, ich lass es lieber.

Meine Beine sind eingeschlafen. Ich massiere sie und stehe auf, sollte doch etwas essen, hole ein Baguette aus dem Leinensack, die Butter und den Käse aus der Kühlbox.

In dieser Einsamkeit ist es nichts mehr mit dem schnell um die Ecke in ein Bistro Laufen. Den Duft von frisch getoastetem Brot einatmen, Menschen sehen, die sich an den umstehenden Tischen unterhalten. Kein Kellner, der mich freundlich begrüßt, mir einen Croque Monsieur oder einen Teller mit Pasta an den Tisch bringt und bon appétit wünscht.

Hier ist NICHTS.

Elodie, reiß dich zusammen.

Das Baguette schmeckt herrlich, der Käse auch. Mit dem Essen kommt der Hunger. Ich reiße ein weiteres Stück ab und belege es diesmal mit der Salami, die dem Käse in nichts nachsteht. Satt und etwas weniger deprimiert versorge ich die Nahrungsmittel und verschwinde im Schlafzimmer.

Am anderen Morgen begrüßt mich ein tiefblauer Himmel. Auf der Wiese glitzern die Regentropfen der vergangenen Nacht. Schnell schlüpfe ich in den Trainingsanzug und die Gummistiefel und renne in den Garten. Die Luft ist kalt. Das stört mich nicht. Nach all den Tagen mit Regen und Nebel genieße ich die frische Luft.

Ich renne über das hohe Gras hinunter zu den ehemaligen Stallungen. Sie sehen ziemlich runtergekommen aus. Es muss schon lang her sein, dass hier Pferde gestanden haben. Ich erinnere mich, dass Yvonne mir mal erzählte, dass sie als kleines Kind reiten lernen durfte und als junges Mädchen an Reitturnieren teilgenommen hat. Ich habe sie sehr bewundert. Ich war nicht neidisch, ich bin ein Sportmuffel, aber dass andere so was tun, bewunderte ich.

Die Sportstunde in der Schule habe ich gehasst und geschwänzt, wann immer ich konnte. Lesen war mir lieber oder mich mit allerlei Basteleien und dem Malen zu beschäftigen.

Gilles ist auch sehr sportlich. Im Winter Ski laufen in den Bergen und im Sommer Segeln, Tennis spielen oder Squash. Wir sind ziemlich schnell übereingekommen, dass ich mir was anderes aussuchen konnte, wenn er seiner Leidenschaft, dem Sport, frönen wollte. So sind wir in den Ferien oft getrennte Wege gegangen. Ich fuhr zu meinen Eltern nach Nizza und ließ es mir gut gehen.

Ich versuche, das Tor zur Seite zu schieben, nach einigen nicht so damenhaften Worten gelingt es mir, und ich zwänge mich durch den Spalt. Es riecht nach vertrocknetem Pferdemist. Sieben Pferde hätten sie gehabt, hat mir Yvonne erzählt, aber als der Vater aus Altersgründen den ganzen Aufwand nicht mehr betreiben konnte, haben sie alle verkauft.

Schade eigentlich, dass die Anlage nun so verkommt.

Elodie, das wäre doch was für dich, flüstert eine Stimme in meinem Kopf. Ich schüttle ihn energisch, oh nein, ganz sicher nicht, und zwänge mich wieder aus dem Tor an die frische Luft.

Ich laufe weiter zum Waldrand. Ein Trampelpfad lädt zum Spazieren ein. Ich lasse mich treiben, gehe immer tiefer in den Wald hinein. Es ist ein Mischwald, Laub- und Nadelbäume, schwindelerregend hoch, säumen den Pfad. Auf einer Waldlichtung liegen aufgeschichtete Baumstämme. Brennholz, fährt es mir durch den Kopf. Ach ja, davon hat Yvonne ja gesprochen, dass zum Hof ein großes Stück Wald gehört, und mir Yves dabei helfen würde, falls ich Holz für den Ofen brauche. Ich bleibe stehen und betrachte den Stapel. Im Moment habe ich noch genügend davon, und bis es notwendig wird, werde ich den Kerl sicher kennengelernt haben. Er würde mir dabei helfen, diese Riesendinger zum Haus zu transportieren und zu spalten.

Auf was für ein Abenteuer habe ich mich da eingelassen? Wieder staune ich über mich selbst. Nachdenklich gehe ich zurück. Ich brauche einen Kaffee.

Als ich über die Wiese schlendere, sehe ich, dass sich am Gartentor jemand zu schaffen macht. Sofort laufe ich los.

Ein Mann in Feuerwehrmontur winkt mir zu. »Madame, die Feuerwehrequipe lädt Sie zu unserem jährlichen Sauerkrautessen ein. Es würde uns freuen, wenn Sie mit dabei sein könnten.« Erst jetzt betrachtet er mich neugierig. »Sie sind neu hier?«

Ich nicke atemlos, bin eben ein Sportmuffel.

»Aus Paris?«

»Ja, ich habe mich für ein paar Wochen hier eingemietet.« Woher weiß der, dass ich aus Paris bin? Natürlich, der Bürgermeister.

»Sie müssen Ihre Teller, Gläser und das Besteck mitbringen. Das Essen kostet mit Getränken fünfzehn Euro. Ein Scheck genügt. Ab zwanzig Uhr geht es los im Gemeindesaal.«

»Danke, ich überlege es mir.«

»Alles klar.« Er drückt mir einen Zettel in die Hand. »Hier können Sie alles nachlesen. Bis am Donnerstagabend müssen wir wissen, ob Sie kommen. Die Telefonnummer steht auf der Einladung. Ich wünsche Ihnen noch einen schönen Tag.«

Im Haus setze ich zuerst mal Wasser für den Kaffee auf. Das Feuer im Ofen ist natürlich ausgegangen. Also die gleiche Prozedur wie gestern. Zeitungspapier zusammenknüllen, Kleinholz in den Ofen und anzünden. Heute will es nicht so richtig anbrennen. Mist! Ich puste in den Ofen. Nichts. Ein kurzes Aufflackern, und das Feuer verglimmt. Ein zweites Mal. Ich schüttle an der Aschenschublade. Kein Wunder, die ist voll.

Inzwischen kocht das Wasser. Ich brühe den Kaffee auf und trinke erst mal einen Schluck. Die Sonne scheint so wunderbar in die Küche, der Ofen kann warten.

Nach zwei weiteren Versuchen brennt das Feuer endlich und ich kann mich der Einladung zum Sauerkrautessen widmen. Ich erfahre, dass die Feuerwehr in diesem Jahr das eingenommene Geld einer Stiftung für arme Kinder zukommen lässt. Soll ich da wirklich hingehen? Ich kenne außer dem Bürgermeister keinen

Menschen und Sauerkraut ist nicht gerade mein Lieblingsessen. Weshalb hat der mir überhaupt diese Einladung gebracht? Ich bin ja erst sehr kurz hier. Wahrscheinlich hat er mich mit Yvonne verwechselt. Allerdings hätte er Yvonne sicher nicht mit ›Madame‹ angesprochen, die kennt er doch.

Ich lege die Einladung zur Seite und überlege, was ich mit dem angefangenen Tag machen soll. Gleich weiß ich es: Ich muss herausfinden, an welcher Stelle das Dach den Regen hereinlässt. Heute ist es trocken, da kann ich hinaufklettern.

Bist du verrückt, Elodie. Lass das den Yves machen.

Einen Teufel werde ich und schlüpfe wieder in die Gummistiefel, laufe nach draußen. Und nach der Kletterpartie aufs Dach werde ich mich dem kleinen Haus widmen. Aber ich werfe gleich einen Blick rein, um mich seelisch darauf vorzubereiten, was zu tun wäre.

Nur mit Mühe kann ich die Eingangstür von der Dependance öffnen. Als ich es schließlich geschafft habe, finde ich mich in einem ziemlich großen Raum, in dem auch viel Gerümpel herumliegt. Ein Holzbett mit einer, wahrscheinlich von den Mäusen zerfressenen Matratze. Ein paar Sessel, einige mit abgebrochenen Beinen, ein Kühlschrank, Töpfe, Pfannen und ein Gaskochherd. Eine Tür führt zu einem Badezimmer mit Klo und eine weitere Tür in ein anderes Zimmer, in dem ein ähnliches Eisenbett steht. Daraus könnte man ein Bijou machen, finde ich und gehe wieder hinaus.

Wie lang, sagte Yvonne, wurde das Haus nicht mehr bewohnt?

Ich kann mich nicht mehr erinnern, wahrscheinlich sehr lang.

Die Scheune habe ich bereits ein wenig erkundigt, als ich nach dem Holz suchte. Sie sieht bei Tageslicht noch chaotischer aus. Ich nehme ein paar Holzscheite und lege sie vor die Tür in die Sonne.

Jetzt zur undichten Stelle im Dach. Doch die Leiter ist zu kurz. Alles, was ich sehen kann, sind ein paar Ziegel, die verrutscht sein müssen, aber deswegen sollte es nicht so stark ins Schlafzimmer regnen. Ich muss halt doch Yves kontaktieren.

Ich setze mich vorsichtig auf die alte Bank vor dem Haus – sie wackelt nur ein kleines bisschen unter meinem Gewicht – und überlege. Was kommt als Erstes dran? Ganz klar, die Wohnräume im Haupthaus, in ihrem derzeitigen Zustand kann ich sie nicht bewohnen. Ein neuer Kühlschrank, eine bessere Kochmöglichkeit, denn ich sehe mich nicht auf dem Holzherd meine Mahlzeiten zubereiten. Im Badezimmer müssen auch einige Verschönerungen vorgenommen werden, es sollte gestrichen und die Wasserrohre erneuert werden.

Hm, ich zweifle an meinem handwerklichen Geschick. Ich kann so was einfach nicht. Ich, die verwöhnte Elodie, die niemals etwas tun musste. Die eine Hausdame, die für sie und die Gäste kochte, und einen Gärtner hatte.

Ich schaue mich um. Der Garten verwildert, das Gras ist fast hüfthoch. Und hier soll ich nun meinen Weg finden? Und wieder überkommt mich eine tiefe Verzweiflung.

10. BEGEGNUNG MIT DEM SONDERLING

Heute ist es so weit. Ich habe mich durchgerungen und zu dem Sauerkrautessen angemeldet. Aber was soll ich nur anziehen? Wie kleidet man sich für ein Dorffest in der Pampa in Frankreich? Eine Jeans? Nein, eher nicht. Ich habe mal irgendwo gelesen, dass solche Feste für die Dorffrauen die einzige Gelegenheit wäre, sich aufzuhübschen. Also dann das cremefarbene Wollkleid, ich bin jetzt ja auch eine Dorffrau.

Doch zuerst muss ich den Ofen füttern, denn das Wetter ist gekippt und wieder nasskalt geworden. Eine Kälte, die durch jede Ritze in das Haus drängt und eine Feuchtigkeit, die alles klamm werden lässt. Das mit dem Ofen habe ich inzwischen ganz gut im Griff, nur der Nachschub von trockenem Holz bereitet mir etwas Sorgen, denn vom Schuppen habe ich fast schon alles aufgebraucht. Und Monsieur Yves habe ich immer noch nicht angerufen. Der Ofen bullert und ich gehe ins Schlafzimmer, ziehe das Kleid über und schlüpfe in die hohen braunen Schaftstiefel. Ich betrachte mich im Spiegel, den ich gestern in einem Trödelladen in Le Fleix erstanden habe. Ein wuchtiges Ding, umrahmt mit kitschigen goldgelben Ornamenten. Meine Figur kann sich trotz meines Alters noch sehen lassen. Keine Pölsterchen, schlanke Beine und das, obwohl ich keinen

Sport treibe. Die Farbe des Kleides unterstreicht meine dunklen Locken. Ein bunt gemustertes Tuch, etwas Lippenstift, und ich bin bereit, mich ins Getümmel zu stürzen. Ich lächle mir zu.

Dann packe ich Besteck und Teller in einen Einkaufskorb, ziehe den Mantel über, verlasse das Haus und verriegle sorgsam das Türschloss. Auch auf dem Land gibt es Diebe. Die Absätze der Stiefel bohren sich in die aufgeweichte Erde des Weges zum Auto. Gummistiefel wären die bessere Wahl gewesen, aber hey, ich gehe auf ein Fest. Zwar nur auf ein Dorffest, trotzdem.

Auf dem Parkplatz vor dem Festsaal, in jedem Dorf gibt es einen solchen Saal, steht bereits eine Menge von Autos. Das Sauerkrautessen scheint sehr beliebt zu sein.

Der Eingang wurde zur Bar umfunktioniert. Hinter der Bar stehen ausgewählte Schönheiten des Dorfes, vor der Bar drängeln sich die Männer. Als ich eintrete, streifen mich neugierige Blicke. Ich lasse mir meine Befangenheit nicht anmerken und grüße nickend nach links und rechts.

Der Bürgermeister, der einzige Mensch, den ich kenne, löst sich von einer Gruppe Männer und kommt auf mich zu. »Willkommen Madame Pedotte, schön dass Sie gekommen sind. Auch einen Drink?«

»Gern«, ich nicke höflich.

Er winkt einer der Schönheiten zu, die aus einer Karaffe eine rosarote Flüssigkeit in einen Plastikbecher einschenkt.

»Auf Ihr Wohl, Madame«, der Bürgermeister hebt

seinen Becher.

Ich nehme einen kleinen Schluck. Scheußlich. Klebrig, süßlich und bitter. Ich habe noch nie so was Gruseliges getrunken.

»Unser Drink, den wir an jedem Fest anbieten, Grapefruit mit Roséwein«, erklärt er.

»Sehr speziell«, erwidere ich und lehne ab, als er nachschenken will.

Er winkt einer etwas fülligen Dame. »Das ist Christelle, meine Frau. Sie wird sich um Sie kümmern.«

»Herzlich willkommen in unserem Dorf. Mein Mann hat mir von Ihnen erzählt.« Sie reicht mir die Hand. »Kommen Sie, wir gehen hinein, es dauert nicht mehr lang, dann geht es los. Haben Sie Ihr Essgeschirr mit? Wenn nicht, kein Problem, ich könnte Ihnen damit aushelfen, ich habe immer etwas dabei für diejenigen, die es vergessen haben.«

Ich zeige auf meinen Korb und folge ihr in den Saal. Der ist bereits gut besetzt. Fröhliche Gesichter, wohin ich schaue. Es ist schon ganz schön laut.

Christelle führt mich an einen Tisch und stellt mich den Anwesenden vor. »Unsere Pariserin, sie wohnt für ein paar Monate im Haus von Yvonnes Eltern.«

Wieder werde ich neugierig betrachtet und fühle mich zunehmend unbehaglicher. Ohne Zweifel, ich bin overdressed.

Christelle bedeutet mir, mich zu setzen. Ich betrachte sie. Sie hat ein aufgeschlossenes Gesicht. Ihre blauen Augen funkeln voller Erwartung. Sie scheint solche Feste zu lieben. Alles an ihr ist rund. Das Gesicht, die

Figur, ihre Augen. Die mit Silberfäden durchzogenen Dauerwellen – auch sie sind rund – erinnern mich an ein geschorenes Schaf, dessen Fell wieder am Nachwachsen ist.

Der Lärmpegel im Saal steigt. In Wellen treten immer mehr Menschen ein. Auch die Männer, die an der Bar gestanden sind, drängen herein. Bald sind alle Plätze besetzt. Aus der provisorischen Küche dringt Sauerkrautgeruch und vermengt sich mit dem Schweiß der Herren und den verschiedenen Parfümdüften der Damen im Saal. Ein Raunen, dann Applaus, denn die Feuerwehrleute beginnen mit dem Verteilen der Vorspeise.

Es gibt Paté, garniert mit verschiedenen Wurstsorten und eingelegten scharfen Gurken. Dazu Berge von duftendem Baguette. Rotwein, Weißwein und Wasser werden auf die Tische gestellt. Das Geschnatter verebbt, lockere Unterhaltungsmusik plärrt aus einem Lautsprecher.

Ich blicke verstohlen auf die Uhr. Inzwischen ist es einundzwanzig Uhr. Ich mustere die Leute, wer weiß, vielleicht ist Yves auch unter den Anwesenden. Aber da ich nicht die leiseste Ahnung habe, wie er ausschaut, kann ich ihn nicht entdecken, fällt mir in dem Augenblick ein. Ich muss Yvonne beim nächsten Telefonat bitten, dass sie mir ein Foto von ihm schickt. Die andere Variante wäre, ihn endlich mal anzurufen und ein Rendezvous mit ihm auszumachen.

Plötzlich fällt mein Blick auf den Sonderling, der kürzlich am Tor zum Paradies stand und dann wie gehetzt davonlief. Ziemlich einsam sitzt er am Tisch. Vielleicht ist das Yves?

Der Hauptgang wird serviert. Berge von Sauerkraut mit noch höheren Bergen von Würsten und Fleisch. Der Mann, der mir die Einladung gebracht hat, häuft mir den Teller voll. Übervoll. So viel kann ich niemals runterbringen.

Meine Tischnachbarn machen sich über das Essen her, als ob sie schon wochenlang nichts mehr in den Magen bekommen hätten. Auch Christelle hat ihren Teller in Windeseile leergeputzt. Ihre Rundungen kommen nicht von ungefähr.

Nach dem Nachtisch und dem Kaffee, es ist inzwischen kurz vor dreiundzwanzig Uhr, beginnt sich der Saal zu leeren.

Ich ergreife die Gelegenheit, um den komischen Mann, der vielleicht Yves ist, zu begrüßen. Er sitzt immer noch allein am Tisch.

»Mein Name ist Elodie Pedotte«, ich strecke ihm die Hand entgegen, die er aber übersieht. »Sie waren kürzlich an meinem Gartentor, darf ich fragen, sind Sie Yves? Meine Freundin Yvonne die mir das Haus ihrer Eltern, das Paradies, zur Verfügung gestellt hat, hat mir von einem ehemaligen Schulfreund Yves erzählt, der ab und zu aufs Haus schaut.«

Der Mann schüttelt erstaunt den Kopf und legt den Kugelschreiber in das aufgeschlagene Heft auf dem Tisch, das vollgekritzelt ist mit Notizen, Zeichnungen und anderen Hieroglyphen. »Nein, mein Name ist Victor Lacombe, ich wohne eigentlich in Bordeaux und habe mich nur aufs Land zurückgezogen, weil ich hier meinen Roman fertigschreiben will. Aber bitte nehmen Sie doch Platz.«

Ich nage verlegen an der Unterlippe. »Nein, danke, ich möchte Sie nicht stören.«

»Sie stören nicht. Vielleicht mögen Sie mit mir noch einen Wein trinken?« Er winkt einem der Feuerwehrmänner, der dabei ist, die Tische abzuräumen.

Zaghaft setze ich mich hin. Einem lebendigen Schriftsteller bin ich noch nie begegnet. »Sie schreiben also hier ihren Roman fertig? In welchem Genre, wenn ich fragen darf?« Ich erkenne mich kaum wieder, meine Stimme ist so leise, schüchtern geradezu.

»Horror«, ist die kurze Antwort.

»Horror«, hauche ich.

»Ja.« Seine Augenbrauen gehen nach oben.

Zum Glück werden in diesem Moment unsere Gläser nachgeschenkt.

»Prost, Madame.« Victor Lacombe hebt sein Glas in meine Richtung.

Ich proste zurück. Was soll ich mit einem Schriftsteller reden? Aber ich bleibe sitzen, ich will noch nicht nach Hause in die Einsamkeit, hier ist es warm und hell. »Prost, und viel Erfolg für Ihren Roman.« Ich nippe am Wein. »Wo wohnen Sie denn?«

»In einem Wohnwagen, den mir ein Freund zur Verfügung gestellt hat.«

»Ach! Ist das nicht etwas unbequem?«

»Geht so, ich stelle keine großen Ansprüche, eine Schlafstelle und mein Laptop genügen mir.«

Bei näherem Hinsehen schaut er gar nicht mehr so

grimmig aus wie damals vor meinem Gartentor, stelle ich fest. Etwas nachlässig gekleidet ist er, aber so sind wohl alle Schriftsteller und Künstler, es ist sozusagen ihr Markenzeichen.

Ich gebe mir einen Ruck. »Sie können gern einmal auf einen Kaffee zu mir kommen, wenn Sie möchten.«

Victor lässt sich sein Glas erneut nachfüllen, das dritte Mal in der kurzen Zeit, aber das kenne ich. Wie oft habe ich bei den geschäftlichen Empfängen, auf die mich Gilles mitgenommen hat, gestaunt, was und mit welcher Geschwindigkeit die Leute ihre Gläser leer getrunken haben. Drei Gläser in kurzer Zeit waren noch wenig.

»Danke, Madame«, er verneigt sich leicht, »ich werde darauf zurückkommen.«

Obwohl ich immer noch nicht gehen will, stehe ich auf. Der Saal ist leer, abgesehen von den Feuerwehrleuten, die mit dem Abräumen beschäftigt sind. Victor und ich sind die letzten Gäste. Das Licht ist heruntergedimmt. Das Ambiente hat einen sehr intimen Charakter bekommen.

Ich knete meine Hände, suche nach Worten, die nicht banal sind. Doch es kommen mir keine in den Sinn. Mein Hirn ist leer, also sage ich einfach: »Es hat mich sehr gefreut, Sie kennenzulernen, Monsieur, aber leider muss ich jetzt gehen. Melden Sie sich einfach mal, Sie wissen ja, wo ich wohne.« Ich strecke ihm die Hand entgegen.

Dieses Mal übersieht er sie nicht.

Im Eingang verabschiedet sich der Bürgermeister

lautstark. »Schön, dass Sie gekommen sind. Wir sehen hier nicht so viele Pariserinnen.« Für meine Begriffe hält er meine Hand etwas zu lang fest.

Auf der Heimfahrt summe ich leise vor mich hin. Das erste Mal fühle ich mich nicht mehr so verloren hier. Es geht aufwärts.

Voller Elan stoße ich die Eingangstür auf, kalte Luft schwappt mir entgegen. Der Holzofen ist in der Zwischenzeit natürlich ausgegangen.

11. YVES

Pfeifend schnitzt Yves mit Hammer und Stemmeisen an dem rohen, noch unbehandelten Baumstamm tiefe Kerben ins Holz. Er liebt es, die alten Baumstämme in Waldgeister zu verwandeln. Heute hat er ein ganz besonders knorriges Stück Holz zu bearbeiten und im Geist sieht er bereits den Waldgeist Nummer fünfzehn vor sich stehen.

Im Sommer, wenn die Touristen das Land überschwemmen, wird er eine Ausstellung organisieren. Auch sein Freund Gilbert, der eine Galerie in Bergerac besitzt, bestellte bereits einige Exemplare bei ihm. Er konnte sie in den letzten Jahren gut verkaufen. Vor allem die englischen Touristen sind begeistert von seinen Waldgeistern.

Das Sauerkrautessen gestern schwänzte er. Er fühlte sich nicht in Form, aber das war eine Ausrede. Ihm war nicht nach einem Menschenauflauf zumute. Diese Elodie aus Paris ist bestimmt auch dort gewesen. Er hätte sie schon lang besuchen sollen. Yvonne bat ihn beim letzten Telefonat inständig darum, aber er hatte bisher keine Lust dazu.

Er mag die Großstädter nicht und Pariser schon gar nicht. Sie schauen so hochnäsig auf die Landbevölkerung herunter. Im Sommer, wenn sie in ihre Ferienhäuser kommen und denken, dass die Dordogne nun ihnen gehöre, alles und jedes okkupieren, dann würde er am liebsten Reißaus nehmen. Aber sie bringen auch Geld in die arme Region und sie kaufen seine Kunstwerke. Nicht die Waldgeister, seine Raku-Tiere finden reißenden Absatz.

Er tritt einen Schritt zurück und betrachtet sein Werk. Die Augen hat er wieder einmal gut getroffen, freut er sich und fährt mit dem Schnitzen fort.

Der kleine Holzofen im Atelier wärmt nur wenig. Der Wind bläst durch die Fensterritzen. Vor ein paar Jahren hat er die Scheune umgebaut, den Brennofen für seine Raku-Tiere installiert, an den Wänden Regale montiert, in denen er die notwendigen Werkzeuge untergebracht hat. Den Traktor und die übrigen landwirtschaftlichen Geräte hat er in den anschließenden Schuppen verlegt.

Leise summt er vor sich hin und denkt an Yvonne. Er hat sie schon lang nicht mehr gesehen. Ab und zu telefonieren sie und wenn sie mal in der Dordogne ist, besucht sie ihn. Das kommt leider selten vor. Sie sind enge Schulfreunde gewesen, aber dann zog Yvonne nach Paris, um zu studieren, und blieb dort.

Die Kirchturmuhr schlägt sieben. Yves legt sein Werkzeug beiseite. Es ist Zeit für die Hühner. Erst vor einer Woche hat ein Fuchs wieder zwei gerissen. Mit dem Eimer, in dem er die Körner aufbewahrt, geht er zum Hühnerstall.

»Na, seid ihr denn alle da?«, ruft er. Schon kommt die kleine Schar gackernd herbeigelaufen, allen voran der bunte Hahn. Yves streut das Hühnerfutter in die beiden Lavoirs aus Emaille. Wie immer amüsiert er sich, wie der Macho darauf achtet, dass alle seine Hühner versammelt sind und nach den Körnern picken. Erst dann neigt er selbst das Köpfchen und lässt es sich schmecken.

Schmunzelnd versperrt Yves sorgfältig die Tür und geht ins Haus. Die Schnitzarbeit wird er morgen fortsetzen.

In der großen Wohnküche lässt er sich schwer auf einen Stuhl fallen und schaut sich um. Im Abwaschbecken stapelt sich das ungewaschene Geschirr von mindestens zwei Tagen. Seit dem Tod seiner Frau Sylvie vor drei Jahren ist es ziemlich einsam um ihn geworden. Sein Sohn Dominique arbeitet als Kellner in einem Restaurant in Bordeaux. Er findet nur selten nach Hause. Das Landleben öde ihn an, hat er einmal gesagt, als Yves ihn darauf angesprochen hat.

Er steht auf und lächelt dem Bild auf dem Küchengeschirrschrank zu. Es scheint ihm, als ob Sylvie zurücklächelt. Yves nimmt das gerahmte Bild in die Hand. Sylvie ist eine hübsche Frau gewesen. Klein, mit pechschwarzen Haaren und dunklen Augen. Weshalb musste sie so früh gehen? Fünfzig Jahre ist noch kein Alter. Bis ihre Krankheit entdeckt wurde, verging viel zu viel Zeit und dann war es zu spät. Ihr Körper war bereits von den Metastasen zerfressen. Seine Wut auf die Ärzte hat er bis heute nicht überwunden und immer, wenn er daran denkt, steigt die Galle in ihm hoch. Quacksalber, Großschwätzer, geldgierige Säcke.

Er lässt heißes Wasser in das Waschbecken laufen, gibt ein paar Tropfen Abwaschseife hinein und beginnt die Teller und Töpfe zu reinigen. Als er damit fertig ist, nimmt er den Putzmopp und wischt den Boden auf. Dreimal muss er das Schmutzwasser wechseln. Er hat es nicht so mit dem Haushalt.

Sylvie ist nicht seine erste Wahl gewesen, das war Yvonne. Aber Yvonne wollte ja lieber in Paris bleiben, eine von diesen ›Pariser Damen‹ werden. Dennoch wurde er glücklich mit Sylvie. Sie war bescheiden und arbeitsam.

Der Küchenboden glänzt wie schon lang nicht mehr. Yves schaut sich um und öffnet eine Flasche Wein.

»Feierabend«, brummt er vor sich hin, geht ins Wohnzimmer und legt ein Stück Holz auf die Glut im Kaminofen. Das Holz fängt sofort Feuer. Er nimmt einen tiefen Schluck. Morgen wird er diese Elodie anrufen.

12. WEIHNACHTEN AUF DEM LAND

Schlotternd stehe ich in der Küche und braue einen Kaffee. Den Holzofen konnte ich gestern Abend, als ich nach Hause gekommen bin, nicht mehr in Gang bringen. Ich blöde Gans habe vergessen, das nasse Holz vom Schuppen zum Trocknen in die Küche zu holen. Heute muss ich unbedingt diesen Yves kontaktieren, sonst … ich seufze. Die ganze Hütte ist kalt und feucht und zu all dem Elend regnet es wieder einmal Bindfäden. Wie graue Schleier kommt das Nass aus den Wolken.

Der Kaffee ist durch, ich schenke ein. Wenigstens ist der heiß.

Hart stelle ich die Tasse auf den Tisch, ziehe meine Trainingshose direkt über die Pyjamahose und den dicksten Pullover über, den ich besitze. Die Gummistiefel stehen im Eingang und die Regenjacke hängt am Haken. Hastig schlüpfe ich hinein und renne das kurze Stück bis zum Schuppen. Dort suche ich nach Holz. Der Haufen – na ja, groß war er ja nie – ist in der kurzen Zeit, in der ich hier eingezogen bin, zu einem Häufchen zusammengeschmolzen. Mit den paar Scheiten unter dem Arm renne ich wieder ins Haus zurück.

»Same procedure as every day«, murmle ich, knülle die letzte Zeitung zusammen, schiebe sie mit ein paar

Holzspänen ins Ofenloch und zünde sie an. Gespanntes Warten. Ein kurzes Aufflackern, das im nächsten Moment wieder zusammenfällt, erlischt. Klar, auch die Späne sind feucht. Verdammt noch mal! Und jetzt?

Mutlos lasse ich mich auf einen Stuhl fallen. Nachdem ich ein paar Mal tief durchgeatmet habe, greife ich zum Handy und wähle Yves Telefonnummer. Nichts. Schläft der noch? Es ist doch bereits zehn Uhr! Was soll ich nun tun, wenn ich den nicht erreichen kann?

Frieren, Elodie, oder dich ins Auto setzen und nach Paris in deine kuschelige Wohnung zurückfahren.

Kommt nicht infrage. So schnell gebe ich nicht auf. Ich geh jetzt halt Holz kaufen. Ich lache kurz auf. Holz kann man nicht kaufen, das bestellt man im Sommer für den Winter und lagert es an einem trockenen Ort. Dann hat man es immer schön warm. So habe ich das im Internet gelesen.

Ein Auto fährt auf den Hof. Erschrocken eile ich ans Fenster. Ich habe doch gestern Nacht das Eingangstor geschlossen? Oder nicht? Ich war ja etwas beduselt vom Wein und von dem Schriftsteller. Ich könnte mich ohrfeigen ob meiner Leutseligkeit, ihn zu mir eingeladen zu haben.

Ein SUV Peugeot, ziemlich verdreckt, hält vor der Tür und ein Baum von einem Mann steigt aus. Gott sei Dank, es ist nicht der Schriftsteller.

Der Mann klopft, nein poltert an die Tür.

Zaghaft öffne ich einen Spalt. »Sie wünschen?«

»Yves Berger.«

»Sie sind Yves!« Ich reiße die Tür weit auf. »Kommen

Sie bitte herein, Sie schickt der Himmel.«

»Nein, die Yvonne«, erwidert er lakonisch, zieht die Jacke aus und hängt sie an den Haken. »Wie kommen Sie zurecht? Läuft alles?«

Ich schüttle den Kopf.

»Ist ziemlich kalt hier.« Er schaut auf mich herab und grinst. »Ist halt keine Stadtwohnung, wo man nur ein bisschen an der Heizung dreht und schon ist es kuschelig.«

Blöder Typ.

»Na, dann wollen wir mal.« Er reibt sich die Hände, stapft in die Küche und schaut sich um. »Kein Holz, was?«

»Ja, äh, nein natürlich. Da ist nur ein feuchter kleiner Stoß gelegen, als ich ankam. Im Schuppen habe ich dann noch etwas gefunden.« Meine Stimme ist ziemlich hoch geworden.

»Ich habe Holz mitgebracht, im Anhänger.«

»Ich helfe Ihnen.«

Sein Blick fällt auf meine Hände. »Wenn Sie wollen. Haben Sie Handschuhe?«

»Nein.«

»Dann lassen Sie es, aber Sie könnten im Schuppen eine Plane suchen, damit ich es abdecken kann.« Yves zieht seine Regenjacke an, stülpt die Kapuze über und geht hinaus.

Der Regen ist zum Glück etwas weniger geworden, ich schlüpfe auch in die Jacke und folge ihm.

Auf dem Anhänger liegt wahrhaftig eine richtig große Menge mit gespaltenem Holz. Mein Herz hüpft. Ich hätte nie im Leben gedacht, dass mich Brennholz so glücklich machen könnte.

Im Schuppen finde ich nach einigem Suchen eine Plastikplane, verborgen unter dem hölzernen Bettgestell. Ich zerre sie hervor und hoffe inständig, dass sie nicht reißt, sie scheint schon ziemlich lang da zu liegen.

Ich schleife sie zum Haus. Yves hat inzwischen den Anhänger ans Haus geschoben und begonnen, die Scheite aufeinanderzustapeln. Heimlich betrachte ich ihn eine Weile. Eine kräftige Statur hat er, unter der Regenjacke erahne ich die Muskeln. Ein Bild von einem Mann.

»Haben Sie die Abdeckung gefunden? Ah, sehr gut. Ich bin bald so weit, dann können wir, nein, ich, Sie haben ja keine Handschuhe, ein paar Scheite in die Küche neben den Ofen legen.« Er wendet sich wieder dem Holz zu und ich bleibe wie der Esel vorm Berg stehen. Soll ich jetzt hineingehen oder hier warten? Verdammt noch mal, dieser Yves hemmt mich.

»So, fertig. Jetzt können Sie mir helfen, den Stapel abzudecken.«

»Kann ich Ihnen einen Kaffee anbieten oder einen Tee?« Wobei ich nicht sicher bin, ob überhaupt Tee im Haus ist.

»Danke, ich habe keine Zeit, vielleicht ein anderes Mal.« Yves nimmt ein paar Scheite in die Hände und geht mir voran in die Küche. »Ich hole noch ein paar, das sollte für heute und morgen reichen. Immer schön aufpassen, dass Sie genügend von den Dingern neben den Ofen legen.« Er schaut wieder auf meine Hände.

»Ich würde Ihnen dringend raten, sich Handschuhe zuzulegen, sonst haben Sie spätestens nach dem zweiten Mal Holz holen Splitter in Ihren gepflegten Händen.«

Blödmann, hast es nicht so mit Pariserinnen, denke ich und lächle ihn dabei an.

»Ja, dann, machen Sie es gut. Wenn was ist, haben Sie ja meine Telefonnummer. Schöne Weihnachten, Sie werden die Festtage sicher in Paris verbringen.« Er dreht sich um und verlässt die Küche. Die Tür fällt ins Schloss, der Motor heult auf und die Autoreifen knirschen auf dem Kies.

Was für ein arroganter Bauer. Mit hängenden Armen stehe ich in der Küche. Was jetzt, Elodie? Nur nicht klein beigeben. Nach dreißig Minuten ist die Küche warm und der Regen draußen wieder stärker geworden.

Auch auf dem Land ist etwas von der Hektik auf die kommenden Festtage zu spüren. Aber lang nicht so wie in Paris. Im Dorf hängt die Weihnachtsbeleuchtung. Das heißt, über die Straße vom Gemeindehaus zur Kirche wurde eine Lichterkette gespannt und an den Häusern im Dorf hängen Tannenäste, die mit kleinen Paketen, in Glanzpapier gewickelt, geschmückt sind.

Ich fahre nach Mussidan zum Einkaufen, ein bisschen festlich soll es auch bei mir werden, denn ich habe beschlossen, Weihnachten nicht nach Paris zu fahren, wie ich es ursprünglich vorhatte, sondern zu bleiben. Dieser Yves soll ja nicht glauben, dass ich eines von diesen

Pariser Püppchen bin. Aber eigentlich ist es egal, was der glaubt.

Die Auswahl an Glitzerzeug im Laden ist nicht gewaltig. Ein paar Kugeln, die verlassen in einem Korb liegen, Engelshaar und sehr, sehr kitschige Weihnachtsmänner, die einen quiekenden Ton von sich geben, wenn man auf ihren Bauch drückt. Ich packe die letzten Kugeln zusammen mit dem Engelshaar in den Einkaufswagen. Wurst, Paté und eine kleine Dose Foie gras landen ebenfalls darin. Dazu ein paar Aufbackbaguettes, Butter und das Übliche, was Frau so braucht, die in ihrem Leben noch nie kochen musste. In Paris war die Hausdame zuständig und wenn eine größere Einladung anstand, wurde eine Köchin engagiert.

An der Kasse lege ich noch eine Flasche Champagner dazu, die mich auf einem Extraständer anlachte. »Zum Verwöhnen«, murmle ich und zücke den Geldbeutel.

Die Kassiererin schaut mich neugierig an. Sehr wahrscheinlich bin ich heute die erste Kundin, die so wenig aufs Band legt. Und sehr wahrscheinlich sieht man mir die Städterin immer noch an, obwohl ich mir ganz fest Mühe gebe, mich in puncto Kleidung der Landbevölkerung anzupassen.

Zu Hause verstaue ich meine Einkäufe. Die Weihnachtskugeln lege ich in eine geschnitzte Holzschale, die ich im Schuppen gefunden habe, und das Engelshaar breite ich auf dem Tisch aus und überlege, wo ich es hinhängen könnte. Einem plötzlichen Einfall folgend ziehe ich nochmals meine Jacke über, nehme eine

Handsäge – ja, auch solche nützlichen Dinge finde ich im Schuppen – und laufe zum Waldrand.

Dort gibt es Tannenbäume, die bis zum Boden Äste haben. Einer der Äste muss dran glauben. Ich hätte nie im Leben daran gedacht, dass Sägen so schweißtreibend sein kann.

Endlich habe ich es geschafft und voller Enthusiasmus gehe ich ins Haus zurück. Ein Kübel muss als Vase herhalten. Ich behänge den Zweig mit dem Engelshaar und stelle den Kübel neben den Holzofen, der fröhlich vor sich hin bullert.

Die Dämmerung ist in die Nacht übergegangen. Zufrieden öffne ich eine Flasche Wein und zünde ein paar Kerzen an. Der Wein schmeckt herrlich. Blumig mit einer Holznote.

Meine erste Weihnacht allein. Bin ich traurig deswegen? Ich schüttle den Kopf. Nicht traurig, aber trotzdem breitet sich ein Gefühl in mir aus, das ich nicht beschreiben kann. Leer. Erschöpft. Und das, obwohl ich nicht wirklich was mache. Das bisschen Holzschleppen. Das bisschen Ofenanfeuern. Das bisschen Einkaufen. Ich nehme einen tiefen Schluck.

Bilder von der letzten Weihnacht steigen in mir hoch. Gilles, der mir wie jedes Jahr ein Schmuckstück unter den Tannenbaum gelegt hat. Ein Tannenbaum, dessen Spitze die Decke streifte. Überall Kerzen in edlen Kerzenständern. Austern, Foie gras, Weine, Champagner. Leise Musik im Hintergrund.

Heute wird Gilles wohl seiner neuen Flamme ein Schmuckstück unter den Weihnachtsbaum legen.

Und jetzt bin ich hier. Hier in der Einsamkeit, um mich wiederzufinden, mich zu verändern. Habe ich das? Nein, bis jetzt nicht. Alles, was ich gelernt habe, ist, einen Holzofen in Gang zu bringen. Kontakte habe ich noch keine geknüpft, außer mit Victor, dem Schriftsteller, und Yves. Von der Frau des Bürgermeisters, die mich am Sauerkrautabend unter die Fittiche genommen hat, habe ich nichts mehr gehört. Und Victor hat sich auch nicht gemeldet, trotz meiner sehr spontanen Einladung. Nun, es ist vielleicht ganz gut so, sein stechender Blick war schon etwas angsteinflößend. Horrorromane schreibt er. Ich schaudere.

Stille! Nur das Knacken des Gebälkes und das Prasseln des Regens an die Fensterscheiben unterbrechen die Grabesstille.

Im Minibackofen, den ich vor ein paar Tagen gekauft habe, liegt ein Baguette zum Aufbacken. Auf einem Teller warten ein Stück Foie gras und ein paar Scheiben Wurst, garniert mit kleinen Cherrytomaten. Zum Glück bin ich eine bescheidene Esserin, pompöse Gelage waren noch nie meins.

Was würde ich tun, wenn ich in Paris in meiner Wohnung wäre? Wahrscheinlich würde ich diesen Abend in meinem Bistro verbringen, zusammen mit anderen Menschen, die auch einsam sind. Ich würde ein paar Worte mit dem netten Kellner wechseln und vielleicht ein Gespräch mit einem anderen netten Menschen führen. Ich würde ein paar Austern schlürfen, danach ein gegrilltes Rinderfilet mit ein paar Pommes frites essen und als Dessert einen Schokoladenweihnachtsbaumstamm. Zum Abschluss einen Kaffee und einen Cognac. Dann würde ich satt und zufrieden in meine Wohnung zurückgehen.

Ich stehe auf und öffne den Champagner. Prost, Elodie! Auch aus einem Wasserglas schmeckt der Champagner.

13. SILVESTER IN PARIS

Der Verkehr wird dichter. Im Autoradio quält sich ein neu entdeckter Star mit einem Remake von den Beatles ab. Nach meiner Uhr sollte ich in circa dreißig Minuten in Paris sein.

Nach den stillen Weihnachtstagen und dem nimmer enden wollenden Regen habe ich einen Tag vor Silvester meinen Koffer gepackt. Den Schlüssel habe ich unter den Blumentopf gelegt.

Endlich biege ich in die Rue de la Tour ein. Nur ein paar Meter und ich bin am Ziel. Mein Parkplatz in der Garage ist immer noch frei.

Mit dem Koffer in der Hand steige ich in den vierten Stock. Ein Klick und die Tür zu meiner Wohnung öffnet sich. Eine Weile bleibe ich im Eingang stehen. Dann gebe ich mir einen Ruck, ziehe die Tür hinter mir zu und gehe ins Wohnzimmer. Die Luft ist abgestanden und es ist kalt. Hastig drehe ich die Knöpfe an den Heizkörpern auf. Ich bin wieder zu Hause. Nach kurzer Zeit sind die Zimmer wohlig warm.

Unter der Dusche kommen meine Lebensgeister zurück. Wie ich das genieße. Warmes Wasser, das nicht nur tropfenweise aus dem Hahn fließt. Weiche Handtücher. Flauschige Teppiche. Bequeme Polstersessel. Glücklich lasse ich mich in einen Sessel sinken. Gedämpfter Lärm dringt von der Straße nach oben.

Enthusiastisch packe ich den Koffer aus, hänge die Kleider in den Schrank und verstaue die Schuhe. Nichts von alldem habe ich in der Pampa gebraucht. Mein Outfit hat aus Jeans, Pullover, Gummistiefeln und Regenjacke bestanden. Nur ein einziges Mal, beim Sauerkrautessen, habe ich mich fein gemacht, mit dem Resultat, dass ich von den Frauen mit misstrauischen Blicken angeschaut wurde. Aber jetzt bin ich wieder in Paris, jetzt wird alles gut.

Hastig kleide ich mich an. Im kleinen Super-U um die Ecke kaufe ich das Nötigste für den heutigen Abend. Morgen werde ich in mein Bistro gehen. Austern essen und Champagner trinken. Mit den Menschen um mich auf das neue Jahr anstoßen. Auf meine Zukunft.

Der letzte Tag im Jahr, einem Jahr, das mich nach Gilles Rauswurf komplett aus der Bahn geworfen hat. Geschieden sind wir nicht, noch nicht, und ich bin gespannt, wann er mit diesem Anliegen auf mich zukommt. Ich kann warten, denn ich habe nicht im Sinn, mich jemals wieder an einen Mann zu binden.

Es regnet mal wieder. Aber in Paris ist der Regen viel schöner, nicht so düster und so absolut wie auf dem Land. Wohlig kuschele ich mich in die Decke. Ich habe so gar keine Eile aufzustehen, ich muss ja keinen Ofen einheizen. Wie einfach das Leben doch sein kann.

In den vergangenen Jahren war Silvester immer von riesiger Hektik begleitet. Gilles bestand darauf, das alte Jahr jeweils mit großem Pomp und Getöse zu verabschieden. Alle mit Rang und Namen wurden eingeladen und kamen auch. Die Damen in edle Stoffe gehüllt und mit teuerstem Schmuck behängt, die Herren in Anzügen vom feinsten Zwirn. Zu Beginn gefiel mir das noch, ich fühlte mich großartig. Die Schmeicheleien der Herren sog ich gierig auf, und die neidischen Blicke der Damen meiner Jugend wegen ebenso. Und ich sah, wie die alten Herren Gilles beneideten und er sich aufplusterte wie ein Pfau und dabei besitzergreifend seinen Arm um meine Schulter legte. Mit der Zeit wurde das alles fad. Ich durchschaute die Heucheleien, die zweideutigen Bemerkungen der Herren. Ich wurde bissig, wenn einer davon wie zufällig meinen Busen streifte oder meinen Hintern betatschte. Und Gilles wurde böse, wenn ich mich darüber beklagte.

Zum Glück ist das jetzt vorbei. Ich verschränke die Arme hinter dem Kopf und betrachte die Decke. Vorbei!

Und ich habe noch immer keinen Weg gefunden, wie es weitergehen soll mit mir. Wie auch! Ich war in den letzten Wochen nur mit Yvonnes Haus in der Pampa beschäftigt und hatte überhaupt keine Zeit, darüber nachzudenken. Im Grunde könnte ich hierbleiben, hier kann ich auch denken. Hier hätte ich noch mehr Zeit zum Denken, denn hier muss ich keinen Ofen füttern oder alte Töpfe unter ein leckes Dach stellen. Langsam schäle ich mich aus der Decke, schaue auf die Uhr. Es ist erst kurz vor Mittag, die Zeit schleicht wieder einmal. Eine ausgiebige Dusche spült meine trüben Gedanken weg.

Eine ganze Weile stehe ich in Slip und BH unschlüssig vor dem Schrank und ziehe ein Kleid nach dem anderen vom Bügel. Ich will in die Stadt, bummeln, schauen und genießen. Eine Ewigkeit, so kommt es mir vor, ist es her, dass ich das gemacht habe. Galeries Lafayette, Quartier Latin, Saint-Germain-des-Prés.

Am Ende entscheide ich mich für eine schwarze Stoffhose, eine weiße Bluse und meine dunkelrote elegante Lieblingsstrickjacke. High Heels und ein schwarzer Stoffmantel ergänzen mein Outfit. Sehr lang habe ich so was nicht mehr getragen.

Die Metro Nummer 7 bringt mich zur Station Boulevard Haussmann. Ein paar Schritte und ich stehe vor der Galeries Lafayette, die immer noch den Weihnachtsschmuck trägt. Lächelnd denke ich an die Dekoration von Monfaucon. Der Bettlerin vor dem Eingang schenke ich ein paar Münzen, dann stürze ich mich ins Getümmel des Einkaufstempels. Es hat sich nichts verändert. Menschentrauben schieben sich durch die Parfümerie- und die Taschenabteilung im Parterre. Ich lasse mich mittreiben, schnuppere dort an einem der kunstvollen Fläschchen und halte eine Gucci-Tasche in glänzendem Blau vor mich. Meine Sinne nehmen das alles wie im Nebel wahr. Bin ich etwa schon eine Landpomeranze geworden? Nein, nein, in so kurzer Zeit verändert sich ein Stadtmensch nicht in ein Landei.

Die Rolltreppe bringt mich in den ersten Stock, wo die prächtigen Abendkleider hängen. Auch hier schlendere ich herum, schaue und staune.

An einem Spezialständer hängen kurze Kleider, solche, die nicht nur für einen Abend zu gebrauchen sind. Eines fällt mir sofort ins Auge. Dunkelrot, schlicht geschnitten, mit langen schmalen Ärmeln. Der Stoff gleitet weich durch meine Hand. Das würde genau zum heutigen Abend passen. Nicht zu elegant, aber doch sehr speziell. Mit dem Kleid über dem Arm verschwinde ich in eine Garderobe. Es sitzt wie angegossen, betont meine schlanke Figur aber so, dass es nicht aufreizend und billig wirkt. Der spitze Ausschnitt lässt gerade so viel von meinem Brustansatz sehen, dass er noch unter züchtig fällt. Als ich auf das Preisschild schaue, erschrecke ich leicht, aber das ändert meinen Kaufentschluss nicht. Beschwingt laufe ich zur Kasse, wo ich einen passenden Seidenschal im ähnlichen Farbton finde.

Der Scheck ist schnell ausgestellt und mit der vornehmen Tüte in der Hand schlendere ich wieder aus dem Nobelkaufhaus. Zum Glück muss ich nicht jeden Euro umkehren, Gilles überweist mir brav jeden Monat den versprochenen Betrag. In diesen Dingen kann man sich auf ihn verlassen. Und in der Pampa habe ich eh keine Möglichkeit, viel Geld unter die Leute zu bringen.

In einer nahe gelegenen Bar feiere ich meinen Kauf mit einem Glas Champagner. Prost, Elodie, der Abend kann kommen.

Das Bistro ist mit bunten Ballons und Papierschlangen geschmückt. Auf den Tischen liegen weiße Tischtücher. Ein Kellner, den ich nicht kenne, eilt herbei und führt mich an meinen reservierten Tisch.

»Arbeitet Henri nicht mehr hier?«, frage ich, als er mir galant meinen Mantel abnimmt.

»Nein, Madame«, er rückt den Stuhl zurecht. »Was darf ich Ihnen bringen?«

Ich lächle, Henri hätte sofort gewusst, was ich mag, aber heute ist es kein Cognac. »Ein Glas Champagner, bitte«, erwidere ich.

»Kommt sofort.« Er eilt dienstbeflissen davon.

Ich schaue mich um. Das Bistro ist bereits gut besucht, nur Paare oder Vierergruppen. Soweit ich sehe, bin ich der einzige Single.

Vorn neben der Bar ist eine kleine Tanzbühne eingerichtet worden und aus einem Lautsprecher klingt gedämpfte Musik.

Zusammen mit einem Appetithäppchen steht das Champagnerglas vor mir. Ich nippe daran – der Abend ist noch lang – und nehme eines der Häppchen vom Teller. Weshalb kommt mir jetzt Victor in den Sinn? Trotz seines seltsamen Benehmens finde ich ihn interessant. Die langen Haare und der Dreitagebart geben ihm etwas Verwegenes. Ich hätte ihn gern besser kennengelernt. Ganz bestimmt hat er inzwischen das Manuskript fertig geschrieben und ist wieder in Bordeaux, denn ich kann mir nicht vorstellen, wie ein Schriftsteller in der Einöde kreativ sein kann. Der braucht doch auch Menschen um sich herum.

Immer mehr lachende und schwatzende Grüppchen betreten das Bistro. In kurzer Zeit sind alle Plätze besetzt. Ich schaue mich erneut um, ich bin wirklich die Einzige, die allein am Tisch sitzt. Jetzt hätte ich mich gern verkrochen. Vielleicht war die Idee doch nicht so gut, diesen Abend solo in einem Restaurant zu verbringen. Ich hätte Yvonne anrufen können, aber ich wollte nicht zugeben, dass ich es auf dem Land nicht mehr ausgehalten habe.

Der Kellner serviert die erste Vorspeise. Sechs Austern auf Eis liegen auf dem Teller vor mir. Ich schnuppere, Algenduft steigt in meine Nase. Meer, Strand, Sonne. Freiheit. Die zweite Vorspeise ist eine Fischsuppe, danach folgt der Hauptgang, ein wunderbares Rindsfilet mit kleinen gebratenen Kartoffeln. Ich denke an meine bescheidenen Mahlzeiten der letzten Wochen.

Die Gespräche wogen auf, die Stimmung im Bistro wird immer ausgelassener, ich fühle mich zwischen all den fröhlichen Menschen immer einsamer.

Als die Nachspeise serviert wird, winke ich ab und verlange nach der Rechnung.

Der Kellner schaut mich erstaunt an. »Sie wollen schon gehen?«

Ich nicke. Nachdem ich bezahlt habe und der Kellner mir den Mantel gebracht hat, verschwinde ich.

Exakt um Mitternacht stoße ich die Eingangstür auf. Fenster öffnen sich, Leute rufen sich Bonne Année zu, Champagnerkorken knallen, Pfannendeckel werden gegeneinanderschlagen, Menschen auf der Straße fallen sich um den Hals und küssen sich. Still gehe ich die Treppe hoch in meine Wohnung.

Zwei Tage später fahre ich zurück ins Paradies.

14. VICTOR

Die spärliche Weihnachtsbeleuchtung in Monfaucon schaukelt leicht im Wind, die meisten Glühbirnen haben den Geist aufgegeben. Es ist kein Mensch auf der Straße. Victor biegt rechts ab. Noch ein paar Meter sind es bis zum Wohnwagen.

Die Tür klemmt. Nach mehrmaligem Rütteln und Ziehen gibt sie nach.

Mit Schwung landet der Laptop auf der gepolsterten Bank, mit einem ebensolchen Schwung seine Tasche. Er entzündet den kleinen Gasofen, nimmt einen tiefen Schluck aus der angebrochenen Schnapsflasche. Nun fühlt er sich besser.

Es war die blödeste Idee gewesen, über die Feiertage nach Bordeaux zu fahren.

»Ich Esel, weshalb bin ich nicht hiergeblieben und habe diese Elodie besucht, wenn sie es schon angeboten hat, Kreuzsakrament noch einmal«, flucht er vor sich hin und sucht in der Tasche nach dem Sandwich, das er sich kurz vor der Abreise an einem Kiosk gekauft hat. Inzwischen ist es weich wie eine überreife Pflaume. »Besser als nichts«, murmelt er und schiebt es zwischen die Zähne. Anschließend gönnt er sich nochmals einen tiefen Schluck aus der Flasche.

Victor hat sich Weihnachten in Bordeaux anders vorgestellt. Voll Enthusiasmus hat er sich am vierundzwanzigsten Dezember ins Auto gesetzt, denn er hatte die Schnauze voll. Er musste raus aus der Einöde. Die Stille, sie kotzte ihn an. Er brauchte wieder einmal Leute um sich. Er brauchte auch wieder einmal eine Frau.

Victor ist nicht zum Einsiedler geboren. Mit seinem Manuskript ist er auch nicht viel weitergekommen. In dieser verdammten Einsamkeit kommt ihm einfach nichts in den Sinn. Seine Ex-Freundin hat ihm die Tür vor der Nase zugeschlagen, als er bei ihr auftauchte. In seiner Wohnung war es arschkalt und zu futtern hatte er auch nichts. Es war bereits nach zehn Uhr abends, als er in Bordeaux ankam, und alle Restaurants waren geschlossen. Klar, es war der vierundzwanzigste Dezember, wo der Franzose zu Hause blieb.

Den Silvesterabend verbrachte Victor mit einem ehemaligen Kumpel in einer drittklassigen Bar und versoff sein letztes Geld. Zwischen den Feiertagen versuchte er zu schreiben, aber mit wenig Erfolg. Er brachte schlichtweg nichts zustande und am Ende bedauerte er sich in den höchsten Tönen.

Der Gedanke an die verhunzten Feiertage lassen ihm noch immer die Galle hochsteigen. Ein weiterer Schluck beruhigt ihn etwas. Langsam wird es warm im Wohnwagen. Victor klappt die Bank auseinander, legt den Schlafsack drauf und schlüpft hinein, nicht ohne sich vorher nochmals einen Schluck aus der Flasche zu genehmigen.

Der nächste Morgen sieht besser aus. Eine blasse Sonne kündigt einen kalten Tag an.

Heute werde ich Elodie besuchen, schließlich hat sie mich eingeladen und Einladungen sollen wahrgenommen werden.

Nach dem Kaffee fühlt Victor sich halbwegs gut. Der letzte Schluck Schnaps gestern Abend war einer zu viel.

Er zwängt sich in die enge Dusche. Das Wasser ist saukalt, aber danach fühlt er sich noch besser als nach dem Kaffee. Aus der Tasche zieht er eine saubere Jeans und ein sauberes Hemd heraus und prüft seinen Dreitagebart in der Spiegelscherbe, die an der Wand neben der Dusche hängt. Zufrieden zwinkert er sich zu. Mit seinen fünfundfünfzig Jahren sieht er doch leidlich gut aus. Auch der liederliche Lebenswandel hat sich optisch noch nicht niedergeschlagen. Ja, so kann er einer Pariser Dame seine Aufwartung machen.

Er schaut auf die Uhr. Kurz vor Mittag. Vielleicht mag sie ja nicht allein essen. Er nimmt einen von seinen Bestsellerromanen aus besseren Zeiten aus der Tasche und verlässt den Wohnwagen.

15. DER SCHRIFTSTELLER PLATZT REIN

Noch im Halbschlaf höre ich ein Auto auf dem Hof parken. Merde! Schon Mittag! Ich fahre hoch und schlüpfe eilig in die Trainingshose.

Es wurde spät gestern Abend. In einem Autobahnrestaurant habe ich mich mit der Zeit vertan. Das Essen wurde schleppend serviert und danach stand ich noch elendiglich lang im Kiosk in der Schlange vor der Kasse, weil ich ein paar Esswaren eingekauft habe.

Eilig laufe ich an die Tür, öffne sie einen Spalt. Ein ziemlich altes Auto steht da und … mir steht das Herz still, Victor, der Schriftsteller, steigt aus. Himmel! Schnell gehe ich mit der Hand durch die Haare, versuche, sie etwas zu zähmen. Die ausgebeulte Trainingshose kann ich leider auf die Schnelle nicht ändern. Was muss der auch so unangemeldet kommen!

»Wie nett, dass Sie mich besuchen, Victor«, ich strecke ihm die Hand entgegen.

»Ein frohes neues Jahr, Sie haben es sicher in Paris begonnen?«

»Ja, mit Freunden zusammen«, lüge ich. »Und Sie in Bordeaux, nehme ich an?«

»Ja, auch mit meinen Kumpeln.« Victor reicht mir ein Buch. »Für Sie, Sie wollten ja etwas lesen von mir. Aber ich warne Sie, es ist Horror und ziemlich, na ja, blutig.«

»Macht nichts, ich lese alles, besonders wenn es gut ist, und ich nehme an, Ihr Buch ist gut.«

Victor lacht, »natürlich ist es gut, ist ja von mir.«

Ich komplimentiere ihn in die Küche. »Kann ich Ihnen etwas anbieten?« Ich schaue an mir hinunter, »ich muss mich schnell anziehen, bitte verzeihen Sie«, und verschwinde ohne eine Antwort abzuwarten im Schlafzimmer.

Wie peinlich. Hastig schlüpfe ich in eine Jeans und ziehe einen Pullover über, kämme mein wirres Haar etwas durch und trage ein leichtes Lipgloss auf.

»Da bin ich wieder. Was darf ich Ihnen anbieten? Einen Kaffee, einen Wein oder …?«

»Wein wäre perfekt. Aber sagen Sie mal, hier ist es verdammt kalt.«

»Es war schon spät, als ich gestern nach Hause kam, und ich habe ihn nicht mehr angezündet.« Ich will die Ofentür öffnen, da hat sich Victor schon nach dem Holz daneben gebückt: »Nein, bitte lassen Sie mich das machen.«

Ich schaue ihm fasziniert zu, wie er geschickt mit Papier und Holz hantiert. Nach kurzer Zeit durchzieht eine angenehme Wärme die Küche.

»Also Wein? Leider habe ich nur Käse und Brot hier, wie gesagt, es wurde spät gestern.«

»Macht doch nichts.« Charmant lächelt er mich an.

Ich spüre, wie mir die Röte ins Gesicht steigt, wende ich mich ab und hoffe, dass er meine Verlegenheit nicht bemerkt. Ich richte Brot und Käse an, mein Gesicht kühlt zum Glück ab, und stelle die Teller auf den Tisch.

Gieße uns Wein ein, Victor greift sofort zum Glas, trinkt es aus. Gierig, durstig. Ob er ein Alkoholproblem hat?

Stille, nur das Feuer im Ofen knistert leise.

»Das Baguette ist leider etwas weich geworden«, durchbreche ich das Schweigen. »Wenn Sie noch Wein möchten …«, ich halte ihm die Flasche hin.

Victor schenkt sich nach. »Guter Tropfen, auch einen Schluck?«

»Nein, danke, ich trinke mittags normalerweise keinen Alkohol.«

Victor schaut mich einen Moment überrascht an.

Ich will das nicht vertiefen, frage: »Wie weit sind Sie mit Ihrem Manuskript, läuft es?«

»Ist alles Scheiße. Ich bringe in dieser Pampa einfach keinen normalen Satz zusammen. Ich brauche Menschen um mich, die geben mir Antrieb.«

»Kommt schon noch.« Das sage ich so leicht dahin, obwohl ich keine Ahnung vom Schreiben habe. Doch irgendwie kann ich ihn verstehen. Ich weiß ja auch nicht, wie es mit mir in der Einsamkeit weitergehen soll.

»Und Sie? Was hat Sie denn in diese Ödnis verschlagen? Und nun erklären Sie mir nicht, dass Sie auf der Suche nach sich selbst sind.«

»Doch, bin ich.« Ich halte ihm das Glas hin. »Jetzt nehme ich doch einen Schluck Wein.«

Er grinst und schenkt ein. »Also, ich höre.«

»Nun, ich suche eine Perspektive für mich.« Ich nippe am Glas. »Denn … mein Mann hat mich ausgetauscht.« Warum zum Teufel erzähle ich dem das?

»Ihr Mann hat was? Nee, kann nicht sein.«

Ich nicke.

»Er hat Sie ausgetauscht. Ich fass es nicht. Eine so schöne Frau.« Er schenkt sich erneut nach. »Das tut mir leid. Und, wie geht es jetzt weiter? Ist das Ihr Haus? Werden Sie nun hier wohnen?«

»Nein, es gehört meiner Freundin und ich werde ganz sicher nicht hierbleiben. Aber für den Moment ist es gut, wie es ist.« Ich strecke ihm die Hand hin. »Wollen wir uns nicht duzen? Ich heiße Elodie, aber das weißt du ja schon.«

»Sehr gern! Victor, weißt du ebenfalls.« Er nimmt meine Hand. Sein Händedruck ist warm und fest. Wieder sein hinreißendes Lächeln, das mich aus der Fassung bringt. Ich betrachte ihn. Irgendwas an ihm zieht mich an und stößt mich gleichzeitig ab. Ich habe keine Ahnung, was es ist. Der Mann? Der Schriftsteller? Er macht mich zugleich verlegen und neugierig. Ich möchte ihn gern näher kennenlernen. Ich möchte gern mehr wissen über ihn. Möchte ich das wirklich? Ich habe doch mit den Männern abgeschlossen. Nach Gilles … niemals wieder, habe ich mir geschworen.

»Wenn du magst …«, ich halte einen Moment inne, »wenn du magst, lese ich dein Manuskript gern durch, das heißt, sobald du es fertig hast.«

»Ja, vielleicht, weiß nicht, ob das gut ist. Kennst du dich aus damit?«

»Nein, aber ich lese viel, alles Mögliche.«

»Mal sehen.« Stille. Er nimmt die Weinflasche und schenkt sich den letzten Tropfen ein.

»Ich hab noch eine weitere Flasche.«

»Nein, nein, nicht nötig«, er hält mich am Arm zurück und drückt mich sanft auf den Stuhl. »Aber sag mal«, verlegen streicht er sich über seinen Dreitagebart, »du könntest mir helfen … Ich bin gerade etwas schwach auf der Brust.«

»Brauchst du Geld?«

Er nickt bedrückt. »Du bekommst es natürlich umgehend zurück, sobald ich von meinem Verlag den Vorschuss erhalten habe.«

»Wann wird das denn sein?«

»Sobald ich die ersten hundert Seiten abgeliefert habe. Keine Sorge, der Verlag wird meinen neuen Roman mit Handkuss nehmen.«

Ich schaue ihn an. Hat er mich deshalb besucht? Bin ich nur die reiche Pariserin für ihn?

»Wie viel brauchst du denn?«

»Nun … so tausend, tausendfünfhundert, damit käme ich erst mal klar.«

Ich zögere, stehe dann auf und hole mein Scheckbuch. Ganz langsam male ich die Zahl tausendfünfhundert auf den Scheck, halte einen Moment inne und fülle den Rest aus. »Hier«, ich schiebe ihm das Papier zu. »Ich hoffe, dass dir das über die Runden hilft.«

Victor nimmt es und steckt es in die Brusttasche. »Vielen Dank, Elodie. Du hast mich gerettet.«

»Vor was? Vor dem Hungertod?« Meine Antwort kommt etwas schnippisch. Ich fasse es noch immer nicht. Es ist das erste Mal, dass mich ein Mann anbettelt. Bis jetzt waren das nur die Clochards auf den Straßen von Paris. Meistens bekamen die von mir auch einen Sous.

»Hungertod nicht, aber ich muss noch … ach, lassen wir das. Du bekommst das Geld zurück, sobald ich wieder flüssig bin, und das wird sein, wenn der Verlag mir den Vorschuss zahlt.«

Hätte Gilles ihm auch etwas gegeben, fährt es mir durch den Kopf. Wahrscheinlich nicht. Der hätte ihm keinen einzigen Euro gegeben, er hätte ihn wahrscheinlich hochkant hinausgeworfen. Solche Menschen waren für ihn Schmarotzer.

Kann sein, vielleicht ist er ein Schmarotzer, vielleicht auch nicht. Künstler sein ist nicht so einfach, und ich bin froh, dass er mich besucht und ich nicht so allein herumhocken muss.

»Kann ich dir mit was behilflich sein?« Victor schaut sich um. »Es sieht so aus, als ob in dieser Bude noch einiges auf Vordermann gebracht werden muss.«

»Nun ja, es regnet zum Beispiel im Schlafzimmer durchs Dach. Aber mit einem Topf, der das Wasser auffängt, geht es. Da muss eh ein Dachdecker Hand anlegen und das ist nicht meine Angelegenheit. Ansonsten … nee ist alles gut. Ich bleibe ja nicht für ewig.«

»Na dann.« Victor steht auf. »Ich geh wieder, muss noch etwas zustande bringen«, er lächelt gequält. »Danke für die Bewirtung und natürlich für das.« Mit einer theatralischen Handbewegung greift er an seine Brusttasche.

Ich reiche ihm die Hand. »Ich werde dein Buch lesen, auch wenn es blutig ist.«

»Das ist schön.« Er haucht einen Kuss auf meine Wange.

Verdammt, weshalb werde ich jetzt wieder so verlegen.

16. ICH WAR EIN PAPA-KIND

Es tropft. Erschöpft schäle ich mich aus der Bettdecke und tappe zum Fenster. Die Welt ist grau und der Topf, der unter der undichten Stelle des Daches steht, ist voll. Ich hebe ihn hoch, schlurfe barfuß in die Küche und leere ihn in der Spüle aus.

Bis morgens um drei Uhr habe ich gelesen. Das Buch von Victor hat mich gefangen genommen und gleichzeitig abgestoßen. Seine Erzählsprache ist faszinierend, die Handlung brutal und trotzdem habe ich atemlos weitergelesen. Irgendwann bin ich erschöpft eingeschlafen.

Das Buch liegt auf dem Boden, ich nehme es hoch, muss noch ein paar Seiten lesen. Hastig ziehe ich die ausgebeulte Trainingshose über meinen Pyjama und schlüpfe in einen Pullover. Es ist kalt, nasskalt.

Nachdem ich im Ofen Holz nachgelegt habe und der Kaffee durch den Filter tropft, lese ich die letzten Seiten. Die Brutalität zieht sich bis zum Ende durch. Keine Hoffnung, nur das Erschrecken bleibt zurück. Nachdenklich schließe ich das Buch. Wie kann ein Mensch so etwas schreiben? Aber Victor scheint mit seinen Romanen Erfolg gehabt zu haben. Und jetzt ist er sehr wahrscheinlich ausgebrannt und bringt deshalb nichts auf die Reihe. Nach dem Kaffee springe ich unter die Dusche, die immer noch nicht richtig funktioniert. Daran muss ich wirklich bald was ändern. Vielleicht schaffe ich es allein, wenn nicht, dann komme ich nicht darum herum, Yves zu fragen. Mist!

Mit dem Buch in der Tasche steige ich ins Auto. Ich will es zurückbringen. Als ich beim Wohnwagen ankomme, sehe ich, dass sein Auto weg und das Tor mit einem Vorhängeschloss verriegelt ist. Komisch, Victor wollte doch schreiben. Egal, irgendwann habe ich Gelegenheit, ihm das Buch zurückzugeben.

Ich fahre weiter nach Mussidan zum Einkaufen. In meinem kleinen Kühlschrank herrscht gähnende Leere. Der Laden ist mir in guter Erinnerung. Es gibt etwas mehr Auswahl als im kleinen Super-U in Le Fleix.

Eine junge Frau hinter mir spricht mich an, während ich an der Kasse warte. Sie hat ein kleines Kind auf dem Arm, das mächtig quengelt. »Sie sind neu hier? Ich habe Sie noch nie gesehen.«

Ich nicke leicht befremdet und lege meine Einkäufe auf das Band. »Ja, ich bin erst im November hierhergezogen. Wohne in Monfaucon.«

»Oh, wie schön, ich wohne auch dort. Ich bin auch noch nicht so lang in dieser Gegend. Mein Mann wurde vor Kurzem von Toulouse hierher versetzt. Er arbeitet als Ingenieur für die EDF, das heißt, seine Arbeitsstelle ist in Libourne, er ist aber sehr viel unterwegs. Wir haben in der Umgebung von Libourne nichts Passendes gefunden und jetzt hat es uns hierher verschlagen. Wir haben ein schönes altes Bauernhaus mit großem Garten gekauft.«

Der Bub quengelt jetzt mehr und mit großer Lautstärke. Ich verstaue meine Einkäufe und warte vor dem Laden auf die junge Mutter. Sie kommt mit hochrotem Kopf heraus. Der Wagen ist bis oben gefüllt. Sie schaut ziemlich genervt aus.

»Darf ich Ihnen helfen?«

»Das wäre nett. Es gibt immer so viel zum Einkaufen, schade, dass wir in Monfaucon keinen Laden haben, selbst wenn es nur ein klitzekleiner wäre.«

»Ja, das wäre schön«, ich schiebe den Wagen zu ihrem Auto und beginne mit dem Verstauen der Einkäufe.

Als wir damit fertig sind, kann sie sich vor lauter Dankeschönsagen gar nicht halten. »Ich würde mich freuen, wenn Sie mich einmal besuchen kommen. Ich habe noch nicht viele Bekanntschaften gemacht, es ist so schwer, hier Anschluss zu finden, ganz besonders im Winter. Kein Café, wo man sich mal treffen könnte. Alle meine Freunde sind in Toulouse.«

»Ja gern, ich habe auch nicht viel Anschluss«, erwidere ich.

Sie drückt mir eine Karte in die Hand. »Rufen Sie mich einfach an. Übrigens, ich heiße Juliette.« Sie öffnet die Wagentür und setzt den Kleinen in den Kindersitz. »Es hat mich sehr gefreut, dass ich Sie getroffen habe. Auf bald, hoffe ich.«

Sie scheint nett zu sein, die Juliette. Zwar etwas jünger als ich, aber damit hatte ich noch nie Probleme. Ich schaue ihr nach.

Während ich mich ins Auto setze, starte, stelle ich einmal mehr fest, dass die leeren Straßen auch ein Vorteil des Landlebens sind. Keine Drängler hinter mir, die mit der Lichthupe ihre Ungeduld zu verstehen geben. Wenn ich an Paris denke! Die Hektik. Die Drängelei. Stress pur. Und dann die elendige Parkplatzsuche.

So zuckle ich gemütlich heimwärts und betrachte die Häuser links und rechts der Straße. Das erste Mal, seit ich hier lebe. Wie ein gemischter Buntwarenladen stehen sie am Straßenrand. Manche sind zweistöckig, die Fenster und Türen eingefasst mit rotem Sandstein. Andere ducken sich im Schatten von ihren großen Schwestern. Einige haben den Vorgarten zum privaten Müllplatz erklärt. Dann gibt es noch die ganz edlen, fast schon schlossähnlichen Gebäude. Die stehen meistens etwas abseits der Straße, verborgen hinter halbhohen Hecken. Die Einfahrten ziert jeweils ein schmiedeeisernes Tor.

Langsam fahre ich in Richtung Paradies weiter. Mich erwartet niemand, nicht einmal eine Katze oder ein Hund. Ich wollte immer gern einen Hund, doch Gilles war dagegen.

»Die machen Dreck, und wenn wir mal wegfahren, wer hütet ihn dann?«

Meinen Einwand, dass ihn während unseres Urlaubs die Hausdame hüten könnte, hat er nicht gelten lassen. Wir haben praktisch nie etwas zusammen unternommen, außer Einladungen und Theater. Weshalb hat mich das eigentlich nie gestört? Keine Ahnung. Ich war das junge Ding, das glaubte, eine Ehe funktioniere nur, wenn die Frau … gefügig ist. Püppchen und Sexpuppe.

Ich biege in die Nebenstraße ein, die durch ein Waldstück führt. Unverhofft springt ein Reh knapp vorm Auto über den Weg. Im letzten Moment gelingt es mir zu bremsen. Mein Herz flattert. Ein paar Sekunden sitze ich verdattert da, bevor ich im Schneckentempo weiterfahre. Ein Unfall wäre das, was ich am allerwenigsten gebrauchen kann. So ohne Auto in der Pampa. Meine Güte!

Im Paradies packe ich die Einkäufe weg. Es müffelt immer noch in der Küche. Wahrscheinlich hört das erst auf, wenn es Frühling ist und die Sonne die Feuchtigkeit wegtrocknen kann.

Mit einem Saft setze ich mich vor den Ofen. Meine Eltern wissen noch nichts über meine neue Lebenssituation. Vielleicht wäre es an der Zeit, sie zu informieren. Einerseits. Und andererseits, wie würden sie es verkraften? Beide haben genug mit sich zu tun. Mutter pflegt meinen Papa, der langsam in die Demenz abrutscht.

Papa war damals nicht glücklich, dass ich mein Studium abgebrochen habe. »Du wirst es einmal bereuen, Elodie.«

Weshalb ich es bereuen würde, hat er nicht gesagt, doch jetzt weiß ich es. Jedesmal, wenn ich in Nizza auf Besuch war, hat er mich gefragt, ob ich denn immer noch glücklich sei. Als Antwort habe ich ihm entweder den neuen Brillantring oder den Armreif gezeigt, den Gilles mir für eine besondere heiße Sexnacht geschenkt hat.

»So was macht auf die Dauer nicht glücklich«, sagte Papa dann. Ich habe gelacht und bei mir gedacht, dass er in diesen Dingen etwas altmodisch eingestellt ist.

Ich war ein Papa-Kind. Er hat mich gefördert, in all meinen Wünschen unterstützt. Er hat mir die Zuneigung gegeben, die mir Mama nicht geben konnte. Sie war eine kühle zurückhaltende Schönheit. Und schön ist sie noch heute. Woher ihre Distanz kommt, habe ich bisher nicht herausgefunden. Papa ist das Gegenteil. Nein, war. Fröhlich, aufgestellt und sehr, sehr charmant war er vor der Erkrankung. Mit seinem Charme hat er alle um den Finger gewickelt, auch Mama.

Ich stehe auf und wandere durch das Haus. Was hat Yvonne gesagt? Ich soll aufs Haus schauen. Nun denn, dann werde ich das tun. Gleich morgen werde ich in den großen Supermarkt fahren und mich mit Putzutensilien eindecken. Auch das Bad und die Toilette muss ich einer Schönheitskur unterziehen. Die Küche wird einen neuen Anstrich bekommen, das Schlafzimmer Vorhänge und im Eingang werde ich eine große Topfpflanze platzieren.

17. YVES

Yves hat ein schlechtes Gewissen. Wie er sich Elodie gegenüber verhalten hat, das war nicht sehr höflich. Aber verdammt noch mal, weshalb muss denn so ein Püppchen aus Paris unbedingt auf dem Land und dann noch in einem alten, fast schon baufälligen Haus ihr Glück suchen.

Das mit dem ›Glück suchen‹ hat ihm Yvonne am Telefon verraten, als sie ihn bat, ab und zu nach Elodie zu schauen.

Er hievt einen dicken Baumstamm vom Anhänger, legt ihn auf eine Schubkarre und schiebt ihn ins Atelier. Liebevoll streicht er über die grobe Rinde. Das würde ein ganz spezieller Waldgeist werden, doch zuerst will er den angefangenen fertig schnitzen. Das neue Holz muss zuerst etwas trockener werden.

Das Handy klingelt. Yves zieht es aus der Hosentasche. Unbekannte Nummer steht auf dem Display. Er drückt die Verbindung weg und steckt das Handy wieder in die Hosentasche. Unbekannte Nummern nimmt er prinzipiell nicht an.

Er umrundet den begonnenen Waldgeist, streicht mit der Hand über die geschnitzten Augen, den Mund und die Nase. Er gefällt ihm.

Das Handy vibriert erneut. Verärgert holt er es heraus, er hasst diese Störungen.

Doch dieses Mal ist es keine Störung, Yvonne lacht ihm auf Screen entgegen. »Yves, wie geht es dir? Elodie hat mich soeben angerufen, bei ihr regnet es vom Dach herein. Sie hat dich vorher kontaktiert, aber du warst nicht erreichbar. Kannst du mal schauen, ich glaube, es ist dringend, sagt sie. Wenn es etwas Größeres ist, kannst du das dann reparieren und mir die Rechnung schicken?«

Typisch Yvonne. Ohne Punkt und Komma. Yves schmunzelt.

»Langsam, langsam, ich war letzte Woche bei ihr, da hat sie mir nichts davon gesagt, aber ich werde mir das anschauen, nächste Woche. Sag, wann bist du wieder mal in der Dordogne?«

»Keine Ahnung, ich habe viel zu tun. Vielleicht im Sommer.«

»Oh, schade, das dauert.«

»Geht schneller, als du denkst. Ich muss. Tschüss Yves.«

Verflucht, jetzt auch noch das Dach, aber da muss ich wohl hin, hilft alles nichts. Er legt das Telefon auf den Baumstrunk, die Freude am Schnitzen ist ihm gerade vergangen. Stattdessen stiefelt Yves in den Garten, er muss sich sowieso um etwas anderes kümmern.

Wüst sieht es da aus. Die Erde klumpt vom vielen Regen an den Stiefelsohlen. Der Gemüsegarten schwimmt förmlich im Wasser, das nicht abfließen konnte.

»Mist, Mist, Mist«, schimpft er vor sich hin und geht in das Gartenhaus, wo das Wintergemüse lagert. Morgen ist Markt in Montpon.

Tiefliegende Wolkenfetzen jagen am Himmel entlang, aber der Regen hat nachgelassen. Hoffentlich hält das Wetter, sonst fällt der Markt wieder ins Wasser.

Kritisch kontrolliert Yves das Gemüse, dann bereitet er die Kisten vor, die er morgen mitnehmen möchte. Es ist nicht mehr viel vorhanden. Einige Knollen rote Bete, Rüben, Kartoffeln, Winternavets, ein paar Kohlköpfe und eine Kiste mit Äpfeln.

»Im Frühjahr werde ich den Gemüsegarten vergrößern«, brummelt er. Sein Gemüse findet rasend Absatz. Auch in Frankreich machen die Leute ganz langsam eine Kehrtwende und verlangen immer öfters nach Bioprodukten.

Nach dem Tod von Sylvie begann Yves nachzudenken. Er setzte sich mit der Düngung, dem Spritzen und der Bodenhaltung auseinander. Auch im Einkaufsladen studierte er die Zusatzstoffe, die in den Nahrungsmitteln enthalten sind. Sein Sohn lachte über seine ›neumodische‹ Einstellung, aber das ist Yves egal. Er ist auf dem richtigen Weg, der Natur mit seinem sogenannten neumodischen Denken etwas Gutes zu tun.
Zum Schnitzen ist es heute zu spät geworden, das Licht zu dämmerig.

Im Haus holt er die Gitarre hervor, zupft an den Seiten, bevor er leise einen langsamen Blues zu spielen beginnt. Seine Gitarre gibt ihm Kraft, sie half ihm auch, die Trauer zu bewältigen. Und bis heute ist die Liebe zur Musik geblieben.

18. EINE NEUE FREUNDSCHAFT

Voller Enthusiasmus packe ich die Einkäufe aus. Drei Kübel mit weißer Wandfarbe, Pinsel, ein Dutzend Papierrollen, Putzmaterial, Vorhänge für das Schlafzimmer und eine Kübelpflanze. Sie soll sehr pflegeleicht sein, hat mir der Verkäufer gesagt.

Ich stelle sie auf einen Schemel im Eingang. Sie schaut hübsch aus, gefiederte Blätter, die sich ziemlich robust anfassen. Ich habe keine Ahnung, wie die Pflanze heißt. Die Verkäuferin in der Gartenabteilung hat zwar einen Namen genannt, aber den hab ich wieder vergessen. Sie benötige nicht viel Wasser, hat sie erklärt, nur ab und zu etwas Dünger. Also stecke ich gleich mal ein Düngestäbchen in die Erde und gieße ein wenig Wasser nach. Der erste Schritt zur Verschönerung ist getan. Die nächsten Schritte werde ich nach einem Kaffee auch gleich in Angriff nehmen. Es ist das erste Mal, dass ich so was mache. Ich habe in meinem Leben noch nie geputzt, Vorhänge aufgehängt, geschweige denn Wände gestrichen. Mit einem Haargummi binde ich die Haare zusammen, decke den Boden in der Küche mit einem alten Laken ab, rücke die Möbel von den Wänden und werde zuerst die eine Wand mit einem nassen Schwamm von den Schmutzflecken befreien.

»Die Wand muss trocken sein«, hat mir der Verkäufer eingeschärft, »bevor Sie die Farbe auftragen.«

Ich habe sehr wahrscheinlich den Eindruck gemacht, als ob ich keine Ahnung hätte. Was auch stimmt.

Die Wand schaut nass aus, also warte ich und nehme mir inzwischen das Schlafzimmer vor. Dreck und Spinnweben hinter den Schränken wegwischen, Boden kehren und die Dielen einwachsen. Ein paar Bilder habe ich auch gekauft, moderne Drucke in billigen Rahmen. Nachdem ich sie mit Mühe und Not aufgehängt habe, sieht das Zimmer schon etwas einladender aus. Nur der Topf, der unter der undichten Stelle des Daches steht, stört. Ich hoffe, dass Yves sich das bald anschaut. Yvonne hat mir gestern Abend noch gesimst, dass er nächste Woche vorbeikommen will. Komischer Mensch. Weshalb hat er sich nicht gemeldet, als ich ihn gestern angerufen habe?

Nach dem Schlafzimmer brauche ich unbedingt einen Kaffee. Ich hocke mich mit dem Becher auf einen Schemel und betrachte die Küchenwand. Sie scheint jetzt bis auf ein paar Flecken trocken zu sein.

Also, Leiter aufstellen, Farbtopf öffnen und los geht es.

Nach der Hälfte der Wand fällt mir der Arm fast ab. Ich mache eine kurze Pause und bewundere mein Werk, es schaut noch etwas wolkig aus. Vielleicht wird es nach dem zweiten Anstrich besser. Zwei Stunden später bin ich fertig mit dem ersten Anstrich. Meinen rechten Arm spüre ich nicht mehr, meine Beine auch nicht, und dass ich einen Rücken habe, das war mir bis heute gar nicht so recht bewusst. Zufrieden hocke ich mich einen Moment auf einen Schemel.

Die Küche riecht schon jetzt frisch, obwohl es noch richtig viel zu putzen gibt.

Vor lauter Streichen und Putzen habe ich ganz vergessen, etwas zu essen. Ich hole ein Baguette, etwas Käse und Butter aus dem Kühlschrank. Ein Dreisterne-Menü hätte nicht besser sein können.

Zufrieden mit mir und der Welt – das war ich schon seit einiger Zeit nicht mehr – schlüpfe ich in die Jacke und ziehe die Regenstiefel an. Frische Luft atmen, die Natur genießen, nachdenken.

Ich schnappe das Buch von Victor, das auf dem Tisch liegt. Sein Wohnwagen ist nicht weit vom Paradies entfernt. Der Waldweg ist noch weich vom vielen Nass der letzten Tage. Bald ist der Januar geschafft. Im Februar, so steht es in Wikipedia, sollen die Frühblüher die Köpfe aus der Erde strecken und die Allergiker mit den ersten Pollen zu kämpfen haben.

Beim Wohnwagen ist es still wie gestern. Kein Auto, nichts. Kein Victor, in dem Fall. Etwas enttäuscht kehre ich um. Schade, ich hätte gern mit ihm über seinen Roman diskutiert.

Zu Hause rufe ich Juliette an. So wie sie mir zu verstehen gegeben hat, ist sie auch ziemlich einsam. Der Mann auf Montage, ein kleines Kind. Sie meldet sich sofort und ist hörbar hocherfreut über meinen Anruf. Morgen, gleich nach dem Essen, würde es ihr gut passen. Mir auch, sage ich und denke, dass meine Renovierungsarbeiten gut noch einen Tag länger warten können.

Am nächsten Morgen fahre ich ins Nachbardorf in die Bäckerei, kaufe einen Apfelkuchen und für den Kleinen zwei Lollis. Die Bäckersfrau verstaut den Kuchen in einem hübschen Karton und bindet die beiden Schleckstängel mit einer kleinen bunten Schleife zusammen.

Das Haus von Juliette liegt auf der anderen Seite des Dorfes, etwas außerhalb auf einer kleinen Anhöhe abseits der Straße. Der Feldweg zum Haus hat vom Regen ausgewaschene Schlaglöcher und ist ziemlich schlammig.

Juliette muss mich schon erwartet haben, sie steht im Eingang und winkt mir zu. »Schön, dass du zu mir gefunden hast, Elodie, komm herein. Emmanuel schläft noch.«

Emmanuel? Wie Macron? Ich schmunzle und trete ein.

Sie führt mich in den Salon. »Ich setze schnell Kaffee auf, mach es dir inzwischen bequem.«

Der Salon ist elegant eingerichtet. Eine Polsterlandschaft, die fast das ganze Zimmer einnimmt. Eine Regalwand mit geschätzt hundert Büchern. In der Ecke am Fenster steht ein Fernseher, daneben auf einem Tischchen ein Rosenstrauß. An den freien Wänden hängen moderne Bilder und in der Ecke beim Kamin liegt Spielzeug von Emmanuel. Draußen in der Küche höre ich Juliette hantieren. Ich setze mich in einen Sessel und ziehe den Wollschal enger um mich. In den französischen Salons, besonders auf dem Land, ist Heizen nicht so angesagt.

Juliette balanciert auf einem Serviertablett zwei Tassen und eine Kaffeekanne. Sie verschwindet wieder, kommt mit einer silbernen Platte zurück, auf dem der Apfelkuchen liegt. Nachdem sie eingeschenkt und Kuchenstücke auf die Teller gelegt hat, lehnt sie sich entspannt zurück. Heute scheint es ihr besser zu gehen.

»Wir wohnen noch nicht so lang hier«, sie nimmt einen Schluck Kaffee und sticht mit der Gabel ein Stück von der Mehlspeise ab, kaut, schluckt. »Herrlich. Ich bin so froh, dass ich dich getroffen habe. Manchmal ist es schon einsam auf dem Land. In Toulouse wohnten wir in einer Attikawohnung mitten in der Stadt. Da war alles viel einfacher als hier. Das Haus ist ja schön, wir haben viel Platz und im Sommer kann Emmanuel im Garten spielen, aber sonst, nur Einsamkeit und Nässe.« Sie zieht die Schultern hoch, lässt sie mit einem Seufzer fallen.

Wie recht sie hat. Ich trinke einen Schluck Kaffee. »Es wird besser, wenn der Frühling da ist.«

»Klar, aber mit dem Kleinen ist das Einkaufen mühsam. Die Anfahrt zum nächsten Supermarkt, du hast es ja das letzte Mal gesehen.«

»Wie alt ist Emmanuel?«

»Im Mai wird er drei. Ich habe ihn schon im Vorkindergarten angemeldet, ich muss ihn halt hinbringen und wieder abholen.«

»Wo?«

»In Le Fleix, hier im Dorf gibt es nichts.«

»Dein Mann, ist er oft weg? Ich meine, arbeitet er die ganze Woche über auswärts?«

»Ja leider.«

»Dann hast du viel Zeit, wenn Emmanuel im Kindergarten ist.«

Juliette nickt. »Das macht mir etwas Kummer. Ich bin nicht so diejenige, die sich die Zeit mit Handarbeiten oder Gärtnern vertreibt. Ich möchte auch keinen Gemüsegarten anlegen. Ich werde sehen, wie sich alles entwickelt. Aber du, was machst du denn hier? Ferien?«

»Nein, ich hüte das Haus von einer Freundin. Ich wohne offiziell in Paris.«

»Aha!« Sie betrachtet mich ungläubig. »Du hütest das Haus von einer Freundin hier, am Ende der Welt?«

»Nun, das ist eine lange Geschichte. Kurz gesagt, ich will hier auf andere Gedanken kommen.«

»Hm.« Juliette schenkt Kaffee nach. »Und bist du schon auf andere Gedanken gekommen?«

»Nicht so wirklich. Im Moment renoviere ich das Haus, das heißt, die Zimmer. Es ist ein altes Bauernhaus, das schon lang nicht mehr bewohnt worden ist. Im Frühling werde ich mich dem Garten annehmen, obwohl … ich habe so was noch nie gemacht. In Paris hatten wir einen Gärtner und streichen musste ich die Räume auch nie, es ist eine moderne Villa.« Ich sehe ihr an der Nasenspitze an, dass sie nicht begreift, weshalb ich eine moderne Villa in Paris mit einem baufälligen Haus in der Dordogne getauscht habe. Irgendwann werde ich sie darüber aufklären, im Moment ist es zu früh.

Im oberen Zimmer macht sich Klein-Emmanuel bemerkbar.

Juliette steht auf, »bin gleich wieder hier, bediene dich.« Ich sehe ihr nach. Sie passt nicht so richtig in diese Gegend. Städterin wie ich. Sehr gepflegt angezogen. Keine Jeans, ich schaue an mir herunter, sondern eine dunkle Stoffhose und einen modernen langen Pullover, einen von der edleren Sorte.

Juliette kommt mit Emmanuel auf dem Arm in den Salon zurück und setzt ihn in seine Spielecke.

»Wenn ich mit den Renovierungsarbeiten fertig bin, dann besuchst du mich, ja?«

»Aber sehr gern.«

Wir plaudern noch eine ganze Weile. Sie ist ziemlich offenherzig und erzählt mir von ihrem früheren Leben, wie sie es nennt. Sie hat als Mathematiklehrerin in einer höheren Schule unterrichtet, bevor sie schwanger wurde. Hat dann nach der Geburt ihren Job aufgegeben und sich ganz dem Kind und dem Haushalt gewidmet. Am Anfang war sie froh, sich nicht mehr mit den halbwüchsigen Jugendlichen herumschlagen zu müssen, aber mit der Zeit sei ihr doch die sprichwörtliche Decke auf den Kopf gefallen. »Und seit ich hier bin, ist es schlimmer geworden. Ich brauche unbedingt wieder eine Beschäftigung, nicht als Lehrerin, aber irgendetwas, das meinen Kopf am Laufen hält. Sonst werde ich noch depressiv.«

»Du wirst was finden, da bin ich mir sicher. So was braucht Zeit«, tröste ich sie und denke dabei an mich.

Auf der Heimfahrt summe ich ein Lied vor mich hin. Ich bin glücklich, zum ersten Mal, seit ich hier bin.

19. YVES

Nach dem Frühstück holt Yves die lange Leiter aus dem Schuppen, hievt sie auf den Anhänger und legt noch ein paar dicke Holzscheite dazu.

Das Tor zum ›Paradis‹ ist noch geschlossen, als er dort vorfährt. Erst nachdem er ein paarmal »Hallo« gerufen hat, öffnet sich die Tür und Elodie erscheint mit zerzausten Haaren im Türrahmen.

Schon rennt sie zum Tor. »Ich habe Sie nicht erwartet, weshalb haben Sie nicht angerufen?«

»Ich muss kommen, wenn es nicht regnet, und gestern Abend hat es nicht danach ausgesehen.«

»Sind Sie wegen des Dachs hier?«

»Ja, Yvonne hat mich gebeten nach dem Schaden zu sehen.« Er schaut auf Elodie herunter. Die verwuschelten Haare, den Schlaf noch im Gesicht. Die ausgebeulte Trainingshose. Fast tut sie ihm leid. Was macht sie den ganzen Tag in dieser Einöde? In Paris hätte sie ihr Glück, oder nach was immer sie sucht, auch finden können. Er versteht das nicht.

Elodie hat inzwischen das Tor geöffnet und Yves fährt langsam in Richtung Haus. Er schultert die Leiter, sucht von unten nach der undichten Stelle, stellt die ausgezogene Leiter an die Hauswand und steigt hinauf. Leise pfeift er durch die Zähne, das sieht gar nicht gut aus. Der Wind hat die lockeren und teilweise gebrochenen

Ziegel zur Seite geschoben, es ist ein ganz schön großes Loch im Dach. Er klettert wieder hinunter. »Da muss ziemlich viel gemacht werden, aber nicht heute, es ist zu nass, um auf dem Dach zu arbeiten. Haben Sie etwas zum Abdecken, eine Plastikplane?«

Elodie zuckt mit den Achseln. »Vielleicht in der Scheune, da liegt allerlei altes Zeugs herum, ich müsste nachsehen.«

»Lassen Sie, ich mach das.« Yves geht mit ausholenden Schritten in Richtung Scheune. Nach kurzer Zeit kommt er mit eine großer Plane zurück.

»Das wird gehen, ich werde sie gleich verlegen und befestigen.« Er steigt mit der Plane unter dem Arm erneut die Leiter hinauf. Nach einer Weile steht er wieder neben ihr. »So, das hält, bis es repariert wird. Das ist eine größere Arbeit, die ich erst machen kann, wenn es eine Schönwetterperiode gibt.« Er schaut zum Himmel, »in ein, zwei Wochen, schätze ich.«

»Möchten Sie einen Kaffee?«, fragt Elodie. Sie ist sichtlich etwas schüchtern.

»Wenn Sie einen haben, gern. Danach werde ich noch das Holz spalten, das auf dem Hänger liegt, damit sollten Sie bis zum Winterende durchkommen.«

In der Küche schaut er sich erstaunt um. »Sie streichen?«

Elodie nickt und schüttet Kaffeepulver in den Filter. »Die Wand war so hässlich und schmutzig und ich wollte mich beschäftigen.«

Yves betrachtet mit Kennerblick Elodies Werk. »Nicht schlecht.«

»Ich werde auch noch das Bad und die Toilette in Angriff nehmen, nur bei den Armaturen weiß ich nicht so richtig, was ich tun muss. Wohl auswechseln. Aber …«

»Wenn Sie so weit sind, melden Sie sich bei mir, ich schau mir das dann an. Die altmodischen Dinger sind nicht leicht zu reparieren, wahrscheinlich müssen Sie die erneuern.«

Elodie seufzt, schenkt den Kaffee ein und bedeutet Yves, sich zu setzen.

»Sie bleiben also hier?«

»Im Moment ja. Yvonne hat mir das Haus zur Verfügung gestellt, ich kann bleiben, solange ich möchte.«

»Hm. Nicht einfach für eine Frau so allein. Muss doch ziemlich einsam sein. Haben Sie denn keine Angst?«

»Manchmal ja.«

»Wenn Sie möchten, besuchen Sie mich doch einmal. Rufen Sie aber vorher an, ich bin nicht immer zu Hause.«

»Ich hab schon mal angerufen wegen des Daches, Sie haben mich weggedrückt.«

»Ach, das waren Sie. Ich nehme prinzipiell keine unbekannten Nummern an. Also das nächste Mal bitte mit dem Namen, d'accord?«

»Wo wohnen Sie denn?«

»Nicht weit von hier, quasi um die Ecke. Sie können sogar zu Fuß gehen, so nah ist es.« Yves nimmt sein Handy aus der Hosentasche, tippt auf Google Maps, »hier sehen Sie mein Haus, ›La Breche‹ heißt es.«

Elodie beugt sich über den Screen und zieht ihn mit den Fingern etwas auseinander.

Das Anwesen von Yves scheint ziemlich groß zu sein, mit vielen Nebengebäuden. »Ja, ich komme sehr gern einmal vorbei, aber zuerst muss die Küche fertig werden. Danke für die Einladung.«

Yves trinkt aus und steht auf. »Ich werde jetzt das Holz hacken, Sie können es später aufschichten. Haben Sie sich die Handschuhe gekauft?«

»Noch nicht, aber morgen ganz sicher.«

»Es sind Ihre Hände. Die Splitter vom Holztragen sind unangenehm, können sich auch entzünden.« Er setzt seine Mütze auf. »An Ihrer Stelle würde ich mir Handschuhe zulegen.« Abrupt dreht er sich um und stapft zur Tür hinaus.

Es ist das erste Mal seit Sylvies Tod, dass er eine Frau zu sich nach Hause einlädt. Er ist selbst erstaunt über sich.

20. RENOVIEREN

Der war aber heute freundlich. Ich räume die Tassen weg. Von draußen höre ich das scharfe Geräusch der Axt, das Splittern des Holzes und danach ein dumpfes Aufschlagen auf den Boden. Ich schlüpfe in die alte, mit Farbspritzern übersäte Jeans und in einen fleckigen Pullover. Wenn Gilles mich so sehen könnte. Ich glaube, ich muss ein Selfie von mir machen und es ihm schicken. So schnell wie der Gedanke gekommen ist, so schnell wische ich ihn wieder weg. Einen Teufel werde ich tun. Gilles kann mir gestohlen bleiben oder dorthin gehen, wo der Pfeffer wächst.

Der Farbkessel ist noch halb voll, wird also reichen, um die Küche zweimal zu streichen. Morgen werde ich mir neue Farbe für das Schlafzimmer besorgen. Die braun-gelbe Tapete gefällt mir nach der gestrigen Putzaktion nicht mehr. Vielleicht nehme ich Mintgrün, eine Farbe, die Helligkeit in das Zimmer bringt und sehr gut zu den neuen Vorhängen passt.

Heute geht es flotter als zuletzt. Am späten Nachmittag strahlen mir die Wände in Weiß entgegen. Morgen bekommen sie den zweiten Anstrich. Stolz betrachte ich mein Werk. Nie hätte ich gedacht, dass ich so etwas kann. Ich, das Püppchen, das immer verwöhnt wurde.

Der Stolz beflügelt mich und ich schrubbe den alten Küchentisch mit einer Bürste und Seifenwasser, bis kein einziger Fettfleck mehr zu sehen ist. Glänzen tut er nicht, dazu ist das Holz viel zu rau. Vielleicht noch eine Tischdecke und Sitzkissen auf die Stühle?

Müde und glücklich lasse ich mich auf einen Stuhl fallen. Ganz langsam werde ich in diesem Haus heimisch. Ganz langsam beginne ich meine Situation zu akzeptieren.

Am nächsten Nachmittag fahre ich nach Bergerac. Die Stadt ist nur einen Katzensprung von Monfaucon entfernt, wenn man achtundzwanzig Kilometer einen Katzensprung nennen kann. Ich war noch nie dort, seitdem ich im Paradies eingezogen bin. Es wird Zeit, dass ich nicht nur Öfen anfeuere, sondern wie in Paris ab und zu der Lust fröne. Entspannt bummle ich durch die hübsche Altstadt, bewundere die Riegelbauten und drücke meine Nase an den kleinen Schaufenstern platt. Es ist ein milder Tag. Kein Wind, kein Regen. Ein Tag zum Bummeln. Im Sommer soll dieser Ort mit Touristen überschwemmt sein, habe ich gelesen, aber jetzt, Ende Januar, sind die Einheimischen unter sich.

Ich lasse mich auf einer geschützten Bistroterrasse nieder, bestelle ein Croque Monsieur und ein Perrier. Es hasten nicht viele Leute an der Terrasse vorbei, die Atmosphäre in diesem Ort ist locker, nicht so hektisch wie in Paris. Der Kellner stellt den Croque Monsieur, ein überbackenes Käsebrot mit gekochtem Schinken auf den Tisch. Herrlich, der überbackene Käse kitzelt in meiner Nase. Lustvoll beiße ich hinein. Gaumenfreude pur oder besser, Gaumensex auf hohem Niveau.

Bald wird es Frühling sein, dann werde ich öfters in diese hübsche Stadt zum Flanieren fahren.

Der Croque Monsieur hat mir Auftrieb gegeben und ich bummle nochmals durch die Altstadt. In der Auslage von einem Wäschegeschäft fällt mein Blick auf zwei Pyjamas. Ich bleibe stehen. Der eine ist aus dunkelblauem Samt mit kleinen aufgestickten glitzernden Sternen, der andere aus rotem Fleece mit einem überlangen Oberteil, das leicht tailliert ist. Der Laden schaut sehr teuer aus, aber die beiden Pyjamas muss ich haben. Was ich im Moment nachts trage, ist auch für meine eigenen Augen so was von unsexy, und die hauchdünnen Negligés, die mir Gilles geschenkt hat, taugen nun wirklich nicht fürs Land. Ganz abgesehen davon, dass sie nur sinnvoll sind, wenn ein männliches Wesen verführt werden soll, und daran verschwende ich im Moment absolut keinen Gedanken. Ich trete ein. Es ist wirklich ein nobler Schuppen. Die Verkäuferin, ein zartes Wesen mit Rehaugen, fragt nach meinen Wünschen. Kurz darauf verlasse ich den Laden mit zwei edel verpackten Pyjamas unter dem Arm. Es ist das erste Mal seit meiner Trennung, dass ich mir wieder einmal was Gutes gönne.

Auf dem Rückweg besorge ich noch die Wandfarbe, mintgrün, für das Schlafzimmer und ein paar Kissen für die Küchenstühle. Zu Hause packe ich meine Einkaufsbeute aus und betrachte sie, streiche mit der Hand über die beiden Pyjamas, lege die bunten Kissen auf die Stühle. Es ist das erste Mal, dass ich mich hier tatsächlich zu Hause fühle.

21. DIE IDEE

Yves hatte recht, der Winter mit seinem fast ununterbrochenen Regen hat das Weite gesucht. Die ersten Krokusse strecken zaghaft die Köpfe aus der Erde und das Gras schießt in die Höhe. Ich habe noch nie im Leben Gras so schnell wachsen gesehen. In Paris hatten wir selbstverständlich keine Wiese, sondern einen Rasen und der wurde von einem Gärtner in Ordnung gehalten, der hatte gar keine Chance, ins Unendliche zu wachsen.

Mit der Innenverschönerung bin ich fast fertig. Die mintgrüne Wand im Schlafzimmer passt super zu den zartgelben neuen Vorhängen. Nur Dusche und Toilette sind noch nicht so, wie ich sie gern haben möchte. Das Wasser tröpfelt weiterhin nur spärlich aus dem Duschkopf. Ich muss wohl doch Yves kontaktieren, damit er mir dabei hilft. Aber sonst bin ich stolz auf mich.

Juliette besucht mich heute Nachmittag. Sie war aufgeregt am Telefon, sagte, sie habe großartige Neuigkeiten. Da bin ich mal gespannt.

In der Küche richte ich einige Snacks her. Bestreiche diese kleinen runden und hauchdünnen Brotscheiben mit Leberwurst und Streichkäse. Dann arrangiere ich sie zusammen mit Oliven und in Öl eingelegten Tomaten auf einem Teller.

Für Klein-Emmanuel habe ich Madeleine-Gebäck besorgt. Eine Flasche Weißwein steht im Kühlschrank. Ich stelle alles auf den Küchentisch, den heute eine weiße Damastdecke ziert.

Die habe ich auf dem Flohmarkt in Le Fleix gefunden. Ich mag Flohmärkte und werde jedes Mal fündig.

Auch in Paris gibt es tolle Flohmärkte, aber Gilles mochte meine Fundstücke nicht. Nun, es gibt keinen Gilles mehr und ich kann tun und lassen, was ich will. Ich kann mir die größte Kitschvase kaufen, kann sie aufstellen, niemand hindert mich daran.

Punkt vier Uhr höre ich die Autoräder auf den Steinen knirschen. Kurz darauf schlägt eine Autotür zu. Ich eile zum Eingang.

»Ich hab was für dich«, ruft mir Juliette zu, öffnet die Heckklappe und bugsiert einen Blumentopf mit einer Grünpflanze hinaus. Ich laufe ihr entgegen. »Für dich, ein kleiner Olivenbaum. Wenn er größer ist, kannst du ihn in die Erde pflanzen.«

Erfreut nehme ich das Geschenk entgegen. »Wie lieb, wachsen die hier wirklich?«

»Kein Problem. Stell ihn etwas windgeschützt, Wasser braucht er nicht viel.«

»Herzlichen Dank.« Ich stelle ihn an die Wand vors Haus, wo er ziemlich viel Sonne abbekommt, nehme Emmanuel an der Hand und wir gehen ins Haus.

Juliette schaut sich verwundert um. »Wie schön. Und die alte Küche, super, so vintage, das liebe ich. Und das hast du alles gestrichen? Mensch, Elodie, Chapeau.« Sie setzt Emmanuel auf den Boden und gibt ihm Spielzeugautos und Bauklötze. »Darf ich die anderen Zimmer sehen? Ich liebe solche urigen Bauernhäuser.«

»Klar, aber du selbst wohnst doch auch in einem solchen Haus.«

Energisch schüttelt sie den Kopf. »Meins ist nicht so alt. Das hier muss schon vor sehr, sehr langer Zeit gebaut worden sein, das sehe ich schon an den handgefertigten rohen Bodenkacheln.«

»Meinst du? Ich habe keine Ahnung von solchen Dingen, ich habe die Wände gestrichen, weil sie ziemlich rußig vom Holzofen waren, mich hat das gestört. Aber komm, ich zeige dir gern die übrigen Räume. Es gibt ein Esszimmer, ein Schlafzimmer und noch einen kleinen Raum, der mit alten Möbeln vollgepackt ist, und dann gibt es eine Dependance, auch voll. Da mache ich nichts, die Küche und das Schlafzimmer reichen für mich.«

Juliette fällt von einem Jubelruf in den anderen, als ich mit ihr durch die Zimmer und die Dependance gehe. »Da kann man noch so viel daraus machen. Das wird ein Bijou, wenn es fertig ist.«

»Ich habe nicht im Sinn, das Haus auszubauen, das muss meine Freundin machen, aber sie hat kein Interesse daran. Ich wohne nur für kurze Zeit hier.« Ich hake Juliette unter. »Komm, lass uns zurückgehen. Ich habe was vorbereitet.«

Wir machen es uns in der Küche gemütlich. Der Teller mit den Häppchen ist im Nu leer, auch der Wein schmeckt lecker und lockert meine Zunge. »Ich bin hierher gekommen«, ich nehme einen Schluck, »weil ich herausfinden will, wie es mit mir weitergehen soll.«

Emmanuel quengelt. Juliette fischt eine Banane aus der Tasche und gibt sie ihm. »Mit dir weitergeht? Verstehe das jetzt nicht. Was soll mit dir weitergehen?«

Ich gebe mir einen Ruck und erzähle ihr die Geschichte von Gilles, und dass ich herausfinden will, was ich in Zukunft möchte. »Weißt du, ich habe keine finanziellen Probleme, Gilles bezahlt mir jeden Monat einen fixen Betrag, mit dem ich gut leben kann. Er hat mir eine Wohnung in Paris gekauft, von daher bin ich abgesichert. Nur, was fange ich mit mir an? Ich habe keine Perspektive, und genau das will ich herausfinden.«

»Dann hab ich was für dich und auch für mich.« Sie rutscht aufgeregt auf dem Stuhl nach vorn. »Erinnerst du dich, als wir uns das erste Mal getroffen haben und ich meinte, dass es schade ist, dass wir in Monfaucon kein Lebensmittelgeschäft, also so was wie einen Tante-Emma-Laden haben, wo man schnell einmal was einkaufen kann. Im Dorf, in einem leer stehenden Haus gibt es ein Ladengeschäft zu mieten. Nicht sehr groß, aber gerade richtig, um Waren für den täglichen Gebrauch anzubieten. Milch, Butter, Käse, Konserven, etwas Gemüse. Und da wollte ich dich fragen, ob du mitmachst. Weil … ich such nämlich auch eine Perspektive.«

»Weshalb denn, das verstehe ich jetzt nicht. Du hast doch Emmanuel und einen Mann, der sicher manchmal zu Hause ist?«

»Meinst du, ich sitze einfach zu Hause und warte, bis es Abend wird, wenn Emmanuel im Kindergarten ist?«

Ich schüttle den Kopf. Nein, das kann ich mir bei ihrem Temperament nicht vorstellen.

Aber einen Lebensmittelladen in dem kleinen Dorf und dann noch von zwei Nichteinheimischen betrieben? Einer Toulouserin und einer Pariserin, zwei Städterinnen, die es auch ohne Laden schwer haben, Anschluss zu finden. Ich möchte Juliette aber nicht gleich ihre Idee vergraulen. »Ich weiß nicht, Juliette, hast du das schon mal durchgerechnet? Was kostet die Miete? Du müsstest ein Gewerbe anmelden und ich sehe mich nicht so richtig hinter der Theke stehen und Käse oder Wurst abwiegen. Ganz abgesehen davon, dass ich irgendwann wieder nach Paris zurückgehen werde.«

»Wegen der Miete mach dir keine Sorgen, die wird nicht hoch sein und alles andere wird sich zeigen. Du musst auch nicht immer hinter der Theke stehen und wir müssen den Laden ja nicht acht Stunden geöffnet haben. Ach komm, Elodie, gib dir einen Ruck.«

Ich schenke Wein nach. Nachdenklich nippe ich am Glas.

»Was denkst du gerade?«

»Dass du mich überrumpelt hast und ich mir das reiflich durch den Kopf gehen lassen möchte.«

»Aber wir schauen uns den Laden zusammen an? Morgen Nachmittag? Hast du Zeit? Wir können uns um vier Uhr am Dorfbrunnen treffen. Ich werde mich mit dem Vermieter in Verbindung setzen. Ist das okay? Bitte, bitte, sag ja.«

»Ja, ich habe Zeit. Aber das heißt nicht, dass ich mit dabei bin. Einverstanden?«

Juliette springt auf und zieht mich vom Stuhl hoch. »Danke, danke, danke.«

Ich löse mich aus der stürmischen Umarmung. »Alles gut.«

Sie drückt mir einen Kuss auf die Wange. »Du bist ein Schatz. Ich muss jetzt. Es war ein super Nachmittag. Nochmals danke, dass du mitmachst. Wir sehen uns morgen.«

Sie packt Emmanuels Spielzeug in die Tasche, streicht ihm übers Haar und wirft mir eine Kusshand zu. Und weg ist sie. Ein Wirbelwind.

Ich atme tief ein. Ein Hauch von ihrem Parfum schwebt noch im Raum. Grübelnd räume ich das Geschirr weg. Einerseits ist die Idee von Juliette nicht schlecht, andererseits bezweifle ich, dass die Dorffrauen sie annehmen.

Juliette winkt mir aufgeregt zu, als ich mein Auto in der Nähe der Mairie parke. »Du bist fünf Minuten zu spät!«, ruft sie mir zu.

»Tut mir leid, aber jetzt bin ich ja da.«

Sie lacht. »Komm, gehen wir, es sind nur ein paar Schritte.«

Vor einem ziemlich heruntergekommenen Bauwerk, das eingeklemmt zwischen zwei anderen Häusern steht, die nicht viel besser aussehen, bleibt sie stehen. »Hier ist es. Schau, da ist das Schaufenster«, sie drückt die Nase an das Fenster, »und guck mal rein, der Laden hätte genau die richtige Größe für das, was wir vorhaben.« Sie dreht sich um. »Und hier, hier vor dem Laden auf dem Gehsteig hätten wir noch Platz für zwei, drei kleine Tische und Stühle für Kaffee und so.«

»Was du vorhast, meine liebe Juliette, und Kaffee, darüber haben wir noch nicht gesprochen, nur über einen Laden.«

»Ja, ja, schon gut, aber wo ist denn dieser Herr Taillet? Er hat mir versprochen, pünktlich zu sein.«

»Nun sei mal nicht so aufgeregt, der kommt schon.«

»Mesdames, bonjour.«

Ein älterer Herr, das grau melierte Haar wirr, steht vor uns. Er riecht nach Schweiß und seine Kleidung hat schon lang keine Waschmaschine mehr gesehen. Ich trete einen Schritt zur Seite.

»Sie wollen den Laden anschauen?« Er betrachtet uns misstrauisch.

»Ja«, sagt Juliette, »ich habe heute Morgen mit Ihnen telefoniert und das ist meine Freundin, Madame Pedotte.«

»Dann wollen wir mal.« Umständlich klaubt er den Schlüssel aus der Hosentasche und öffnet die Eingangstür.

Abgestandene Luft schlägt mir entgegen. Der Laden erweist sich als schmaler Schlauch. Die Wände sind fleckig, entweder durch Feuchtigkeit oder Dreck. Ich tippe auf Feuchtigkeit. Am Ende des Schlauches sehe ich eine Tür. »Wohin führt diese Tür dort?«, frage ich.

»Das ist ein Abstellraum. Da war vorher eine Reparaturwerkstatt für alte Möbel drin. Er wurde mit der Zeit zu klein, deshalb hat sich der Mieter etwas anderes gesucht.«

Ich betrachtete Juliette aus dem Augenwinkel. Sie wirkt völlig hin und weg. »Was würde denn die Miete kosten und was für Auflagen gibt es?«

»Monatlich fünfhundert Euro, exklusive Strom, Heizung und Wasser. Das müssten Sie selber übernehmen.«

Ich habe zwar keine Ahnung, was Strom, Heizung und Wasser kosten, denke aber, dass wir mit tausend Euro im Monat rechnen müssten. Nicht wenig, wenn wir die Investitionen für die Inneneinrichtung addieren.

Elodie, du weißt ja gar nicht, ob du da miteinsteigen willst, flüstert mir eine Stimme zu.

Juliette äußert sich immer noch nicht, aber ich sehe ihrem Gesicht an, dass ihr Hirn auf Hochtouren läuft.

»Die Renovierungsarbeiten wie Malen, eventuell den Boden neu verlegen, müssten wir auch übernehmen?«, frage ich.

Monsieur Taillet nickt.

Ganz schön heftig. Ich zweifle, dass wir genügend Kundschaft haben werden, die diese Unkosten wieder einbringt. Okay, der Laden liegt ziemlich zentral, wenn man das Wort zentral in einem Dorf mit knapp dreihundert Einwohner, deren Häuser nicht im Dorfkern liegen, hier anwenden kann.

Und wenn wir … ich unterbreche meinen Gedankengang. »Können wir bitte die Abstellkammer anschauen?«

»Natürlich.« Monsieur Taillet geht geschäftig nach hinten und öffnet die Tür. »Bitte, meine Damen.« Mit einer Handbewegung komplimentiert er uns hinein.

Der Raum ist zu meinem Erstaunen recht groß. Hier hätten wir genügend Platz, um gewisse Vorräte wie Flaschen, Konserven und all den Kram, der ewig hält, zu lagern.

Elodie! Meine innere Stimme ruft mir Zurückhaltung zu.

»Wann darf ich mit Ihrer Antwort rechnen?«, fragt Monsieur Taillet ungeduldig.

Ich schaue Juliette fragend an, denn schließlich ist sie Motor dieser Idee.

»Geben Sie uns eine Woche Zeit, wir müssen das alles nochmals genau durchrechnen.« Sie lächelt ihn charmant an.

»Eine Woche, aber nicht länger. Ich habe noch andere Interessenten. Da Sie aber hier wohnen, gebe ich Ihnen den Vorzug.«

Das mit den anderen Interessenten glaube ich ihm schlichtweg nicht. »Wir melden uns, Monsieur Taillet.« Ich strecke ihm die Hand entgegen, die er geflissentlich übersieht.

Macho!, fährt es mir in den Kopf und ich steuere dem Ausgang zu. Juliette folgt mir. Ihrem Gesichtsausdruck sehe ich an, dass sie das Gleiche denkt wie ich.

»Hast du noch Zeit, zu mir zu kommen, damit wir uns darüber unterhalten können, Elodie?«

»Nein, ich möchte nach Hause und zuerst mal selber in Ruhe darüber nachdenken. Wir können morgen oder übermorgen darüber sprechen.«

Juliette nickt. »Machen wir.«

22. AUF DER SUCHE

Der Frühling ist nach wie vor da, als ich am Morgen die Gardinen zurückziehe, und zeigt sich von der besten Seite. Es war eine unruhige Nacht. Immer wieder bin ich aufgewacht, habe mich im Bett gewälzt. Dieser Laden! Mitmachen oder nicht?

Ich muss mit jemandem reden. Juliette ist nicht objektiv genug. Yves! Ja, Yves, er kennt die Leute im Dorf. Er kann mir sagen, ob sich so ein Laden rentiert, ob er überhaupt angenommen wird. Ich wähle seine Nummer. Nach mehrmaligem Klingeln drücke ich die Verbindung weg. Er scheint nicht zu Hause zu sein. Schade. In dem Moment meldet sich mein Handy, es ist Yves.

Fünfzehn Minuten später fahre ich den Weg zu seinem Haus hoch. Behäbig liegt es da. Noch bevor ich die Glocke betätigen kann, wird die Tür von innen geöffnet und Yves steht vor mir.

»Grüß dich, Elodie, komm herein. Ich freue mich, dass du den Weg zu mir gefunden hast.«

Etwas erstaunt schaue ich ihn an, weshalb duzt er mich jetzt?

»Er ist gleich fertig.«

»Wer ist fertig?«

»Der Kaffee.«

Er grinst und komplimentiert mich in die Küche. »Was führt dich her? Aber setz dich doch.«

Ich bleibe stehen, schaue mich um. »Wo soll ich mich hinsetzen?«

»Hier.« Mit der einen Hand räumt Yves einen Stuhl leer und schiebt ihn zu mir hin. »Entschuldige die Unordnung. Gestern war Großkampftag. Zuerst der Markt, dann musste ich etwas fertig modellieren und schon war Abend und ich todmüde.«

»Macht doch nichts, bei mir schaut es manchmal auch chaotisch aus.«

»Besonders, wenn du Wände malst«, sagt er, zwinkert mir aufgeräumt zu und schenkt Kaffee ein. »Ist doch okay, wenn wir uns duzen?«

»Klar«, erwidere ich, weil ich höflich bin. Doch mir kommt das etwas zu schnell. Vorgestern noch reserviert und heute schon beim Du.

»Also, wo drückt der Schuh? Kein Holz? Das Dach? Obwohl es in der letzten Zeit nicht mehr geregnet hat, oder ein anderes Problem?«

Jetzt ist er wieder der Alte, denke ich und straffe meine Schultern. »Ja, es geht um was anderes, ich möchte Sie … ähm, dich etwas fragen.« Ich erzähle ihm von Juliette und ihrer Idee mit dem Laden. Von meinem Zweifel, ob so was überhaupt angenommen würde bei den Dorfbewohnern, und vom Mietpreis, den ich überhöht finde.

Yves hört mir aufmerksam zu und als ich fertig bin, sagt er erst mal nichts. »Ich kenne das Haus und den Laden. Es steht schon lang leer und ist ziemlich heruntergekommen. Fünfhundert Euro ist zu viel. Ihr müsst einiges hineinstecken, ich würde versuchen, die Miete auf zweihundertfünfzig im Monat herunterzuhandeln.« Er wischt ein paar Krümel vom Tisch. »Die Lage ist recht gut. Im Sommer werdet ihr mit Touristen rechnen können. Die lieben diese kleinen Läden, und wenn ihr noch ein paar regionale Spezialitäten anbietet, werden sie die euch aus den Händen reißen.«

»Und die Dorfbewohner? Die Touristen allein reichen sicher nicht.«

»Nein.« Er fährt sich durch die Haare. »Die Einheimischen, nun, das ist so eine Sache.«

»Eben, deshalb bin ich hier.«

»Hast du schon Kontakte knüpfen können?«

Ich hebe die Schultern, lasse sie sinken.

»Also nicht.«

»Keine, um genau zu sein. Außer dir, Juliette und Victor niemanden.«

»Victor?«

»Ein Schriftsteller aus Bordeaux, der hier in der Einsamkeit seinen Roman schreiben will.«

»Von dem habe ich schon gehört. Er soll ein undurchsichtiger Kerl sein.«

»Ich finde ihn nett.« Dass ich ihm Geld geliehen habe, behalte ich für mich, und dass er seitdem verschwunden ist, braucht Yves auch nicht zu wissen.

»Habt ihr euch schon Gedanken darüber gemacht, dass ihr mindestens eine Kühltheke braucht? Die ist nicht billig. Den Rest wie Wände malen, Regale anbringen, das könnt ihr selbst machen.«

»Wir haben noch gar nichts besprochen. Ich wollte zuerst mit dir darüber reden, weil ich mir überhaupt nicht sicher bin, ob ich das möchte. Ich will nicht blindlings in etwas hineinstolpern.«

»Ach ja?«

Da ist er wieder, der Von-oben-herab-Tonfall. Aber ich halte mich zurück, ich will ja was von ihm.

»Okay, ich werde mich mal im Dorf umhören, wie ein kleiner Laden ankommen könnte.« Abrupt steht er auf. »Komm mit, ich zeig dir etwas.«

Draußen steuert er einen der angebauten Schuppen an und führt mich hinein. »Das ist mein Atelier, hier modelliere und bildhauere ich.«

Mir fällt die Kinnlade herunter. Das Innere des Schuppens ist aufgeräumter als die Küche im Wohnhaus. An den Wänden sind Borde angebracht, auf denen akkurat angeordnet allerlei Werkzeug liegt. In der Mitte des Raums steht ein ausladender Tisch und in einer Ecke entdecke ich ein Ungetüm von einem Ofen.

Zwei Baumstämme, ich schätze, sie sind einen halben Meter hoch, mit einem Durchmesser, den ich mit meinen Armen nicht umfangen könnte, stehen neben dem Tisch. Einer davon noch im Rohzustand, der andere schon mit Gesicht. Auf einer Ablage steht ein Tier. Ich trete näher, es ist ein Esel. Sanft fahre ich mit dem Zeigefinger über den Rücken.

»Sachte«, ruft Yves, »der Ton ist noch nicht trocken.«

Eine glasierte Giraffe steht daneben. »Die sind toll. Hast du die gemacht?«

Yves nickt voller Stolz. »Raku.«

»Hast du das gelernt?«

»Bei einem Freund, der das macht, und dann selbst vertieft. YouTube. Raku, eine spezielle Brennmethode, kommt aus Japan. Die Rohlinge werden nach dem Brennen mit Sägespänen abgedeckt, das gibt diese schwarze Patina.«

»Ganz große Klasse, ist das dein Beruf?«

»Ach wo, ich verdiene mein Geld mit Maurerarbeiten, mit Dachdecken, und ich bringe gewissen Städterinnen Holz vorbei, wenn Not am Mann ist. Das da«, er schwenkt seinen Arm, »das ist mein Hobby, mein Ausgleich. Es hilft mir …«

Ich frage nicht, wogegen es ihm hilft. »Aber du verkaufst diese Tiere?«

»Ja, sie stehen in Bergerac in einer Galerie und manchmal kommen auch Touristen her und ich verkaufe sie direkt. Hält sich aber im Rahmen. Und du?« Er schaut auf mich herab? »Was machst du so, wenn du nicht gerade Wände malst?«

Wieder ein Hauch des Tons, der mich spüren lässt, dass ich in seinen Augen nur eine von diesen Pariserinnen bin, die nichts mit sich anzufangen wissen. »Ich habe Kunst studiert. In Paris.«

»Ich weiß, Yvonne hat es mir erzählt. Und?«

»Was und?«

Ich hebe die Schultern. »Ich muss gehen, ich habe noch was zu tun. Danke für den Kaffee und den Rat. Ich werde mich mit Juliette zusammensetzen und den finanziellen Aspekt diskutieren.« Ich drehe mich um und marschiere hinaus. Soll er doch denken, was er will.

Dass ich nur eine blöde Pariserin bin. Ist doch egal.

»Komm gut nach Hause«, ruft er mir nach, »ich melde mich wegen dem Laden.«

Auf dem Nachhauseweg fahre ich beim Wohnwagen vorbei. Nichts! Kein Auto. Kein Victor. Das war es dann wohl, mein Geld werde ich nicht wiedersehen. Ich fühle mich schon etwas verarscht. Selbst schuld. Weshalb bin ich immer so naiv und glaube nur an das Gute im Menschen. Das hat angefangen mit Gilles, damals. Blind bin ich in diese Ehe hineingesprungen. Habe alles für ihn aufgegeben, obwohl Yvonne und mein Vater mich davor gewarnt haben. Seine Geschenke, sein Geld und sein Charme haben mich geblendet. Wie wäre ich heute froh, hätte ich eine Grundlage, um meinem Leben eine neue Perspektive zu geben.

Doch ein Laden, ist das wirklich eine Perspektive für mich? Ich schüttle den Kopf. Der Plan wird scheitern. Juliette und ich sind viel zu wenig verankert in diesem Dorf. Ich habe es Yves Gesicht angesehen, als ich ihm sagte, dass meine Kontakte hier gleich null sind.

Aber wie kann ich im Winter jemanden näher kennenlernen, wenn alle zu Hause hocken? Wenn es keine Bar gibt, wo die Leute ihren Pastis, ihren Wein oder was weiß ich trinken und wo man mit ihnen ins Gespräch kommen kann? Das Sauerkrautessen, ja, das war eine Möglichkeit, die einzige in diesem Winter. Nur haben mich die Dorfbewohner da ehrfürchtig bestaunt, so als käme ich von einem anderen Planeten. Außer der Frau vom Bürgermeister hat niemand mit mir gesprochen.

Selbst schuld, Elodie, du musst auf die Leute zugehen, du bist die Fremde im Dorf.

Zu Hause schleppe ich einen in die Jahre gekommenen Eisentisch und zwei Stühle, die auch schon bessere Zeiten gesehen haben, aus dem Schuppen. Ich stelle sie an eine mit Hortensien bewachsene Ecke, die schön windgeschützt ist. Mit einem Glas Wein in der Hand blinzle ich in die Sonne, die langsam hinter den Baumwipfeln verschwindet.

23. DER LADEN

Nach einer weiteren unruhigen Nacht voller Gedanken fahre ich am nächsten Morgen zu Juliette.

Verschlafen öffnet sie mir. »Du? So früh?«

»Ich muss mit dir reden.«

Sie zieht mich hinein. Hinter ihr erscheint ein Mann, genau so schlaftrunken wie Juliette.

»Das ist Marcel, mein Mann. Er ist gestern Nacht unverhofft nach Hause gekommen. Wir haben bis in die Morgenstunden über unser Vorhaben diskutiert.«

Marcel streckt mir die Hand entgegen. »Wir wollten gerade frühstücken, möchten Sie auch?«

»Tut mir leid, der frühe Überfall, aber dieser Laden hat mich nicht schlafen lassen.«

»Macht nichts, ich muss später auch wieder los, zu einem Kunden.« Marcel dirigiert mich in die Küche, wo Juliette sich an der Kaffeemaschine zu schaffen macht.

Ich setze mich und betrachte Juliettes Mann. Groß, schlank, sein Gesicht strahlt etwas Vertrauenswürdiges aus. Er stellt Teller, Butter, Marmelade und Käse auf den Tisch.

»Auch Toast?«, fragt Juliette.

Ich nicke.

Sie setzt sich zu mir. »Du Arme.« Sie streicht mir über den Arm.

Marcel schenkt Kaffee ein. »Dann wollen wir mal.«

Er nimmt einen Toast, bestreicht ihn mit Butter und Marmelade. »Juliette hat mir gestern von ihrer Idee mit dem Laden erzählt. Ich finde sie gar nicht schlecht. Das Dorf braucht so was. Einen Treffpunkt, denn hier gibt es ja nichts.«

»Ich weiß, aber ich bin nicht sicher, ob die Einheimischen das annehmen. Einen Laden, geführt von zwei Nichteinheimischen, zwei Städterinnen.« Ich nehme einen Schluck Kaffee, »und dazu eine aus Paris.«

»Nun, erst muss es ausprobiert werden, ehe man das weiß.«

»Das ist mir schon klar, aber fünfhundert Euro im Monat! Wir müssten den Preis auf zweihundertfünfzig drücken, das hat auch Yves gestern gesagt.«

»Yves?«

»Ein Nachbar, der aufs Haus geschaut hat, bevor ich eingezogen bin und es leer stand.«

»Setzt dem Vermieter das Messer an den Hals«, Marcel lacht, »Juliette hat ein gutes Händchen für so was. Wenn ihr es für den Preis bekommt, sehe ich keine großen Hürden, außer viel Ausdauer, dann wird es schon funktionieren. Ich denke, dass eure Idee irgendwann greifen wird.«

Aus dem oberen Stock meldet sich Klein-Emmanuel. Marcel steht auf und geht nach oben. Kurze Zeit später höre ich das helle Lachen von Emmanuel, untermalt mit dem tiefen Lachen von Marcel. Wie schön, fast werde ich etwas neidisch. So gern hätte ich auch ein Kind gehabt, aber Gilles wollte nicht und ich habe wieder einmal klein beigegeben.

Marcel kommt mit dem Bub auf dem Arm in die Küche und setzt ihn Juliette auf den Schoss. »Ich muss.« Er küsst seine Frau zärtlich auf die Stirn, nimmt die Jacke vom Haken und wünscht uns viel Glück. »Ich bin sicher, dass ihr das schafft.«

»Wann gehen wir zu diesem Monsieur?«, frage ich.

»Du willst also auch? Super.«

»Man soll etwas ausprobieren, hat dein Mann gesagt. Dann probieren wir es aus«, erwidere ich, immer noch leicht zögernd.

»Wir müssen da gar nicht persönlich hingehen, ich werde mit ihm telefonieren.«

»Dann lass ich dich das mal tun.« Ich nehme meine Jacke. »Danke für das Frühstück … dein Mann ist sehr sympathisch.«

»Wenn er das nicht wäre, hätte ich ihn nicht geheiratet«, sie lächelt und drückt mir einen Kuss auf die Wange.

Hin- und hergerissen fahre ich nach Hause. Obwohl ich es eigentlich nicht wollte, habe ich mich einmal mehr zu etwas überreden lassen.

Wieder im Paradies zurück überlege ich, was ich mit dem angefangenen Tag machen soll. Was will ich eigentlich hier? Genervt pfeffere ich einen Schuh in die Ecke, der zweite folgt. Nachdem ich mich etwas beruhigt habe, sause ich hinaus, reiße die Eingangstür zur Dependance auf und beginne, das alte Gerümpel auf den Hof zu schleppen. Stück für Stück türme ich zwischen Haus und Dependance auf. Die körperliche Arbeit tut gut. Nach zwei Stunden ist fast der ganze Müll draußen und ich nehme einen Besen und wische den gröbsten Dreck zusammen. Schnaufend betrachte ich mein Werk. Das würde eine hübsche Ferienunterkunft werden, aber … ich gehe ins Haus zurück. Das ist nicht mein Haus und deshalb nicht meine Angelegenheit.

Eine Stunde später erhalte ich einen Anruf von Juliette. »Monsieur Taillet ist mit zweihundertfünfzig Euro einverstanden, ich gehe morgen zum Bürgermeister und informiere ihn.«

Ich lasse mich auf einen Stuhl sinken. Jetzt sind die Würfel gefallen, jetzt gibt es kein Zurück.

24. BESUCH VOM VERSCHOLLENEN

Obwohl der Entschluss feststeht, es mit dem Laden zu versuchen, wälze ich mich schon wieder schlaflos herum, sobald ich im Bett liege. Es ist einfach sehr aufregend für mich als ›Pariser Püppchen‹, so ein Projekt anzugehen.

Gerädert schlurfe ich am Morgen ins Bad und stelle mich unter das kalte Wasserrinnsal aus dem Duschkopf. Rinnsal ist noch übertrieben, eher ein Tropfen. Anschließend rubble ich mich mit dem Handtuch trocken, bis mir warm wird. Meine Lebensgeister kommen langsam zurück.

Ich stiefle in den Hof und betrachte mein gestriges Werk. Irgendwie muss der Müllhaufen weggebracht werden, aber wie? Yves? Schon wieder Yves? Ohne ihn scheint hier nichts zu funktionieren. Ein bisschen stört mich das, von ihm abhängig zu sein, aber ich kann den Haufen nicht einfach hier liegenlassen. Plötzlich überfällt mich das schlechte Gewissen. Durfte ich das überhaupt, ohne vorher Yvonne zu fragen?

Nun, nichts zu machen, jetzt ist es schon passiert. Mit dem alten Zeug hätte sie eh nichts mehr anfangen können. Aber wie war das noch: Du musst nur aufs Haus und den Garten aufpassen. Müll hinausschleppen ist schon ein bisschen mehr als aufpassen. Ich werde sie heute Nachmittag über meinen Aktivismus informieren. Dieser Gedanken beruhigt mein Gewissen und ich denke über den heutigen Tag nach.

Ich schaue mich um. Ich könnte mich im Garten nützlich machen. Das Grünzeug schießt in die Höhe und erstickt die Frühlingsblumen. Im Schuppen suche ich nach einer Hacke und einer Schaufel. Mein Gärtnerwissen hält sich in Grenzen. Aber so schwer kann es nicht sein, und wenn alles schiefläuft, gibt es ja noch YouTube. Wenn ich mich recht erinnere, hat der Gärtner, der in Paris unseren Garten in Ordnung gehalten hat, die Beete in kürzester Zeit durchgehackt, vom Unkraut befreit und den Rosen die abgestorbenen Triebe abgeschnitten. Also! Ich habe ihn dabei oft vom Schlafzimmerfenster beobachtet.

Mit Enthusiasmus mache ich mich an die Arbeit. Hacken. Unkraut rupfen. Äste schneiden. Die Erde ist vom vielen Regen schwer, lehmig fast. Die Wurzeln des Unkrauts sind höllisch tief, sodass sie beim Herausdrehen abbrechen. Immer öfters muss ich den Rücken durchstrecken. An meinen Händen kleben Erdschollen. Zwei Fingernägel sind auch schon abgebrochen.

Nach drei Stunden habe ich erst mal die Schnauze voll. Was ich bis jetzt vollbracht habe, ist lächerlich. Mein Blick gleitet über die Unkrautwüste, die noch vor mir liegt. Den Garten in Ordnung halten, ich lache kurz auf. Wie wird das erst sein, wenn das Gras so richtig wächst? Jetzt hält es sich noch zurück damit. Aber es dauert sicher nicht mehr lang. Im ehemaligen Pferdestall habe ich eine Mähmaschine zum Aufsitzen gesehen. Ziemlich furchteinflößend. Damit kann ich bestimmt nicht umgehen. Dann halt wieder der Yves. Mist!

Ich schleiche niedergeschlagen in Richtung Haus und lasse mich auf einen der Eisenstühle fallen. Alles tut mir weh. Die Beine, der Rücken, die Arme und die Hände. Dagegen war das Streichen der Küche ein Kinderspiel. Einen Moment bleibe ich benommen sitzen und lasse mich von der Sonne bescheinen, rapple mich dann wieder auf. Ich will es nochmals versuchen. So schnell gebe ich nicht auf.

Jetzt erst wird mir bewusst, was der Gärtner in Paris alles geschafft hat. Locker und leicht hat es von Weitem ausgesehen. Was mag er für einen Stundenlohn gehabt haben? Wohl nur das absolute Minimum, gerade so viel, dass er noch im SMĬC-Bereich lag. Nach einer weiteren Stunde Fronarbeit habe ich endgültig genug. Hunger und Durst plagen mich. Ich schaue auf die Uhr, kein Wunder, es ist bereits zwei Uhr nachmittags.

In der Küche trinke ich erst mal eine halbe Flasche Mineralwasser. Anschließend suche ich nach etwas Essbarem. Außer einer Packung Spaghetti und einer Tomatensauce im Glas finde ich nichts Brauchbares. Das ärgert mich. In Paris wäre ich jetzt nach einer heißen Dusche ins Bistro gleich um die Ecke gegangen und hätte mich vom Kellner mit einem Stück Fleisch und einem Glas Rotwein verwöhnen lassen.

Elodie, du bist jetzt nicht in Paris, also hör auf, dem Vergangenen nachzutrauern.

Ich fülle Wasser in einen Topf und setze ihn auf den Herd. Als das Wasser zu blubbern anfängt, schreckt mich ein lautes Poltern an der Tür auf. Mit der Spaghettipackung in der Hand öffne ich.

Mir fällt die Kinnlade runter, es ist Victor. Victor, den ich bereits abgeschrieben habe. »Du?«

Er strahlt mich an. »Ja, ich, darf ich reinkommen.«

»Klar. Ich koche gerade Spaghetti. Magst auch?«

»Hier, ich hab was für dich«, er legt ein in braunes Papier eingewickeltes Paket auf den Tisch.

»Was ist das?«

»Mach's auf, dann weißt du es.«

Inzwischen zischt das überkochende Wasser auf die Gasflamme. Ich gebe die Nudeln in den Topf, hole zwei Teller und Gläser aus dem Küchenkasten. Dann öffne ich das Paket.

Das Blut des Schlächters steht in großen Lettern auf dem ersten Blatt. »Ist das dein Manuskript?« Ich lasse die einzelnen Blätter durch meine Finger gleiten. Mindestens vierhundert Seiten, schätze ich. »Was soll ich damit?«

»Lesen. Das wolltest du doch.« Victor zündet sich eine Gauloise an und nimmt einen tiefen Zug. »Nicht einmal meine Lektorin hat es gelesen. Du bist die Erste.«

»Lesen?«

»Ja, wenn du willst, und mir dann sagen, wie du es findest. Aber ich warne dich, es ist brutal. Also?« Herausfordernd schaut er mich an. »Und dein Geld kann ich dir noch nicht zurückgeben. Wie gesagt, meine Lektorin muss es erst lesen und dann genehmigen.«

»Wo warst du die ganze Zeit? Ich wollte dir den Roman zurückgeben, den du mir geliehen hast.«

»In Bordeaux. Die Stille hier hat mich an den Rand der Verrücktheit gebracht. Ich kann hier nicht schreiben, ich brauch den Lärm, den Schmutz der Stadt und die Verlogenheit der Menschen, um mich zu inspirieren. Hier ist alles zu steril.«

Das mit dem Geld stößt mir etwas sauer auf, und dass es auf dem Land steril sein soll? Ich habe nicht viel davon gemerkt, aber ich sage nichts und schütte die abgetropften Nudeln in eine Schüssel. »Essen wir erst einmal. Wein?«

»Aber immer.«

Ich gieße unsere Gläser voll und schiebe ihm die Schüssel mit der Pasta zu. Langsam dreht er die Spaghetti auf die Gabel. Er schaut gut aus, trotz seiner etwas sehr legeren Kleidung. Das fällt mir heute zum ersten Mal so richtig auf. Schmale Hände, schmales Gesicht, dunkle Augen, in denen ein Feuer zu brennen scheint.

»Und, was machst du so in diesem Kaff? Immer noch auf der Suche?«

»Vielleicht eröffne ich zusammen mit einer Freundin einen kleinen Lebensmittelladen.« Dass es bereits beschlossene Sache ist, braucht er nicht zu wissen.

Victor legt die Gabel weg und schaut mich entsetzt an. »Ist es denn das, was du möchtest? Ich habe geglaubt, dass du dich mit Kunst beschäftigen willst.« Er schüttelt den Kopf. »Fressalien verkaufen? Ich fasse es nicht.«

»Ich hab nie was von Kunst gesagt.«

»Doch hast du. Dann gehst du nicht mehr nach Paris zurück?«

»Weiß ich nicht. Vorläufig jedenfalls bleibe ich, will mir zuerst beweisen, dass ich etwas zustande bringe.«

»Nun denn«, er schaufelt eine weitere Portion Nudeln auf den Teller und schenkt Wein nach, »beweise es dir, wenn du nicht anders kannst.«

»Wo finde ich dich, wenn ich das Manuskript gelesen habe?«, lenke ich ab. Ich will mein Sein oder Nichtsein mit ihm nicht diskutieren. Erstens geht es ihn nichts an, was ich mache oder machen werde … und zweitens? Keine Ahnung. Er verunsichert mich auch heute wieder. Verdammte Axt! Rasch stehe ich auf. »Kaffee?«

»Nein, keinen Kaffee, ich muss noch etwas erledigen, und wenn du fertig bist mit dem Manuskript, du findest mich ja im Wohnwagen.« Er schiebt den leeren Teller von sich und trinkt das Glas aus.

Hastig, allzu hastig, wie ich finde, steht er auf. »Bis bald und lass dich nicht über den Tisch ziehen mit diesem Laden.« Ein hingehauchter Kuss auf meine Wange und weg ist er.

Was meint er damit? Ich lass mich doch nicht über den Tisch ziehen. Schnell wische ich den Gedanken weg und räume das Geschirr ins Spülbecken.

Eine weitere schlaflose Nacht. Die vierte in Folge, aber dieses Mal war es nicht der Laden, sondern das Manuskript von Victor. Und wieder hat mich die Geschichte gleichzeitig abgestoßen und fasziniert. Seine Art zu schreiben. Atemlos habe ich gelesen. Sie hat mich an ›Die 120 Tage von Sodom‹ von Marquis de Sade oder an ›Es‹ von Stephen King erinnert, aber sie ist noch einen Tick brutaler. Mein Gott, wie muss es in einem Menschen aussehen, der so etwas schreibt? Wenn ich ihn nicht kennen würde, ich müsste mich fürchten. Ich sehe seine Augen vor mir und das Feuer in ihnen.

Was soll ich ihm sagen? Dass sein Roman eine Wucht ist? Dass er mich ratlos zurückgelassen hat? Dass er mich abgestoßen und gleichzeitig fasziniert hat? Steht es mir überhaupt zu, meine Meinung dazu abzugeben? Dazu kenne ich ihn viel zu wenig.

Mühsam rapple ich mich hoch. Zum Glück strahlt auch heute die Sonne vom Himmel. Wenn es jetzt noch neblig wäre, ich würde mich nicht hinaustrauen.

Hastig stürze ich ein Glas Wasser hinunter. Das ungewaschene Geschirr von gestern kann warten. So eine Lotterwirtschaft kenne ich gar nicht von mir. Ich, die ich sonst immer pingelig war, alles um mich herum sollte picobello aufgeräumt sein. Erst seit ich in diesem Haus wohne, lasse ich vieles schleifen. Vielleicht gehört das ja dazu, sich neu zu orientieren. Vielleicht?

Ich schlüpfe in die abgelatschten Turnschuhe und renne raus. Ich muss einen Baum umarmen, mich spüren.

Die Luft ist noch frisch und es riecht herrlich nach Frühling. Ich laufe über die feuchte Wiese in Richtung Wald. Die Turnschuhe saugen das Wasser auf und in kurzer Zeit sind meine Füße nass. Macht nichts. Ich laufe und laufe. Der Waldweg ist noch nicht abgetrocknet, schon bald haben sich Erdklumpen an den Sohlen festgeklebt. Macht auch nichts. Turnschuhe kann man waschen. Meine Beine werden müde, mein Herz hämmert, mein Atem geht schnell. Ich bleibe kurz stehen, beuge mich hinunter, atme tief durch. Wie gut das tut. Ich richte mich auf, gehe bedächtig ein paar Schritte, bevor ich das Lauftempo von vorhin aufnehme. Aber dieses Mal ist es ein anderes Laufen, ich spüre, wie die Anspannung nachlässt, wie meine Selbstzweifel verfliegen. Ein Glücksgefühl durchströmt mich.

Der Waldweg führt in eine Lichtung. Von Weitem sehe ich das Paradies. Klein und geduckt steht es da, obwohl es aus der Nähe eine beachtliche Größe hat. Mein Paradies. Ja, vielleicht. Gemächlich gehe ich direkt über die Wiese zum Haus zurück.

Hungrig bestreiche ich ein Stück Baguette dick mit Butter. Herrlich! Zum Glück habe ich keine Gewichtsprobleme. Während der Kaffee durch den Filter tropft, dusche ich. Das Wasserrinnsal ärgert mich heute nur wenig.

Nach zwei Tassen Kaffee fühle ich mich gestärkt für das, was heute noch kommt.

Ich schnappe die Manuskriptseiten. Elf Uhr morgens, da sind auch Schriftsteller ausgeschlafen, denke ich und laufe zum Auto.

Das Tor ist noch verriegelt, doch das Auto von Victor steht vor dem Wohnwagen. Ich rüttle am Gartenzaun. Es scheppert ziemlich laut. Nichts. Ich wiederhole die Rüttelei. Immer noch nichts.

Schon mache ich kehrt, da öffnet sich die Tür und der verstrubbelte Kopf von Victor erscheint im Türrahmen.

»Du?« Er schaut auf die Uhr. »Komm herein, wenn du keine Angst vor einem nackten Mann hast.«

»Nö, du bist nicht der erste.«

Victor wirft mir den Schlüssel zu und verschwindet im Inneren.

Ich lasse ihm ein paar Minuten Zeit, bevor ich die drei Stufen zum Wohnwagen hinaufgehe. Mindestens eine Unterhose sollte er jetzt angezogen haben. Eine Hand zieht mich hinein. Da steht er vor mir, wie Gott ihn erschaffen hat, und grinst mich an, bevor er im Zeitlupentempo zuerst ein T-Shirt und dann eine Boxershort anzieht.

»Was führt dich in aller Herrgottsfrüh zu mir? Hast du Probleme?«

»Nein, aber ich habe gestern Nacht dein Manuskript gelesen und bringe es dir nun zurück. Das wolltest du doch?«

Er drückt mich sanft auf das ungemachte Bett. »Du bist aber schnell, wie findest du es?«

»Willst du die Wahrheit wissen? Es hat mich abgestoßen und gleichzeitig fasziniert.«

Victor lacht laut auf. »Dann ist es gut, du bist ein Schatz. Ich werde es morgen meiner Lektorin bringen.«

Dass ich ein Schatz bin, bringt mich schon etwas aus dem Konzept, mehr noch als Victors Nacktheit vorhin.

»Kaffee habe ich leider keinen, aber wir könnten einen Wein zusammen trinken.«

»Wein! Um diese Zeit?«

»Die beste Zeit, glaub mir.« Er steht auf, nimmt eine Flasche aus dem Gestell und zwei Wassergläser aus dem Spülbecken. »Sie sind sauber«, er gießt die Gläser voll. »Auf dich, Elodie. Wie schön, dass ich dich kennengelernt habe«, sein Glas trifft mein Glas, sein Blick meinen Blick.

Der Wein ist nicht gerade der Hit, ziemlich sauer, aber Victor zuliebe nehme ich einen tiefen Schluck. Der Alkohol fährt trotz der beiden Scheiben Baguette richtig ein.

»Ich glaube, mit diesem Roman habe ich wieder einmal den Nerv getroffen.« Sein Glas ist leer und er schenkt sich nach. »Wir Menschen sind doch das Niederste auf Gottes Erdboden. Wir huren, wir bescheißen, wir töten, wir quälen. Wir freuen uns, wenn der andere auf die Nase fällt, wenn es ihm mies geht, und wir gönnen einander nichts, nicht einmal die Luft zum Atmen.«

Ich schlucke. »Das ist deine Meinung, meine ist es nicht. Sicher geschieht viel Unrecht, doch nicht alle Menschen sind so, wie sie in deinem Manuskript beschrieben sind. Und weshalb gehst du davon aus, dass diese Geschichte ein Bestseller wird?«

»Weil genau diese Menschen, denen du so was nicht zutraust, dieses Buch verschlingen werden. Weil sie auch gern so sein möchten, aber zu feige sind, ihren Instinkt auszuleben und es zuzugeben. Sich selbst und den anderen.«

»Und das glaubst du?«

»Ja, sonst würde ich das nicht schreiben. Weißt du, meine Kindheit war beschissen. Armut, Streit, Alkohol,

Schläge. Ich musste mir alles erkämpfen. Musste mich durchboxen. Die Schule habe ich geschmissen, bin durch Frankreich getrampt. Nachdem ich wieder in Bordeaux war, habe ich mich hingesetzt und die Welt beschrieben, so wie ich sie gesehen habe. Im Schreiben war ich schon immer gut.« Er nimmt einen tiefen Schluck, stellt das Glas auf die Bettablage und zieht mich urplötzlich an sich. Ich wehre mich nicht. Der Wein im Glas, das ich noch in der Hand halte, schwappt über. Ebenso plötzlich lässt er mich wieder los. »Kommst du morgen mit mir nach Bordeaux?«

»Was soll ich dort?«

»Mit mir zusammen durch die Stadt bummeln. Ich werde dir einige Orte zeigen, und wenn du die gesehen hast, dann verstehst du meine Geschichte.«

Ich nicke. »Wann?«

»Ich hole dich um elf Uhr ab.«

Ich nicke wieder, stehe auf und verlasse den Wohnwagen.

Schon von Weitem sehe ich die imposanten Kulissen der alten Häuser am rechten Ufer der Garonne. Von der Sonne beschienen strahlen sie einen ganz besonderen Charme aus. Stoßstange an Stoßstange fahren wir über die Brücke Pont Vieux Pierre in die Innenstadt.

Victor parkt das Auto im Parkhaus La Bourse. Im Lift, der uns nach oben fährt, ertönt klassische Musik. Sehr gediegen, finde ich, ein Parkhaus mit Musik.

Wir laufen ein kurzes Stück die Straße hoch bis zum Place de la Comédie. Auf der breiten Treppe, die zum

Theater hinaufführt, tummeln sich viele junge Menschen. Sie lachen, hören Musik aus ihren Smartphones und schwatzen. Leute hasten oder bummeln über den Platz. Sie tragen Einkaufstaschen mit den berühmten Aufschriften wie ›Dior‹ und ›Lancôme‹ in den Händen. Ich ziehe meine Strickjacke aus, hangle nach der Sonnenbrille in der Tasche und setze sie auf.

Victor bleibt vor einem der Häuser stehen, die den Platz umsäumen, und drückt auf die Klingel. Ein Rauschen und dann ertönt eine verzerrte Stimme aus der Gegensprechanlage.

»Lucienne, ich bin's, Victor, kann ich raufkommen?«

Die Tür öffnet sich mit einem leisen Summen.

»Zu wem gehen wir?«, frage ich und schiebe die Sonnenbrille in meine Haare.

»Zu meiner Lektorin, das Manuskript abgeben.«

Der Lift fährt sanft nach oben in den fünften Stock. Ein langer schmaler Gang mit mindestens vier Türen und einem weichen Teppich empfängt uns. Victor steuert eine der Türen an, klopft und tritt ein.

Hinter einem breiten Schreibtisch sitzt eine dunkelhaarige Frau. Ich schätze sie auf Mitte vierzig. Die Brille mit der Horneinfassung lässt sie sehr intellektuell aussehen. Eine klassische weiße Bluse, dezenter Schmuck, gepflegte Hände – ich schaue verschämt auf meine Hände, denen man inzwischen die Gartenarbeit ansieht. Sehr sympathisch wirkt sie und so gar nicht, wie ich mir eine Lektorin vorgestellt habe. Für mich waren sie in meiner Vorstellung meist etwas beleibte, ältliche Frauen, die hinter Bergen von Papier sitzen.

Was ich auf ihrem Schreibtisch sehe, sind nur ein großer Computer und daneben ein aufgeschlagenes Notizbuch. Sie steht auf und kommt mit ausgestreckten Händen auf Victor zu. »Wie schön, mein Lieber. Du bringst mir sicher dein Manuskript.«

»Ja, hättest du nicht gedacht«, er grinst. »Übrigens, das ist Elodie Pedotte, eine Freundin. Du bist dieses Mal nicht die Erste, die mein Manuskript liest, Elodie hatte vor dir das Vergnügen. Sie hat es übrigens für gut befunden.« Und wieder grinst er breit.

Lucienne Muller streckt mir die Hand entgegen. »Sehr erfreut, schreiben Sie auch?«

»Oh nein, gar nicht. Ich lese nur gern und viel.«

»Okay, ich bin sehr gespannt, Victor. Darf ich euch einen Kaffee anbieten?«

Victor winkt ab. »Ich will Elodie noch ein paar nicht so schöne Orte in dieser so schönen Stadt zeigen, bevor ich sie wieder in die Einsamkeit zurückbringe. Schließlich ist das Leben nicht nur schön.«

»Okay, viel Spaß beim Bummeln. Zeig deiner Freundin aber nicht nur die nicht so schönen Ecken, Bordeaux hat auch viele andere zu bieten.« Sie nimmt die Manuskriptblätter in die Hand und lässt sie durch die Finger gleiten. »Ganz schön viel. Bravo. Ich werde den Verlag informieren, dass er sich auf was Neues von dir vorbereiten kann. Ich wünsche euch einen schönen Nachmittag.«

Mit Schinkensandwichs in der Hand streifen wir durch die engen Gassen des Quartiers Saint Michel. Die Häuser sind dunkelgrau, sehen teilweise baufällig aus. Aus einem Fenster dringt afrikanische Musik. Müll liegt vor den Eingängen. Auf den Eingangstreppen spielen dunkelhäutige Kinder und in den Durchgängen hängen Jugendliche herum.

Ich fröstle, streife meine Strickjacke über und verstaue die Sonnenbrille in der Tasche.

»So sieht die Realität aus.« Ich spüre, wie Victor mich von der Seite betrachtet. »Das kennst du wohl nicht?«

»In Paris gibt es auch solche Viertel, noch viel schlimmere als das hier, aber du hast recht, ich kenne es nicht.«

»Das war mein Leben und ist es teilweise auch heute noch.« Er nimmt meine Hand. »Und jetzt trinken wir einen echten nordafrikanischen Tee.« Er führt mich durch die Gassen zurück und wir landen auf einem Platz.

Eine ausladende Kirche steht in der Mitte. Im Oval reihen sich kleine Bars, Restaurants und kleine Lebensmittelläden um die Kirche. Nordafrikanische Männer sitzen auf den Bänken und lassen ihre Gebetsketten durch die Hände gleiten. Frauen mit Kopftüchern hasten über den Platz, beladen mit ihren Einkäufen.

Victor führt mich in eine der Bars. Das Schild über dem Eingang kann ich nicht lesen, so verwaschen ist es. Eine Theke, die den ganzen Raum füllt, an der Wand ein paar kleine Tische. Als wir die Bar betreten, werden wir von arabischer Musik und einem Kellner begrüßt, der Victor wie einen alten Freund umarmt. Ich stehe dumm daneben, komme mir überflüssig vor.

»Wollen wir uns an die Theke setzen?«, fragt Victor, und ohne meine Antwort abzuwarten, schiebt er mir einen Hocker zu. »Zwei Minztee«, bestellt er, wieder ohne mich zu fragen. Kleiner Macho, konstatiere ich, aber komischerweise stört es mich nicht. Der Kellner serviert die beiden Tees mit einem »voilà«. Die zwei Gläser sind mit frischen Pfefferminzblättern gefüllt und ganz viel Zucker, der sich auf dem Boden abgesetzt hat.

Ich nippe. Die Süße des Zuckers und der Minzgeschmack liebkosen meinen Gaumen. »Ich habe selten so was Herrliches getrunken«, sage ich, und halte mein Glas dem Kellner für einen weiteren Tee hin.

Victor lächelt mich an. Und wieder macht mich sein Lächeln verlegen.

»Hier habe ich mich oft herumgetrieben, als ich jung war. Der Platz war damals allerdings sehr verkommen, er wurde erst vor ein paar Jahre renoviert. Früher haben sich keine Touristen hergewagt, die Kriminalität war präsent, heute ist dieser Teil des Quartiers harmlos.«

Eine ganze Weile sitzen wir wortlos an der Theke und trinken Tee, während die arabische Musik aus dem Lautsprecher plärrt. »Wir kehren jetzt zum Auto zurück und ich fahr dich nach Hause, Elodie. Oder willst du noch mehr sehen?«

Ich schüttle den Kopf.

Vor dem Paradies setzt er mich ab. »Ich werde jetzt nach Bordeaux zurückfahren. Mach's gut.« Sachte hebt er mein Kinn hoch und küsst mich auf den Mund. Seine Lippen sind weich. Ich öffne meine Lippen.

Abrupt lässt er mich los und steigt ins Auto.

Ich schau ihm nach, bis die Dunkelheit die Rücklichter verschluckt hat.

25. YVES

Heute bringe ich Elodie die Dachziegel, und wenn das Wetter so bleibt, werde ich morgen das Dach reparieren, beschließt er. Weshalb bringt mich diese Frau so in Rage? Nein, nicht in Rage, aber irgendetwas beginnt in mir zu rumoren, wenn ich mit ihr zusammen bin, grübelt er.

Yves betrachtet die Palette, die er gestern in der Ziegelei besorgt hat. Er hat sich für die beste Qualität entschieden und die hat natürlich ihren Preis. Er war nicht sicher, ob Yvonne diesen Preis zu bezahlen bereit ist, aber sie hat ihm den Auftrag gegeben, das Dach auszubessern.

Ob sich der Aufwand lohnt? Er kratzt sich am Kopf. Sie kehrt sicher nach Paris zurück und das Haus wird danach wieder leer stehen, denn Yvonne zieht es vor, ihr Leben in Paris zu verbringen. Er hat sie einmal besucht, kurz nach dem Tod von Sylvie, und war erschrocken, wie sie lebt. Die Wohnung winzig und ohne jeglichen Komfort. Kein Grün, kaum Sonne in den dunklen Zimmern. Als er sie fragte, was ihr an Paris so gefalle, sagte sie, dass Paris ihr den Kick für ihr künstlerisches Schaffen gebe. Das konnte er nicht verstehen, versteht es auch heute noch nicht. Er zuckt mit den Schultern. Kann ihm ja egal sein. Yves holt die Motorkulturmaschine aus dem Schuppen.

Zuerst will er den Gemüsegarten fertig bearbeiten. Gestern kam er gut voran, aber es fehlt immer noch ein großes Stück.

»Jedes Jahr das Gleiche«, brummt er »alles kommt immer zur selben Zeit.« Er startet den Motor und führt die Maschine bedächtig über die noch unbearbeitete Fläche. Er liebt diese Tätigkeit. Die umgearbeitete Erde riecht frisch wie nach einem Sommerregen.

Nachdem er die Fläche das zweite Mal bearbeitet hat, unterteilt er mit dem Stiel einer Harke die Beete in die ungefähre Größe.

Sein größter Wunsch war, Gartenarchitektur zu studieren. Aber Vater war dagegen. »Für solche Flausen habe ich kein Geld«, war die knappe Antwort gewesen. »Ich habe genug zu tun mit dem Bewirtschaften von unserem Land, nach der Schule hilfst du mit.« Yves hat klein beigegeben. Yvonne hat ihm ins Gewissen geredet, er solle sich durchsetzen und sich trotzdem an der Gartenbauschule in Bordeaux einschreiben, aber er hat nicht den Schneid dazu gehabt.

Nach Vaters Tod hat er noch ein paar Jahre das Land weiterbewirtschaftet, dann aber an einen jungen Bauern verpachtet. Sein jüngerer Bruder hat in eine Weindynastie in Burgund eingeheiratet und kein Interesse an der Landwirtschaft. Geld ist genug vorhanden. Vater hat eine beachtliche Summe hinterlassen.

Yves betrachtet zufrieden sein Werk und schiebt die Maschine in den Schuppen zurück. Anschließend setzt er sich auf den Gabelstapler und hebt die Palette mit den Ziegeln auf die Ladefläche des Anhängers.

26. HAST DU DENN ZEIT?

Wütend lege ich das Handy auf den Tisch. Was für ein sturer Bock, dieser Bürgermeister. Er ist gegen einen Lebensmittelladen, das brauche das Dorf nicht, hat mir Juliette soeben mitgeteilt. Sie ist ziemlich frustriert und ich hatte alle Mühe, sie davon abzuhalten, nicht den ganzen Kram hinzuschmeißen.

»Ich werde mit der Frau des Bürgermeisters reden, sie ist sehr nett und vielleicht kann sie ein gutes Wort bei ihm einlegen. Auch wenn wir kein Okay von ihm brauchen, ohne seine moralische Unterstützung werden wir einen schweren Stand haben.«

Das Handy auf dem Tisch vibriert. Entnervt nehme ich es hoch. Es ist Yves. Was will der denn jetzt?

»Bist du zu Hause heute Nachmittag?«

»Ja, weswegen?«

»Ich bringe dir nachher die Dachziegel vorbei.«

»Ist gut, ich warte.«

Eigentlich wollte ich mich um den Laden kümmern, Dachziegel sind mir im Moment ziemlich egal, aber meine Erziehung hindert mich daran, pampig zu antworten.

Kurze Zeit später fährt Yves auf den Hof.

»Was ist dir denn über die Leber gekrochen? Dein Gesicht spricht Bände.«

»Ach nichts.«

»Sag schon. Ich kann aber auch wieder gehen, lass dir den Anhänger da und du kannst die Ziegel selbst abladen.«

»Hat nichts mit dir zu tun.«

Er schaut mich skeptisch an. »Dann mal los.« Schweigend stapeln wir Ziegel um Ziegel. Es will und will kein Ende nehmen. »Weshalb so viele? Willst du das halbe Dach erneuern.«

»Ja, Madame. Es ist bei diesem altersschwachen Dach notwendig, sonst fängt beim nächsten Sturm die gleiche Scheiße wieder von vorn an. Dann aber regnet es dir direkt ins Bett.«

»Ich hab ja nur gefragt«, maule ich und greife nach zwei Ziegeln.

Nach zwei Stunden sind wir fertig. »Ich komme morgen wieder. Bist du zu Hause?«

»Ich weiß nicht, ich habe mit der Frau des Bürgermeisters ein Treffen«, lüge ich, »du brauchst mich wohl nicht dazu, ich lass einfach das Tor offen.«

»Oh doch, ich brauche dich, Ziegel hochreichen.«

»Übermorgen hätte ich Zeit.«

»Ich aber nicht. Also willst du ein geflicktes Dach oder nicht? Du kannst es auch lassen, für mich ist das kein Problem, ich habe noch genügend anderes zu tun!«

»Nein, nein, alles gut. Ist nur so, dass ich ebenfalls gewisse Sachen zu erledigen habe und nicht auf kurzfristigen Abruf zur Verfügung stehen kann.«

Yves schaut mich verständnislos an.

Eine Pariserin, die sich in dem Haus einer Freundin ein schönes Leben macht, hat Zeit zu haben, lese ich in seinem Gesicht. »Willst du einen Kaffee?«, frage ich versöhnlich.

»Hast du denn Zeit?« Er grinst schräg.

Ich nicke und gehe in die Küche.

»So, jetzt sagst du mir, was dir über die Leber gekrochen ist?«

Ich druckse etwas herum und erzähle ihm dann vom Bürgermeister und der ablehnenden Haltung dem Laden gegenüber. »Aber wir brauchen seine moralische Unterstützung.«

Zuerst sagt Yves nichts, runzelt die Stirn. »Lass mich mit dem Bürgermeister reden, ihr beiden Frauen werdet keine große Chance haben, ihn von eurem Vorhaben zu überzeugen. Ist leider so.«

»Es ist doch unser Vorhaben, nicht deines«, protestiere ich.

»So leid es mir tut, Elodie, die Landbevölkerung, besonders die Männer, ticken in dieser Beziehung ganz anders, daran wirst du dich gewöhnen müssen.«

»Werd ich wahrscheinlich nie.«

Yves zuckt mit den Achseln, »wirst du aber müssen.«

»Verdammt noch mal, ich, das heißt, Juliette und ich möchten dazu beitragen, dass Leben in dieses Dorf kommt. Wir wollen dem Dorf einen Aufschwung geben, stecken unser Geld in diese Bruchbude und der Macho … ach.«

»Wir Männer sind Machos, nicht gewusst? Nicht nur hier auf dem Land, auch in den Städten. Ist das so neu für dich? Hätte ich jetzt nicht gedacht.« Da ist er wieder, sein Ton von oben herab.

Am liebsten hätte ich ihn hochkant hinauskomplimentiert, doch das mache ich natürlich nicht – meine gute Erziehung. »Also, dann sprich mit ihm«, gebe ich klein bei.

»Mach ich, und morgen Nachmittag decken wir zusammen das Dach.«

Ich seufze, »wenn du meinst.«

»Sicher, du hast schon so viel gelernt, seit du hier lebst, und Dachdecken ist nicht schwer, nur genau muss man sein.«

»Sag mal«, schwenke ich um, »darf ich dir mal zusehen, wenn du an deinen Raku-Tieren arbeitest?«

»Klar, nächste Woche will ich einen Elefanten modellieren. Die Galerie in Bergerac braucht Nachschub. Ich geb dir Bescheid.«

»Toll, da freu ich mich drauf, vielleicht kann ich so was auch machen.«

»Ja, vielleicht.«

Nachdem Yves gegangen ist, bleibe ich am Küchentisch sitzen. Weshalb versteife ich mich so auf diesen Laden? Eigentlich wollte ich das nicht, jedenfalls nicht so absolut. Ich habe Juliette zuliebe meine Zusage gegeben. Aber das Veto vom Bürgermeister hat mich angestachelt. Nun, mal schauen, was Yves zuwege bringt.

Am nächsten Tag, früh um acht Uhr morgens, fährt Yves mit einem zusammengelegten Baugerüst auf seinem Hänger auf den Hof. Ich bin gerade mit der Morgentoilette fertig geworden. Hastig rubble ich die nassen Haare trocken, wickle sie in ein Handtuch und eile hinaus. Er winkt mir fröhlich zu. Wie kann man um acht Uhr morgens schon so aufgestellt sein?

»Möchtest du auch einen Kaffee? Er läuft gerade durch den Filter«, frage ich und zurre den Gürtel meines Bademantels enger um die Taille.

»Nein danke. Ich hatte bereits einen. Aber mach du nur, ich fang schon mal an.«

Ich verschwinde ins Haus. Ohne Kaffee bin ich ein halber Mensch. Hastig trinke ich einen Becher und verbrenne mir dabei fast die Lippen. Bevor ich hinausgehe, kämme ich die Haare in Form und schlüpfe in Jeans und Pullover.

Yves ist dabei, das Baugerüst zusammenzubauen. Bedächtig und mit ruhigen Handbewegungen. Als es steht, prüft er die Standfestigkeit, klettert aufs Dach und stellt einen großen Kübel auf die Ablage des Gerüstes. »Hier kommen die alten Ziegel hinein und wenn der voll ist, kippst du den Inhalt in den Hänger. Schaffst du das?«

Ich nicke.

»Na, dann los.«

Der Kübel ist schwer. Ich beiße die Zähne zusammen, lasse mir nichts anmerken. Meine Fingernägel habe ich schon lang nicht mehr lackiert, den Händen sieht man inzwischen die Gartenarbeit deutlich an. Das stört mich nicht mehr.

Zwei Stunden arbeiten wir Hand in Hand. Ich wische mit dem Ärmel den Schweiß von der Stirn.

»Fertig«, ruft Yves, »komm steig hoch und schau.«

»Sieht gut aus«, lobe ich ihn.

»Das hält jetzt, auch bei starkem Sturm.«

»Willst ein Bier?«

»Gern.«

Ich hole zwei Flaschen aus dem Kühlschrank. Wir setzen uns auf die Eingangsstufe und trinken direkt aus der Flasche.

»Anfang Juni kommt Yvonne für zwei Wochen her. Hat sie mir gestern am Telefon gesagt.« Er nimmt einen Schluck. »Seit vier Jahren ist sie nicht mehr hier gewesen.«

Meine ich das nur oder haben seine Augen kurz aufgeleuchtet?

»Dann muss ich wohl das Zimmer herrichten, das immer noch vollgestopft mit altem Kram ist, damit ich ihr das Schlafzimmer überlassen kann. Und das Bad ist auch noch in einem jämmerlichen Zustand.«

»Musst du nicht. Sie kann bei mir übernachten.«

»Noch ein Bier?«

Er nickt und hält mir die leere Flasche hin. »Morgen bin ich mit dem Bürgermeister verabredet.«

»Ich bin gespannt, was du ausrichten wirst.«

»Keine Sorge, von Mann zu Mann, du weißt schon«, er grinst und trinkt die Flasche leer. »Ich melde mich, mach's gut, Elodie.« Mit großen Schritten stapft er zum Auto. Ich schaue ihm nach.

Am nächsten Tag schickt mir Yves eine SMS: Es hat geklappt, der Bürgermeister ist einverstanden.

Ich setze mich ins Auto und fahre zu Juliette. Die Nachricht muss ich ihr persönlich überbringen. Obwohl es mich schon etwas wurmt, dass ich das nicht selbst zustande gebracht habe, sondern ein Mann dazu notwendig war.

Juliette ist außer sich vor Freude und tanzt mit Emmanuel auf dem Arm durchs Zimmer. »Das müssen wir feiern. Halt mal«, sie drückt mir Klein-Emmanuel auf den Arm und verschwindet in der Küche. »Hier«, wieder zurück, schwenkt sie eine Champagnerflasche, »die habe ich für einen ganz besonderen Augenblick gekauft, und jetzt ist so einer.«

Nach dem dritten Glas schwebe ich in ungeahnte Höhen empor. Ich, Elodie Pedotte, werde Mitinhaberin von einem Lebensmittelladen. Mitinhaberin stimmt nicht ganz, denn wir kaufen ihn nicht, trotzdem, ich werde wieder eine Perspektive haben. Wenn das Gilles wüsste. Weshalb zum Teufel muss ich immer an ihn denken? Bei jedem neuen Schritt, den ich mache, kommt er mir in den Sinn.

»Was träumst du?«, holt mich Juliette zurück, »wir müssen uns noch schlaumachen, wo wir eine kostengünstige Kühltheke bekommen, neu sind die schweineteuer.«

»Ich kann Yves fragen, der weiß bestimmt Rat.«

27. TRAKTOR FAHREN

Die Renovierungsarbeiten laufen gut. Juliette erweist sich als tatkräftige Hilfe. Ich streiche die Wände, darin habe ich Übung, sie räumt den alten Mist weg, der sich im hinteren Raum angesammelt hat, und fährt ihn auf die Décheterie, die Abfallmulde für das Departement. Ab und zu schaut Yves vorbei und bietet seine Hilfe an, die wir dankend ablehnen.

»Selbst ist die Frau«, sagen wir wie aus einem Mund.

»Ihr werdet noch froh um mich sein«, brummt er und zieht von dannen.

Auch einige Frauen aus dem Dorf begutachten unser Tun, meistens mit viel Skepsis in den Augen. »Wir haben in Le Fleix oder in Mussidan Einkaufsmöglichkeiten«, sagen sie.

Wir erklären dann, dass es doch sehr bequem sei, im Dorf selbst mal schnell das Nötigste einkaufen zu können. Ob wir sie überzeugt haben, das wissen wir nicht.

Spätestens Mitte Juni wollen wir eröffnen. So ist es geplant. Die Dorfbevölkerung einladen. Eine richtige Eröffnung wie eine Vernissage. Das war die Idee von Juliette. Bis dahin gibt es noch viel zu tun.

Das Gras wächst und wächst. ›Du musst nur ein wenig zum Garten und zum Haus schauen‹, höre ich Yvonne im Geiste sagen.

Aufs Haus habe ich geschaut, wenigstens ein bisschen, auf den Garten bis jetzt nicht so viel, außer ein wenig Jäten. Und dort wo ich gejätet habe, ist inzwischen schon alles wieder zugewachsen. Aber es wäre gelacht, wenn ich das nicht auch schaffen würde.

Ich stiefle zum ehemaligen Pferdestall, wo ich die Riesenmähmaschine gesehen habe. Etwas antik schaut sie aus, aber in der Regel laufen diese Dinger noch ganz gut. Das habe ich irgendwo einmal gelesen.

Die erste Hürde ist der Tankdeckel, er klemmt. Doch ohne Most fährt das Höllending nicht. Im Schuppen, der inzwischen eine wahre Fundgrube für mich geworden ist, suche ich nach einer Rohrzange und finde sie. Sie sieht auch etwas älter aus und der Rost an den Zähnen hat ihr zugesetzt. Ich fege zurück in den Stall, setze sie an und … nichts geht. Nach dem fünften Versuch habe ich es endlich geschafft. Nächstes Problem, der Diesel. Nachdenklich kratze ich mich am Kopf. Irgendwo habe ich mal gehört, dass alte Traktoren eine spezielle Mischung Diesel brauchen, und natürlich habe ich keinen auf Vorrat hier stehen. Also muss der besorgt werden. Ich laufe wieder in den Schuppen zurück und suche nach einem Behälter, wo ich den Saft einfüllen könnte, und siehe da, ich werde wieder fündig, und der Kanister ist sogar funktionsfähig.

Noch mit den Gartenstiefeln, an denen Erdschollen kleben, und mit der verschmutzten Latzhose steige ich ins Auto und fahre nach Le Fleix, denn in Monfaucon gibt es weder einen Einkaufsladen, im Moment jedenfalls nicht, noch eine Bar oder eine Tanke.

Während der Mann an der Tankstelle den Kanister mit einem Gemisch aus Öl und Diesel füllt, belehrt er mich, dass ich den möglichst bald austauschen muss, da er vor Altersschwäche keinen weiteren Füllungen standhalten würde. Ich bedanke mich mit dem bezauberndsten Lächeln, als er mir den Kanister – zwanzig Liter haben ein ziemliches Gewicht – in den Kofferraum hebt.

Wieder zurück fülle ich den kostbaren Saft in den Tank. Ich habe keine Ahnung, wie viel Liter der fasst, also höre ich nach der Hälfte auf. Jetzt kann es losgehen.

Ich schwinge mich auf den Sitz, drehe den Schlüssel und gebe Gas. Nichts. Verdammt! Ich steige vom Traktor und bleibe unschlüssig stehen. Was jetzt?

»Der steht schon viel zu lang.«

Mit einem Ruck drehe ich mich um, es ist Yves.

»Und? Ich muss mähen, das Gras ist bald mannshoch.«

»Die Batterie, Elodie, die ist tot. Toter geht nicht.« Er lacht.

»Wo bekomme ich denn nun auf die Schnelle ein solches Teil?«

»In Le Fleix, die haben eine Werkstatt für Mäher.«

»Mist, von da komme ich gerade. Hab dort das Dieselgemisch gekauft.« Ich bin dem Heulen nahe.

»Lass mal, ich muss auch in diese Richtung und bring dir eine mit. Aber heute wird es wohl nichts mehr mit Mähen.« Er öffnet den Motordeckel und fummelt im Motor herum.

»Ja, ist nur die Batterie, der Rest ist okay.«

»Wann kommst du wieder? Ich kann ja dann immer noch mähen.«

»So in einer Stunde vielleicht. Komm doch mit, dann siehst du gleich, wo diese Werkstatt ist, fürs nächste Mal.« Dankbar nicke ich und steige in sein Auto. Wir fahren schweigend zur Werkstatt. Er scheint kein großer Unterhalter zu sein. Yves stellt mich dem Eigentümer, einem kleinen dürren Männchen mit unglaublich ölverschmutzten Händen als zukünftige Kundin vor, ehe er mit sicherer Hand nach der Batterie greift, die meinem Mäher wieder Leben einhauchen soll.

»Ich muss jetzt noch in den Baumarkt in Mussidan, dann fahre ich dich wieder zurück.«

Im Paradies setzt er die Batterie ein. »Nun rauf mit dir und starte den Motor«, befiehlt er.

Der Traktor macht einen Ruck und stößt eine dicke schwarze Dieselwolke hinaus, aber der Motor läuft.

»Gib etwas mehr Gas«, ruft Yves.

Langsam setzt sich der Mäher in Bewegung. Er ruckelt zwar immer noch etwas, aber er läuft.

»Jetzt lass das Messer hinunter, rechts neben dem Lenkrad ist der Hebel.«

Auch das befolge ich brav.

»Viel Glück beim Mähen. Morgen Nachmittag um vierzehn Uhr modelliere ich den Elefanten, wenn du magst, darfst du mir dabei zuschauen.«

»Ja, ich komme«, schreie ich zurück.

Yves winkt mir zu und verschwindet in Richtung Auto.

Euphorisch drehe ich Runde um Runde, ich hab's geschafft. Auch das habe ich fast allein hingekriegt. Ich fühle mich im siebten Himmel.

Nach getaner Arbeit setze ich mich auf die Eingangstreppe und bewundere mein Werk. Schön sieht sie aus, die hügelige gemähte Fläche. In der Mitte habe ich eine Grasinsel stehen lassen. Für die Bienen und Schmetterlinge. Ich bin glücklich wie schon lang nicht mehr.

Punkt vierzehn Uhr fahre ich den Weg zu Yves Haus hoch. Er winkt mir eifrig zu, mich zu beeilen.

»Hast du schon angefangen, ich bin doch nicht zu spät?«

»Nein, ich habe heute Morgen alles vorbereitet, damit wir loslegen können.«

»Wir?«

»Ich habe dir eine Kugel Ton bereitgestellt, willst doch auch üben oder nicht?«

Begeistert bejahe ich. Er hält mir ein altes Hemd hin, »ist eine ziemlich schmutzige Arbeit.«

Im Atelier liegen zwei Tonkugeln bereit, eine recht große und eine kleinere.

»Du musst den Ton zuerst geschmeidig machen, schau, so«, er nimmt seine Kugel, schlägt sie ein paar Mal auf den Tisch und knetet sie danach kräftig durch.

Ich mache es ihm nach. Es schaut einfacher aus, als es ist, denn der Ton ist viel kompakter als zum Beispiel Brotteig, obwohl ich noch nie Brot gebacken, sondern nur der Hausdame zugeguckt habe, wenn sie für eine unserer Einladungen ihre berühmten Bauernbrote gebacken hat. Anschließend beginnt Yves mit dem Modellieren. Vier dicke kleine Rollen und eine Große.

»Aus dem Rest gibt es den Schwanz, die Ohren und den Rüssel«, erklärt er. Aus der großen Rolle formt er den Elefantenkörper, aus den kleinen die Beine und die Füße. Die Beine klebt er an den Körper und stellt ihn auf Stützhölzer. »Jetzt kann es losgehen.«

Er beginnt den Elefanten zu formen. Immer wieder streicht er mit den Händen sanft über die Tonmasse, benetzt die Hände zwischendurch mit Wasser. Formt die Rückenpartie, den Kopf, den Bauch, gibt den Beinen eine Form. Formt dann die Füße. Immer wieder tritt er einen Schritt zurück und betrachtet sein Werk mit zusammengekniffenen Augen. Mit einem kleinen Messer beginnt er die fast glatte Oberfläche zu bearbeiten, feine Rillen und Dellen einzubringen und gleichzeitig die Beine mit dem Körper zu verschmelzen.

Ich schaue ihm gebannt zu. Die Hände, die Dächer decken, den Traktor wieder zum Leben erwecken, Holz hacken oder mit dem Meißel aus einem groben Holzstamm Waldgeister zaubern, dass diese Hände so sanft sein können?

Zum Schluss formt er die Ohren, den Schwanz und den Rüssel, die er am Körper befestigt und höhlt mit einer Art Löffel die Augen am Kopf. »Fertig, fast jedenfalls. Ich lass es jetzt so mal stehen und vielleicht ändere ich morgen noch etwas. Die Augen fehlen und dann muss das Tier trocknen, bevor es gebrannt werden kann. Das dauert.«

»Wie lang?«

»Zwei, drei, vier Tage, manchmal auch mehr. Bei der Raku-Technik muss man Geduld haben. Keine Hektik, sondern Langsamkeit ist angesagt.«

»Und wie geht es weiter?«

»Dann wird gebrannt, bei circa tausend Grad. Durch den Schock entstehen feine Risse, die gewollt sind, und es ist immer wieder spannend, was dabei herauskommt. Anschließend kommen Sägespäne über das Tier, die verkohlen und das gibt die wunderschöne Schwärze, die für Raku so typisch ist. Aber nun du.«

»Ich, hm, was soll ich formen? Ein Tier kann ich nicht.« Etwas ratlos stehe ich vor meiner Tonkugel.

»Mach einfach was, eine Schale vielleicht, eine Kugel, was dir in den Sinn kommt und was deine Hände machen wollen. Modellieren ist Meditation, etwas aus dem Inneren erschaffen, zur Ruhe kommen, vergessen.«

Ich nehme die Kugel in die Hand, bewege sie, spüre den kalten Ton, knete ihn, lege ihn auf den Tisch und beginne mit dem Formen. Zuerst ein flaches Oval, ziehe die Ränder leicht in die Höhe. Am Ende liegt so etwas wie ein Blatt mit einem Stiel vor mir.

»Nicht schlecht, eine Schale in Blattform. Sag mal, habt ihr in der Kunstschule auch modelliert?«

»Ja, aber ich mochte es eigentlich nicht. Ich habe ein wenig gezeichnet, ich habe einfach alles ein bisschen gemacht, und dann das Studium abgebrochen.«

»Schade.«

»Ich habe geheiratet und mein Mann … ach, lassen wir das.«

»Schon okay. Trinken wir einen Kaffee?«

Ich nicke und folge ihm in die Küche. »Kaffee, Tee oder Wasser«?

»Wasser«, erwidere ich, ziehe den Kittel aus, der für mich schon fast ein Kleid ist, wasche meine Hände und setze mich an den Küchentisch.

Yves stellt zwei Gläser auf den Tisch, schenkt ein und setzt sich zu mir. »Darf ich was fragen? Wenn du nicht antworten willst, ist es auch in Ordnung.«

»Frag.«

»Bist du geschieden oder …?«

Ich schüttle den Kopf. »Wir haben nicht über eine Scheidung gesprochen.« Hilflos hebe ich die Schultern. »Ist okay für mich, ich will ja nicht mehr heiraten.«

»Hm.« Er betrachtet mich, »und gehst du wieder nach Paris zurück?«

»Vielleicht, vielleicht auch nicht. Jetzt mach ich erst einmal das, was ich will, was ich … jetzt bin ich erst einmal hier.«

Er steht auf und geht zum Schrank. »Das ist meine Frau, sie hat mich verlassen, ist einfach weggegangen.« Er hält mir ein gerahmtes Foto hin und ich schaue direkt in das Gesicht einer hübschen Frau. Sie lächelt, aber das Lächeln ist traurig.

»Das tut mir leid. Wo ist sie jetzt?«

»Dort«, er zeigt mit dem Finger nach oben.

»Oh …«, ist alles, was ich hervorbringe.

»Ist schon gut, musste vielleicht so sein. Der Mensch kann gewisse Dinge nicht beeinflussen, muss sie annehmen und das Beste daraus machen.«

Wir trinken schweigend. Yves schenkt nach. Wir schweigen weiter. Verlegen schaue ich ihn von der Seite an. Er scheint nicht in tiefer Trauer zu sein, vielleicht kann er sie aber nur sehr gut verstecken.

Mein Glas ist leer, ich stehe auf. »Danke, dass ich dir zusehen durfte, es war interessant, vielleicht probiere ich es auch einmal mit einem Tier, wer weiß.«

»Du bist jederzeit willkommen.«

Im Paradies setze ich mich auf den Stuhl neben der Eingangstür. Ich mag noch nicht ins Haus. Die Sonne schickt die letzten Strahlen über die Baumwipfel. Ich denke an Gilles, aber mit weniger Bitternis als zuvor. Langsam streife ich die Schuldgefühle ab, dass es an mir gelegen hat, weil es zwischen ihm und mir nicht mehr funktionierte. Allmählich werde ich erwachsen. Ich lache kurz auf. Nach fünfundvierzig Jahren. Wohin meine Reise gehen wird, weiß ich immer noch nicht. Das Geschäft mit Juliette? Vielleicht. Zurück nach Paris? Vielleicht.

Weshalb war Yves heute so anders? So zugänglich? Was hat er gesagt: »Töpfern und Modellieren gibt Ruhe, ist Meditation und Vergessen.«

Es wird kühl, aber ich will noch draußen bleiben. Die Luft ist so klar und rein. Ich hole einen Schal und eine Kerze, setze mich wieder hin und lausche in die Stille, die nur ab und zu von den Rufen eines einsamen Käuzchens unterbrochen wird, das seine Runde dreht.

28. YVES

Nachdem Elodie fortgefahren ist, geht er nochmals ins Atelier. Nachdenklich betrachtet er sein Werk, es ist ihm gut gelungen, nur die Ohren müssen noch etwas nachgearbeitet werden, so wie sie sind, gefallen sie ihm nicht. Nicht flach genug und vor allem fehlt die Wellenbewegung. Sachte nimmt er das eine Ohr ab, drückt es zurecht und verbindet es wieder mit dem Kopf. Danach bearbeitet er das andere Ohr.

»So kann es bleiben«, murmelt er.

Anschließend betrachtet er Elodies Werk. Nicht schlecht für das erste Mal. Mit etwas Übung könnte sie noch viel herausholen. Er die Tiere und sie Schalen und Vasen. Er lächelt. Ob sie das will?

Sylvia hatte absolut kein Händchen für so was, aber sie hat ihm den Rücken freigehalten, damit er nebst all der anderen Arbeit die Zeit fand, seiner Leidenschaft zu frönen. Ja, es war und ist immer noch Leidenschaft. Als er begonnen hat, Skulpturen zu formen, hätte er das nie gedacht. Er wollte es bloß mal probieren, nachdem er Raku gesehen hatte.

Liebevoll deckt er den Elefanten und die Schale von Elodie mit einem feuchten Leinentuch zu und geht ins Haus zurück. Morgen wird er im Dorf schauen, wie weit die beiden Mädels mit ihrem Laden vorankommen. In Gedanken nennt er Elodie und Juliette Mädels, obwohl die Pariserin eine gestandene Frau ist. Ob allerdings die Einheimischen so ein Geschäft annehmen werden, da ist er sich nicht so sicher, er kennt seine Pappenheimer, wohnt er doch sein ganzes Leben hier in diesem Dorf. Alles Neue wird mit Misstrauen betrachtet. Dass er es beim Bürgermeister durchboxen konnte, war nur eine Gefälligkeit für Yves, nicht für die beiden Mädels.

Ob Elodie hierbleibt? Er kann sich das nicht so richtig vorstellen. Alle Pariser gehen wieder zurück. Sicher, am Anfang sind sie begeistert. Begeistert von der Einfachheit des ländlichen Lebens. Sie saugen alles auf. Stoßen Entzückensschreie aus, wenn sie eine Kuh sehen. Finden alles magnifique, wunderschön. Wenn der Sommer dann vorbei ist, gehen sie wieder zurück in ihre Stadt.

Die müssten mal einen Winter hier erleben, wenn das Land im Nebel versinkt, der Regen nicht mehr aufhören will. Aber dann sitzen sie in ihren zentralbeheizten Wohnungen.

Elodie ist nicht so, sie hat einen Winter lang durchgehalten. Aber auch sie ist schlussendlich eine Pariserin. Selbst Yvonne, die hier aufgewachsen ist, kommt nicht mehr zurück.

Er seufzt schwer. Bald wird er sie wiedersehen.

29. RIGHT BY YOUR SIDE

Als ich unseren zukünftigen Laden betrete, komme ich aus dem Staunen nicht heraus. Juliette hat sich den letzten zwei Tagen mächtig ins Zeug gelegt, während ich mich mit dem Traktor und dem ersten Modellierversuch herumgeschlagen habe. Der hintere Raum ist vollständig entrümpelt, die Wände sind gestrichen und auf dem Boden hat sie Platten verlegt.

Heute ist sie nicht hier, sie habe ein Rendezvous bei ihrem Arzt, hat sie mir gestern Abend noch per SMS mitgeteilt.

Schnell ziehe ich Arbeitskleidung über, ich will meine zwei faulen Tage wieder wettmachen. Im vorderen Raum liegt ein Stapel Holzplatten für den Boden, aber zuerst werde ich die Wände fertig streichen. Die Auslage sieht ziemlich heruntergekommen aus, da klebt der Dreck von Jahrzehnten auf dem Holz. Muss ich auch erledigen, später.

Ich ziehe das Handy aus der Tasche, suche auf YouTube nach beschwingtem Pop-Rock, nehme den Kübel mit der Farbe, einen Pinsel und die Leiter und fange an. Noch eine Wand, dann ist auch dieser Raum wieder frisch. Anschließend die Auslage und danach den Boden, so mein Plan. Wenn ich mich ranhalte, dann bin ich am Abend damit fertig. Inzwischen ist das Streichen für mich so richtig entspannend.

Meine Arme und der Rücken haben sich an die langsamen Auf- und Abbewegungen gewöhnt. Ich denke an Juliette und ihren Enthusiasmus, den sie für diesen Laden entwickelt hat. Das heißt, sie war schon ganz am Anfang Feuer und Flamme, ich habe gezögert. Weshalb, kann ich heute nicht mehr sagen. Vielleicht die Angst, in etwas hineingezogen zu werden, dem ich nicht gerecht werden kann. Ich sah mich schlicht und einfach nicht hinter der Theke stehen und Wurst und Käse in Papier einwickeln. Mittlerweile hat sich das gelegt. Aber ich spüre nicht das gleiche Feuer in mir, wie Juliette es vermittelt.

Vielleicht deshalb, weil in meinem Hinterkopf immer noch der leise Wunsch besteht, irgendwann wieder einmal nach Paris zurückzugehen. Dort habe ich eine Wohnung, eine hübsche zudem, die jetzt leer steht. Verschleudertes Geld, würde Gilles sagen. Ich könnte sie vermieten, daran habe ich schon einige Male gedacht, aber da ich keine finanzielle Not leide, habe ich das wieder verworfen, und gute Mieter zu finden, die verantwortungsvoll mit der Wohnung umgehen, ist gar nicht so einfach.

Irgendwann aber muss ich entscheiden, wie es weitergeht. Das Haus, in dem ich wohne, gehört mir nicht, ich darf nur darin wohnen, solange es mir gefällt. Hat Yvonne damals gesagt. Wenn sie im Juni kommt, muss ich das mit ihr klären. Vielleicht möchte sie ja irgendwann einmal zurückkommen. Yves? Da ist eventuell doch irgendetwas im Busch. Wenn er von ihr spricht, bekommen seine Augen einen so seltsamen Glanz.

Die Wand ist fertig. Ich steige von der Leiter und betrachte mein Werk. Es sieht gut aus, die Farbe in einem leichten Cremeton finde ich angenehm, nicht so steril wie in einem Operationssaal. Ein paar Bilder aus der Region würden sich gut machen. Mal schauen, was Juliette dazu meint.

Aus der Musik-App meines Handys ertönt ›Right By Your Side‹ von James Morrison. Ich schlucke.

Unser Song, damals, als ich Gilles auf einer Party kennengelernt habe. Es wurde viel getrunken, es waren jede Menge Leute da. Die Stimmung war alkoholgeschwängert. Als aus den Boxen dieses Lied ertönte, kam Gilles auf mich zu. Ich habe ihn vorher nur einen Moment gesehen, aber er hat mir gefallen, groß, schlank, kurz geschnittenes blondes Haar und einige Jahre älter als ich. Er wurde mir als aufstrebender Börsenmakler vorgestellt, das hat mich nicht groß beeindruckt, seine blauen Augen aber sehr wohl. Er fragte mich, ob ich Lust habe, mit ihm zu tanzen. Und ich hatte Lust. Gilles roch gut, zitronig mit einem Hauch von Ambra. Er war ein guter Tänzer. Als der Song zu Ende war, verbeugte er sich leicht vor mir und fragte mich, ob ich ein Glas Champagner mit ihm zusammen im Garten trinken wolle. Ich bejahte und folgte ihm nach draußen. Er machte mir an dem Abend keine Avancen, wir sprachen über dies und das. Eine Woche später stand er mit seinem Porsche vor der Kunstschule. Er wolle mich zum Mittagessen einladen, sagte er, und ob ich Zeit hätte. Ich hatte Zeit. Wenige Wochen danach, ich war bei ihm zu Hause, spielte er den Song ›Right By Your

Side‹ und fragte mich, ob ich Lust habe, seine Frau zu werden. Und ich hatte Lust. Große sogar, denn die pubertierenden Jungs, die um mich herumschwänzelten, waren nie so meins gewesen. Ausgerechnet Yvonne hat mich damals zu dieser Party geschleppt.

Weitermachen Elodie, nicht über die Vergangenheit nachdenken. Ich fülle einen Putzkessel mit Wasser und Seife und beginne die Auslage zu reinigen. Der Dreck ist so festgeklebt, dass ich mit der Bürste dreimal über das Holz scheuern muss. Endlich ist auch diese Arbeit erledigt. Nun der Boden. Etwas ratlos stehe ich vor dem Stapel mit den Holzplatten. Der Raum ist nicht quadratisch, deshalb müsste ich die Platten den Wänden anpassen. Ich schaue in den Kartons, die herumstehen, finde aber nichts, womit ich das Holz zusägen könnte. Ganz abgesehen davon habe ich Bammel, dass ich falsch säge. Mist, ich wollte doch heute fertig werden mit dem Raum. Die Zeit drängt zwar nicht, wir haben noch ein paar Wochen bis zur Eröffnung, aber es gibt so viel anderes zu tun, dass jeder Tag, den wir voraus sind, ein gewonnener ist.

»Ist jemand da?« Es poltert an der Eingangstür.

Ich schließe sie auf und vor mir steht Yves.

»Ich wollte nur mal sehen, wie es euch beiden so geht. Kommt ihr voran?«

»Komm herein, Juliette ist nicht hier, sie hat einen Termin in Bergerac.«

Er schiebt sich ins Innere und schaut sich erstaunt um. »Große Klasse, was ihr da geleistet habt, Kompliment.«

»Die Platten, hm, Yves, hast du zufällig eine Säge bei dir, ich glaube, die müssen zugeschnitten werden.«

»Nein, habe ich nicht hier, aber ich kann euch helfen, die anzupassen.«

»Oh, das ist super, vielen Dank. Wann?«

»Morgen oder übermorgen. Übrigens, deine Blattschale wird schön, in circa einer Woche kann ich brennen, willst du kommen und schauen?«

»Ja gern.«

Unschlüssig stehen wir da und schweigen uns an. »Na dann, danke, dass du gekommen bist und uns helfen willst. Ich putze jetzt noch die Schauvitrine und gehe nach Hause.«

»Ähm«, Yves trippelt verlegen von einem Fuß auf den anderen, »was ich dich fragen wollte …«

»Ja?«

»Öhm … hast du mal Lust, mit mir essen zu gehen? Ich kenne ein kleines Restaurant in Le Fleix und wenn das Wetter schön ist, kann man draußen sitzen.«

Er will mit mir essen gehen? Ich schnappe kurz nach Luft. »Oh ja, warum nicht. Wann denn?«

»Wann's dir passt.«

»Also gut, nächste Woche, vielleicht am Mittwoch.« Ich versuche locker zu bleiben, obwohl mich seine Einladung umgehauen hat. Der plötzliche Umschwung. Wo ist sein Zynismus geblieben?

»Ja, Mittwoch ist perfekt. Ich hole dich ab.« Abrupt dreht er sich um und marschiert hinaus.

Perplex schaue ich ihm nach, bevor ich die Scheibe in Angriff nehme.

Die nächsten Tage verbringe ich mit dem Aufräumen des dritten Zimmers.

Unglaublich, wie viel Müll sich auch hier in all den Jahren angesammelt hat. Ein Holzbett, vom Holzwurm zerfressen. Als ich es auseinandernehmen will, fällt es in sich zusammen und hinterlässt eine Staubwolke. Der Staub reizt meine Atemwege. Eine Kommode, Bilderrahmen einschließlich Uraltbildern, verblichen, zerrissen. Von Mäusen zernagte Wolldecken. Ob ich das alles schaffe, bis Yvonne kommt? Hier werde ich ja dann mein Nachtlager aufschlagen, solange sie zu Besuch ist. Sie muss nicht bei Yves übernachten, auch wenn er wahrscheinlich mehr Platz hat als ich.

Ich möchte das nicht. Bin ich etwa eifersüchtig? Schnell wische ich diesen Gedanken weg.

Ein weiterer sonniger Tag hat sich angemeldet. Erstaunlich, wie schnell die Jahreszeiten hier wechseln, fast nahtlos von den kalten und grauen Wintertagen in den sommerlichen Frühling. Heute steht das Essen mit Yves an. Wann war es zuletzt, wo ich mich mal wieder so richtig hübsch gemacht habe? Schon lang ist das her. Nicht einmal, wenn ich zum Einkaufen fahre, nehme ich mir die Zeit, mich zu schminken. Das Einkaufen ist hier auf dem Land ganz anders als in der Stadt. Rein in den Laden, durch die Regale eilen und wieder raus aus dem Laden. Es gibt nicht viel zum Gucken oder zum Schlendern. Landleben eben. In Bergerac, ja, aber da bin ich auch erst einmal gewesen, obwohl ich mir vorgenommen habe, öfters dahin zu fahren.

In ein kleines Restaurant hat Yves gesagt, in Le Fleix. Sorgfältig bürste ich meine Haare, bis sie glänzen, und trage auf die Lippen einen leichten Rosaschimmer auf. Eine weiße Bluse und eine luftige Leinenhose. Kritisch betrachte ich mich im Spiegel. Passt. Nicht zu aufgetakelt, aber doch ausgehfein. Noch schnell etwas Parfum hinter die Ohren.

Pünktlich um zwölf Uhr fährt Yves auf den Hof.

»Ich komme gleich!« Rasch schlüpfe ich in die Sandaletten.

Schnieke schaut er aus. Dunkelblaues Hemd, helle Hose. Bis jetzt habe ich ihn immer nur in Arbeitskleidung gesehen.

Wir fahren nach Le Fleix hinunter. Auch heute ist er nicht der Unterhalter. Vor einem Haus, dessen Fassade so gar nicht auf ein Restaurant schließen lässt, hält er. Die Farbe an den Holzläden ist abgeblättert, die Eingangstür schaut auch nicht sehr einladend aus.

Yves parkt den Wagen.

»Gehen wir nach hinten in den Garten.«

Ich folge ihm und staune. Das, was er Garten nennt, ist eine kleine verwunschene Oase. Ein paar wenige Tische, die unter einer Pergola stehen. Kübel mit Oleander säumen die Abgrenzung zu einer Weide, auf denen Pferde friedlich grasen. Die Tische sind liebevoll eingedeckt, auf jedem steht eine kleine Vase mit einer frischen Blume.

»Es ist ein kleines Restaurant und gehört nicht in die Kategorie Gourmet-Tempel, aber das, was das Wirtspaar hier auftischt, ist ehrliches Essen.«

»Es ist ganz wunderbar, ich bin oft daran vorbeigefahren und hätte nie ein Restaurant vermutet.«

»Ein Geheimtipp, die Touristen fahren auch daran vorbei«, er lächelt und schiebt mir den Stuhl zurecht.

»Monsieur Yves, wie schön, Sie wieder einmal bei uns begrüßen zu dürfen.« Eine rundliche Frau, ich schätze sie Mitte fünfzig, kommt mit ausgestreckten Armen auf Yves zu.

»Ja, lang her, ich hatte viel zu tun in letzter Zeit, Madame Huot, darf ich vorstellen, Madame Pedotte, sie ist aus Paris und wohnt zur Zeit in Yvonnes Haus.«

»Herzlich willkommen, Madame, Paris ist eine wunderschöne Stadt«, sie streckt mir beide Hände entgegen, »es ist sehr lang her, seit ich dort gewesen bin.«

»Paris ist schön, ja, aber manchmal ganz schön stressig. Ich genieße die Langsamkeit und die saubere Luft hier.«

Wir setzen uns wieder hin.

»Heute gibt es Lammkoteletts mit grünen Bohnen und gebratenen Kartoffeln. Als Vorspeise eine Tomatensuppe und zum Nachtisch Apfelkuchen.« Madame Huot streicht das geblümte Tischtuch glatt.

»Oh, der berühmte Apfelkuchen von Monsieur Henri«, ruft Yves und reibt sich die Hände.

»Ja genau. Ich hol ihn, Henri wird sich freuen, Sie wieder einmal zu sehen.«

Wieselflink eilt sie ins Haus zurück.

»Man kann hier nicht wählen, es gibt ein Menü, entweder man mag es oder nicht«, klärt mich Yves auf.

Madame Huot kommt mit ihrem Mann in den Garten zurück. Die beiden passen ganz wunderbar zusammen. Auch seine Figur kann die Liebe zu gutem Essen nicht verbergen.

Die Begrüßung zwischen Yves und Henri ist herzlich und lang. Henri hat ein liebes väterliches Gesicht mit flinken blauen Augen. »Ich muss wieder in die Küche, ihr wollt ja was essen.« Er zwinkert mir zu. »Christine bringt euch gleich den Wein. Was möchtet ihr? Roten, Weißen oder Rosé?«

Yves schaut mich an, »eine Karaffe Roten?«

»Einverstanden, ich mag den Roten von hier sehr.«

Während wir auf den Wein warten, erzählt mir Yves von den Wirtsleuten. »Ich kenne sie schon lang. Es war eine Zufallsbekanntschaft auf einem der vielen Sommerfeste in den Dörfern hier in der Umgebung. Die wirst du auch noch kennenlernen.«

Christine kommt mit der Weinkaraffe und einem Korb mit frischem Baguette und stellt beides auf den Tisch.

Yves schaut ihr nach und schenkt unsere Gläser voll, bevor er weitererzählt. »Sie hatten damals noch eine Metzgerei neben dem Restaurant und boten Grillfleisch auf den Veranstaltungen an. Es war hier in Le Fleix, das Fest war bestens besucht und die beiden hatten alle Hände voll zu tun. Plötzlich kippte Henri um, einfach so, stumm und leise. Er schlug mit dem Kopf heftig auf die Theke und es blutete wie verrückt. Jemand neben mir zog das Handy und telefonierte mit dem Notarzt. Ich schob die Schaulustigen beiseite, die sich angesammelt hatten, zog mein T-Shirt aus und drückte es gegen die Wunde, die nicht aufhören wollte zu bluten. Ich weiß«, er lächelt, »ist nicht die sterilste Methode, war aber im Moment die einzige, um das Blut etwas zu stillen. Der Krankenwagen kam und lud den bewusstlosen Mann und die verzweifelte Christine ein. Ich übernahm zusammen mit dem Mann, der telefoniert hatte, den Grillstand. Bis um vier Uhr früh haben wir gegrillt und verkauft.«

»Und?« Ich nehme einen Schluck Wein, er schmeckt herrlich.

»Nun, Henri hat sich ziemlich schnell erholt. Es war kein Herzinfarkt, zum Glück, sondern Überarbeitung, Hitze, keine Ahnung. Jedenfalls haben sie danach die Metzgerei aufgegeben. Seitdem betreiben sie nur noch das Restaurant im kleinen Rahmen. Nicht viele Tische und nur dreimal die Woche geöffnet. Es geht so schnell, und plötzlich ist der Mensch, der dir alles bedeutet, nicht mehr an deiner Seite.« Sein Blick verliert sich in die Weite. »Sie haben mir viel geholfen. Als meine Frau krank war, haben sie mir Essen gebracht, als sie starb, waren sie immer für mich da. Es sind einfache, aber herzensgute Menschen und ich dachte, dass du sie kennenlernen solltest.«

Ich senke den Kopf. Schweige. Denke, dass solches nur auf dem Land möglich ist. In der Anonymität einer großen Stadt gäbe es so etwas nicht. Da ist sich jeder selbst der Nächste.

Christine serviert die Tomatensuppe. »Henri hat sie extra für euch mit einem Schuss Wodka abgelöscht.

Lasst es euch schmecken. Braucht ihr noch Brot?«

Yves schüttelt den Kopf. »Danke, ist ja genug da.«

Die Suppe schmeckt nach Sommer, nach Kräutern, nach einer lauen Nacht und nach Sternschnuppen.

»Ich werde im Sommer immer noch hier sein«, sage ich, »wenn Yvonne mir das erlaubt.«

»Weshalb denn nicht? Yvonne wird wieder nach Paris zurückkehren, das weiß ich, sie ist eine richtige Städterin, nein«, korrigiert er sich, »Pariserin geworden.«

Ich lächle. »Ist ja nicht schlimm, oder?«

»Natürlich nicht. Jeder so, wie er möchte.« Er wischt den Suppenteller mit einem Stück Baguette sauber. »Ich bewundere dich, Elodie.«

Ich schaue ihn fragend an.

»Wie du dich hier durchgewurstelt hast. Das Heizen, das Haus, das nicht in bestem Zustand war und teilweise noch ist. Wie du das alles angepackt hast. Und jetzt der Laden. Chapeau.«

Ich spüre, wie mir die Röte ins Gesicht steigt. Yves kann Komplimente machen? »Ich wollte es so.« Dass mein Leben nach dem Rauswurf von Gilles aus der Bahn geworfen wurde, braucht er nicht zu wissen, auch nicht, wie oft ich mich hier in den Schlaf geweint habe. Und dass ich mir immer noch nicht ganz im Klaren darüber bin, wie es mit mir weitergehen soll, bleibt ebenfalls mein Geheimnis. Aber sein Kompliment tut gut. Gilles hat mich nie oder fast nie gelobt. Weshalb ist Yves plötzlich so anders mir gegenüber? Am Anfang war er voller Spott und hat auf mich herabgesehen, mich als dumme Städterin abgetan.

Auch der Hauptgang schmeckt köstlich. Die grünen Bohnen und Koteletts – ein Pariser Koch hätte sie nicht besser hingekriegt. Dann der Apfelkuchen. Er ist die Krönung des Menüs. Ich strecke mich, bin satt und wenn ich eine Katze wäre, würde ich mich jetzt in der Sonne rekeln und zufrieden schnurren.

»Henri ist ein fantastischer Koch. Ich bin begeistert.«

»Das kannst du ihm gleich selbst sagen. Gehen wir in die Küche?«

Henri strahlt über mein Kompliment und hört nicht auf, meine Hand zu drücken. Ich muss versprechen, dass ich bald wiederkomme.

»Ein Telefonat genügt, für Sie haben wir immer einen Platz«, Christine drückt mir die Visitenkarte in die Hand. »Am besten bringen Sie Yves mit, seine Kochkünste sind nicht gerade …«

»Das habe ich gehört, Madame!«, unterbricht Yves grinsend, »so was.«

»Ich sage nur die Wahrheit.« Christine zwinkert ihm fröhlich zu, dann zu mir, »kommen Sie bald wieder.«

»Ganz bestimmt«, antworte ich, während wir die Küche verlassen.

So schweigsam, wie wir hergefahren sind, geht es wieder zurück. Aber das Schweigen ist nicht drückend.

Als Yves vor dem Paradies hält, bin ich traurig, dass dieser Nachmittag vorbei ist.

»Morgen brenne ich. Kommst du?« Er steigt hastig ins Auto, meine Antwort hat er nicht abgewartet. Weshalb auch. Er weiß ja, dass ich da sein werde.

30. DAS RAKU-BRENNEN

Yves ist damit beschäftigt, meine Blattschale mit einer Glasur zu übergießen, als ich ins Atelier eintrete.

»Du kommst gerade richtig, noch fünfzehn Minuten, dann ist es so weit.« Er küsst mich flüchtig auf die Wange.

Ich bin aufgeregt, nicht nur wegen des Brennens. Seit gestern rumort es gewaltig in meinem Bauch. Die plötzliche Veränderung von Yves, das Zutrauen, die Art, wie er mit mir spricht und mich anschaut, das macht mich unsicher. »Du … hast die Schale noch nachgeformt, wie schön«, stottere ich und lege die Handtasche auf den Arbeitstisch mit den Modellierwerkzeugen.

»Ja, ich habe etwas nachgeholfen, damit sie runder wird und mit einer Glasur übergossen, sie bekommt dann ein schönes Finish. Du könntest sie ins Schaufenster in eurem neuen Laden stellen, würde sich ganz gut machen, glaube ich. Der Elefant braucht keine Glasur. Aber komm, fangen wir an.«

Sorgfältig nimmt er das Tier und die Schale, stellt sie in den Ofen und schließt die Eisentür.

An der Seite des Ofens sehe ich ein ausgedientes Fass mit Sägespänen. »Wofür ist das?«

»Nach dem Brennen legen wir die heißen Skulpturen hinein und bedecken sie mit den Sägespänen, die verbrennen und geben ihnen eine schöne Struktur. Auch die Farbe verändert sich. Die kann man nicht steuern, die ergibt sich von selbst und das ist das Faszinierende an dieser Arbeit, man weiß nie genau, was daraus wird. Auch die Oberflächenstruktur kann sich verändern. Man kann Gras oder Äste den Spänen dazugeben, je nachdem, was man am Ende haben möchte. Raku bedeutet Glück oder Glück haben«, er lacht, »oder Erde, Feuer und Wasser.«

Nochmals kontrolliert er den Anschluss der Gasflasche und zündet den Brenner an. »Nun müssen wir warten, bis wir eine Hitze von circa achthundert bis tausend Grad haben, erst dann beginnt der eigentliche Brennvorgang.«

»Wie lang?«

»Eine Stunde ungefähr.«

Gebannt schaue ich zu, wie das Thermometer nach oben klettert.

Yves holt inzwischen aus dem Garten Wasser und gießt es in eine Wanne, die auch neben dem Ofen steht. »Zum Abkühlen, vor allem für deine Schale.«

Ich setze mich auf den Hocker und warte. Modellieren beruhigt, hat er gesagt, macht glücklich und zufrieden. Hm. Jedenfalls braucht es viel Geduld. Zuerst das Formen, dann das Trocknen und danach das Brennen.

»Magst was trinken? Ich habe einen Apfelsaft hier.«

Ich nicke, nehme ein Glas von einem Tischchen und halte es ihm entgegen. Er schenkt ein. Die helle Flüssigkeit perlt leicht und steigt mir in die Nase, als ich daran nippe. Der Saft schmeckt frisch. So frisch wie die Luft, wie das Wasser, wie alles hier auf dem Land.

»Ich glaub, wir können. Jetzt bin ich aber gespannt.« Er öffnet die Ofentür. Mit einer langen Zange hebt er sorgfältig zuerst die Schale und dann den Elefanten heraus und legt sie in die Sägespäne, die durch die Hitze sofort Feuer fangen. Eine beißende Rauchwolke steigt auf. »Schaut gut aus, deine Schale.« Nachdem die Späne verbrannt sind, gibt er mir dicke Lederhandschuhe. »Jetzt kannst du die Schale nehmen. Stell sie ein paar Minuten auf diesen Stein und lass sie etwas abkühlen, danach reinigst du sie im Wasser.«

Stolz nehme ich mein Kunstwerk aus dem Kübel. Ich finde, dass sie auch so schon schön aussieht.

Yves nimmt den Elefanten heraus und setzt ihn neben meine Schale. »Ich denke, jetzt kannst du sie abwaschen, sorgfältig bitte.«

Ich tauche sie ins Wasser, fahre mit dem Handschuh sachte über die Oberfläche. »Schau mal, Yves, sie ist toll geworden.« Und wirklich, die Glasur schimmert in zartem Grün, das sich mit einem hellen Blau vermischt hat.

»Ich bin stolz auf dich, dein erster Raku-Versuch. Kompliment.«

Auch der Elefant schaut gut aus. Die kleinen Augen blicken mich schelmisch an.

Dieser Mann, was ist er denn nun? Bauer? Handwerker? Künstler? Ich beschließe, über die Frage nicht weiter nachzudenken. Nicht jetzt.

»Darf ich sie mit nach Hause nehmen oder soll ich sie noch hierlassen?«

»Klar kannst du sie mitnehmen. Wir müssen bloß warten, dass sie ganz auskühlt, dann packe ich sie ein.

Diese Dinger sind sehr zerbrechlich und auf den unebenen Straßen … es wäre schade um das schöne Werk. Setz dich schon mal in den Garten, bin gleich wieder da.«

Die Bank steht unter einer Trauerweide an einem kleinen Teich. Mein Blick streift eine ungemähte Wiese, auf der sich Schafe tummeln. Die Jungen drängen sich eng an ihre Mutter. Drei schwarze mit dickem kringeligen Fell sind besonders neugierig und kommen bis an die Absperrung. Sie beäugen mich ausgiebig, bevor das eine von ihnen ein lautes »Mäh« von sich gibt, in das die anderen zwei augenblicklich einfallen.

Ich stehe auf, gehe zum Zaun und streiche über das wollige Fell. Von einer Sekunde auf die andere hören sie mit dem Geblöke auf.

»Sie sind hübsch, die Schwarzen, findest du nicht auch? Ich mag sie.« Yves ist gekommen. In der einen Hand hält er eine Flasche Wasser, auf dem Flaschenhals baumeln zwei Gläser ineinandergeschoben, und in der anderen balanciert er einen Karton. Behutsam stellt er ihn auf den steinernen Tisch vor der Bank. »Deine Schale.«

»Hast du die neu?«

»Die Schafe? Ja, sie ersparen mir den Rasenmäher. Das solltest du dir auch zulegen.«

»Schafe, nee, wer schert die?«

»Ich! Aber komm, trinken wir einen Schluck.« Er schenkt ein. »Auf deinen Raku-Erfolg.«

Zwei Gläser stoßen zusammen. Ich setze mich wieder auf die Bank, nippe am Wasser.

Wir schweigen uns an. Es ist ein beredtes Schweigen.

Nach einer Weile stehe ich auf. »Ich geh jetzt.«

»Schon?«

»Juliette und ... wir wollen morgen früh mit dem Einrichten des Ladens weitermachen. Danke für den Nachmittag.«

Yves nickt und reicht mir den Karton. »Nichts zu danken, darfst gern wiederkommen, wenn du magst.«

»Ja danke.« Langsam gehe ich über den höckerigen Weg zum Auto.

Im Paradies wickle ich die Schale aus dem Zeitungspapier und stelle sie auf den Küchentisch. Die abendlichen Sonnenstrahlen brechen die zarten Farben der Schale in funkelnde Punkte.

31. BESUCH IM METROMARKT

Mit Schwung öffnet Juliette die Tür und winkt mir aufgeregt zu, als ich auf den Platz vor dem Laden fahre. Mein Gott, ist was passiert? Ohne das Auto abzuschließen, eile ich auf den Laden zu.

»Komm schnell, Elodie«, sie zieht mich hinein, »schau, was mein Mann gestern alles gearbeitet hat.«

Wahrhaftig, er hat den ganzen Boden mit den Holzplatten verlegt.

»Das ist ja großartig, jetzt ist das Ende absehbar. Aber ich habe an wer weiß was gedacht. Du hast mir einen schönen Schrecken eingejagt.«

Sie streicht mir über den Arm. »Entschuldigung, das wollte ich nicht, ich bin halt manchmal so. Er hat einen Tag freigenommen, Überstunden abbauen, weißt du. Ich bin so froh. Jetzt gibt es nur noch Kleinigkeiten, die wir zu tun haben, und natürlich müssen wir uns überlegen, was wir als Grundstock anlegen wollen. Konserven, Tiefkühlware, Frischware. Ich habe zu Hause eine alte Tiefkühltruhe, die noch funktioniert, und einen Kühlschrank, aber wir brauchen auch eine Theke, in der wir Käse, Schinken und Butter präsentieren können, und die muss ebenfalls kühlen.«

Ich lasse mich auf einen Hocker fallen und atme tief durch. »Die sind ziemlich teuer, ich habe mal im Internet geforscht.«

»Ich weiß, vielleicht bekommen wir ein Sonderangebot. Die sind nicht einfach aufzutreiben.«

»Hm, ich könnte mal Yves fragen. Der kennt viele Leute.« Ich nage an der Unterlippe. Mein Kontostand ist zwar nicht in den Miesen, Gilles bezahlt regelmäßig den vereinbarten Betrag, aber ich sehe trotzdem einiges auf uns zukommen.

Die tausendfünfhundert Euro, die ich Victor geliehen habe, könnte ich jetzt gut gebrauchen. Wenn ich nur wüsste, wo ich ihn finden kann. Es scheint, als hätte er sich in Luft aufgelöst. Keine Pressemitteilung über seinen neuen Roman, wenigstens als Vorankündigung, und im Wohnwagen ist er auch nicht mehr aufgetaucht. Ich könnte seine Lektorin anrufen und fragen. Schnell verwerfe ich den Gedanken wieder.

»Ja, frage Yves«, holt mich Juliette zurück.

»Kann ich gleich machen.« Ich schnappe mir das Handy aus der Handtasche. Nach nur zweimaligem Klingeln meldet er sich und ich erzähle ihm von unserem Anliegen.

»Und?«, fragt Juliette, nachdem ich das Gespräch beendet habe, »kann er helfen?«

»Er will sich umhören.«

Hat mein Herz wirklich einen Hüpfer gemacht, als ich seine Stimme hörte? Ich will das nicht. Mein Herz soll nie, nie mehr verletzt werden, das habe ich mir geschworen.

»Juliette, was meinst du, mit welcher Summe wir einsteigen müssen? Hast du das schon mal durchkalkuliert?«

»Nur grob. Wir fangen klein an. Ich habe uns eine Metrokundenkarte besorgt, schau.« Sie zieht eine blaue Plastikkarte aus dem Geldbeutel.

»Und, was kann man damit machen?«

»Hast du noch nie davon gehört? Es gibt in ganz Frankreich verteilt diese Metromärkte, in denen Einzelhändler zum günstigen Preis einkaufen können. Man muss allerdings eine Geschäftssteuernummer haben, und, tatata«, sie zieht ein Papier aus der Handtasche, »die habe ich auch schon beantragt. Hier ist sie, wir sind als Einzelhändler eingetragen«, sie wedelt mit dem Formular vor meiner Nase herum.

»Gib her!« Ich nehme das Formular und tatsächlich, wir beide sind als Geschäftsleute registriert. Madame Elodie Pedotte und Madame Juliette Tibeaut steht da, Inhaber des Lebensmittelladens in Monfaucon.

Jetzt ist es also amtlich. Ich hole tief Atem. Jetzt heißt es Augen zu und durch.

»Toll«, es klingt etwas lahm, höre ich selbst, und gebe ihr das Papier zurück.

»Freust du dich nicht?«

»Doch, doch, es kommt nur etwas plötzlich. Komm, lass uns setzen und eine Aufstellung machen.«

Nach einer knappen Stunde sind wir fertig. Konserven, grüne Bohnen, Tomaten, dicke Bohnen. Paté in Gläsern. Teigwaren. Salz, Zucker, Pfeffer. Kaffee, Tee, Wein, Bier, Wasser. Butter, Schinken, Dauerwurst. Öl, Essig. Milchprodukte. Waschpulver, Seifen, Putzlappen, Klobürsten, Abwaschbürsten. Es ist ganz schön was zusammengekommen.

»Von der unverderblichen Ware können wir etwas mehr nehmen, die anderen Lebensmittel, da müssen wir schauen, und das Frischgemüse, da bin ich nicht so sicher, dass das auch wirklich läuft. Die meisten haben doch einen eigenen Gemüsegarten.« Juliette legt den Stift zur Seite. »Dann habe ich noch eine Idee, ich habe drei Bistrotische und die Stühle auf dem Flohmarkt aufgetrieben. Schon lang. Für mich. Aber ich brauche sie nicht und da habe ich gedacht, dass ich sie aufhübsche, und wir stellen sie im Sommer vor das Geschäft, bieten Drinks und Kaffee an. Das würde dieses lahme Dorf doch beleben. Was meinst du?«

»Du bist unglaublich, Juliette, die Idee ist super, aber dürfen wir das denn? Wir haben nur ein Lebensmittelgeschäft angemeldet und kein Bistro.«

»Das ist doch kein Bistro und wir dürfen, da sagt kein Mensch etwas.«

»Der Bürgermeister«, wende ich ein.

»Der alte Sack, der soll froh sein, dass wir dem Dorf aus dem Schlaf helfen.«

Ich lache auf. Herrlich, wie sie sich ins Zeug legt, und ich hoffe für sie, dass die Dörfler unseren Laden annehmen.

»Nächste Woche fahren wir nach Perigueux zum Metro-Markt und schauen uns dort mal um. Ich kann das Auto von Marcel haben, das hat einen größeren Kofferraum als meins. Der Gute hat nochmals Urlaub genommen und hütet Emmanuel. Einverstanden?«

»Klasse«, sage ich und dann verabschieden wir uns.

Es ist ein angenehmer warmer Frühlingsabend. Ich setze mich auf die Treppenstufe vor dem Haus und lasse den Tag Revue passieren. Auf was habe ich mich da eingelassen? Denn eigentlich hatte ich ja vor, nach Paris zurückzugehen, sobald ich einen Weg in eine neue Zukunft gefunden habe.

Hast du das wirklich, Elodie?

Ja klar. Ich kann nicht ewig hier wohnen, das Haus gehört mir nicht, und in Paris habe ich eine kleine schnuckelige Wohnung. Zudem dazu Theater, Konzerte, Bistros zum Abwinken, Menschen und Leben um mich. Hier habe ich zwar Natur und das in einer Vielfalt, die mich manchmal fast erdrückt, aber will ich das für immer? Ich schüttle den Kopf. Das war nicht vorgesehen. Mir scheint, dass der Kauz, ich habe ihn Henri getauft, der jeden Abend seine Bahnen zieht, heute ganz besonders oft über meinem Kopf fliegt und seine Schreie ausstößt, so, als könne er meine Gedanken lesen. Morgen überprüfe ich mein Konto, das habe ich schon lang nicht mehr getan. War auch nicht notwendig. Doch mit diesem Laden bin ich Geschäftsfrau. Geschäftsfrau! Wie sich das anhört. Wenn alle Stricke reißen, kann ich die Wohnung in Paris vermieten, hätte aber jederzeit die Option, wieder in die Stadt zurückzukehren.

Die Bilanz auf meinem Konto erweist sich als ganz passabel. Außer Farbe und sonstige Kleinigkeiten haben sich die Ausgaben in Grenzen gehalten. Ich war seit Wochen nicht mehr beim Friseur und der einzige Kauf in letzter Zeit waren zwei Pyjamas in Bergerac. Befriedigt schließe ich den Laptop. Jetzt kommt es nur auf den Preis der Kühltheke an. Wenn die nicht allzu sehr ins Geld geht, muss ich im Moment noch nicht am Hungertuch nagen. Ein Stein rumpelt von meinem Herzen und löst sich auf.

Auf dem Weg nach Perigueux klärt mich Juliette ausführlich über unsere zukünftige Preispolitik auf. »Wir müssen scharf kalkulieren. Wir müssen Tiefpreisangebote machen, auch wenn wir nichts oder nicht viel daran verdienen, am Anfang jedenfalls. Damit locken wir die Leute in den Laden und die kommen auch wieder, wenn wir die Preise hochsetzen. Sie müssen lernen, dass sie sparen, wenn sie zu uns kommen.«

»Wieso, das ergibt keinen Sinn? Jeder Supermarkt kann uns lässig unterbieten.«

»Doch, denn sie müssen sich nicht ins Auto setzen, verfahren kein Benzin, das kostet nicht wenig. Denk nur daran, wie schnell du ein paar Liter verfahren hast, vor allem, wenn du für etwas in ein paar Geschäfte fahren musst, weil es in einem nicht vorrätig ist.« Sie setzt den Blinker, »dort ist der Metro-Markt, siehst du das blaue Logo?«

Ich sehe es und entdecke auch einen riesigen Parkplatz, der bereits am Morgen um zehn voll besetzt ist.

Am Eingang werden wir kontrolliert, nur Personen mit dieser blauen Karte werden eingelassen. Und nun schlendern wir, jede von uns einen Einkaufswagen vor sich herschiebend durch die Gänge. Mir scheint, dass sie größer und breiter sind als in den normalen Supermärkten. Das Angebot erschlägt mich. So viele Lebensmittel habe ich noch nie in der Menge gesehen. Und sie verkaufen auch Kochtöpfe und andere Non-Food-Artikel. Und erst die Preise!

Wenn ich eine Schnäppchenjägerin wäre, es wäre das Paradies für mich, aber Schnäppchen haben mich im ganzen Leben noch nie interessiert. Doch heute ist meine Situation eine andere, als frisch gebackene Geschäftsfrau muss ich mich mit der Tiefpreispolitik und allem, was damit zusammenhängt, auseinandersetzen.

Ich beobachte, wie Juliette mit aufmerksamem Blick die Spezialangebote prüft, und von denen gibt es viele. Konserven mit Bohnen, Erbsen, Karotten und gegrillte Auberginen in Öl eingelegt, Tomaten. Sie belädt ihren Einkaufswagen, der im Nu bis oben gefüllt ist.

»Brauchen wir das wirklich alles?«

»Ja, tun wir. Das Zeugs hält ewig und die Preise sind unterirdisch.«

Ich lasse sie gewähren. Sie scheint sich auszukennen und im Kalkulieren hat sie mehr drauf als ich. Ich musste das ja bisher nie. Ich konnte mir, ohne zu überlegen kaufen, was mein Herz begehrte. Mir wird klar, ich muss noch viel lernen.

Nach zwei Stunden ist auch mein Wagen gefüllt. Ein geräucherter Schinken, Gläser mit Paté, Kaffee, Wein, Bier, Wasser, Öl, Essig; das Schieben wird immer mühsamer.

An der Kasse stehen wir Schlange und als wir endlich draußen sind, fängt es zu regnen an. So schnell habe ich noch nie eingeräumt.

Juliette lacht, »lass uns einen Kaffee trinken und ein Sandwich essen, dort drüben in dem Bistro.«

Ich nicke. Wir rennen über die Straße. Außer Atem lassen wir uns auf die zerschlissenen Plastikstühle fallen und lachen wie pubertierende Teenager. Der Kellner, ein junges Kerlchen, betrachtet uns kritisch und ich lese in seinem Gesicht, dass er uns nicht richtig einordnen kann. Schlussendlich bedient er uns aber zuvorkommend und bringt uns zwei »extragroße«, wie er betont, Sandwiches an den Tisch.

Hungrig beiße ich hinein. Die Butter quillt aus der aufgeschnittenen Seite des Baguettes und die Gurkenstücke kullern auf das rot karierte Tischtuch, was bei Juliette einen neuen Lachanfall auslöst. »Du solltest dein Gesicht sehen«, japst sie, »voller Butter, zu herrlich.«

Schon lang habe ich mich nicht so leicht, so befreit gefühlt. Das letzte Mal war das, ich denke kurz nach, in der Kunstschule. So habe ich damals mit Yvonne herumgeblödelt. Mit der Heirat wurde mein Leben von einem Augenblick zum anderen komplett umgekrempelt. Musste an der Seite von Gilles eine Dame sein. Sicher, ich habe die anderen Annehmlichkeiten am Anfang genossen, doch wenn alles vorhanden ist, werden die Annehmlichkeiten zur Gewohnheit und sind nichts Besonderes mehr.

»Studierst wieder an deinem Gilles herum«, holt mich Juliette zurück. »Das ist blöd, vergiss den doch einfach einmal und schau vorwärts. Du bist Mitinhaberin eines Lebensmittelladens, und wenn es gut läuft und das wird es, wirft der in mindestens einem Jahr einen kleinen Gewinn ab und dann hast du selbst verdientes Geld«, sie schnauft, »oder noch besser, lach dir einen anderen Mann an. Den Yves zum Beispiel, oder diesen Schriftsteller, wie heißt der schon wieder?«

»Victor.«

»Ja, der würde gut zu dir passen, glaube ich. Der ist nicht so verklemmt wie du.«

Ich schlucke. »Du kennst ihn doch gar nicht.«

»Nein, aber als du mir von ihm und seinen Büchern erzählt hast, habe ich ein bisschen nachgeforscht, er scheint ziemlich extrovertiert zu sein, und genau das würde dir guttun.«

So direkt hat bis jetzt nur Yvonne mit mir gesprochen, aber dass ich verklemmt bin, das hat sie mir noch nie an den Kopf geworfen. Ja, vielleicht wäre Victor als Pendant gut für mich, aber er ist mit meinem Geld verschwunden, der Kerl. »Ich werde mich nie mehr mit einem Mann einlassen, das habe ich mir geschworen. Weder mit Victor noch mit einem anderen. Ich bin nicht hergekommen, um mir hier einen Mann zu suchen, sondern um mein Leben neu zu sortieren, und dazu brauche ich keinen Kerl. So, und jetzt zahlen wir, ich muss zurück, das Zimmer fertigstreichen, in ein paar Wochen kommt Yvonne, meine Freundin.«

»Bist jetzt eingeschnappt?«

»Nein, ich habe nur noch einiges zu tun und möchte deshalb wieder nach Hause.«

»Gut«, Juliette winkt dem Kellner, »ich bezahle, lass deine Geldbörse dort, wo sie ist.«

Sie kann manchmal ganz schön resolut sein.

Schweigend fahren wir zurück. Ich helfe ihr, die Einkäufe im Laden zu verstauen.

Beim Abschied nimmt sie mich in den Arm und flüstert: »Ich bin so froh, dass ich dich kennengelernt habe. Schönen Abend, wir sehen uns übermorgen.«

Gerührt steige ich ins Auto. Vielleicht hat sie recht und ich bin wirklich verklemmt.

32. FLOHMARKTMÖBEL, HOLZWURM INKLUSIVE

Das dritte Zimmer ist fertig. Schön ist es geworden. Die Wände habe ich in einem hellen Blau gestrichen, der dunkle Holzboden glänzt wieder, ich habe mindestens eine halbe Dose Bohnerwachs verbraucht, und zarte weiße Voile-Vorhänge wölben sich am Fenster. Was fehlt, sind Möbel. Nicht ein einziges Stück war noch zu gebrauchen. Also müssen zumindest ein Bett, ein kleiner Schrank und eine Kommode her. Vielleicht ein Teppich. Der Flohmarkt in Mussidan findet gerade zur rechten Zeit statt. An diesem Wochenende.

Ich telefoniere mit Juliette und melde mich für den Samstag ab. Sie ist nicht sehr erfreut, wir wollten eigentlich die Einkäufe sortieren, katalogisieren und einräumen. »Wir haben noch ein paar Wochen Zeit dafür«, versuche ich sie zu überzeugen. Am Ende kommen wir überein, dass sie schon einmal damit beginnt. Diese Frau ist nicht zu bremsen. Wie ein Wirbelwind, der sich durch nichts aufhalten lässt.

Flohmärkte haben auf mich eine ungeheure Anziehungskraft.

Die alten Möbel, die Nippes, die kein Mensch braucht, die bunten Stände, auf denen Teller, Tassen, Kaffeekannen und kitschige Kristallvasen aufgetürmt sind.

Die Frauen, meistens sind es Frauen, in bunte Kleider gehüllt, die das Zeug verkaufen. Es ist eine ganz spezielle Aura, die auf solchen Märkten herrscht und mich fasziniert.

Als ich am Samstagmorgen um neun dort erscheine, ist ganz schön was los, und die am besten erhaltenen Möbelstücke bereits verkauft. Ich schlendere durch die Reihen, mein flohmarktgeschultes Auge wandert über die Ausstellungsstücke. Ein Bett, ein Schrank und eine Kommode, das hat sich in meinem Kopf festgesetzt. Auch ich kann stur sein.

Ganz am Ende des Marktes entdecke ich ein Eisenbett. Ich trete näher, es hat ziemlich viele Roststellen. Ich setze mich drauf, wippe ein bisschen, es hält.

»Was soll es kosten?«, frage ich die Frau, die mich neugierig betrachtet. Wahrscheinlich habe ich die Pariserin trotz meines Landlebens seit mehreren Monaten noch nicht ganz abgelegt.

»Fünfzig Euro.«

Ich reiche ihr einen Fünfzigeuroschein. »Können Sie es für mich reservieren, ich suche noch einen Schrank und eine Kommode.«

»Klar.« Sie klebt einen roten Punkt auf einen der Eisenpfosten.

Ich schlendere weiter. Es wäre ja gelacht, wenn ich die restlichen Teile nicht auch noch finden würde. Nach einer halben Stunde habe ich einen zweitürigen Schrank mit kleinen Bohrlöchern vom Holzwurm und einen Waschtisch mit Marmorplatte gefunden. Beides zusammen für einen Hunderter. Geht doch.

Nun muss das Zeug nur noch in mein Haus transportiert werden. Yves! Ich ziehe das Handy aus der Tasche.

Eine halbe Stunde müsse ich ihm Zeit lassen, sagt er.

Pünktlich nach dreißig Minuten parkt sein SUV mit dem Anhänger am Ende des Flohmarkts, wo ich warte, umgeben von meinen erbeuteten Schnäppchen.

Ein junger Mann hat mir dabei geholfen, sie dorthin zu schleppen. Die zehn Euro Trinkgeld waren mir das wert.

»Mensch, Elodie, was hast du dir denn da Schönes angelacht.« Mit Kennerblick untersucht er meine Flohmarkteroberungen. »Das Bett ist wahrscheinlich aus dem vorigen Jahrhundert. Die Rostflecken kannst du wegschleifen und das Gestell neu übermalen. Hast ja mittlerweile Übung darin.« Er grinst. »Die Waschkommode und der Schrank benötigen noch eine männliche Hand, es sei denn, du kannst auch hobeln und Scharniere anbringen«, er deutet auf die Schranktüren, die nur mehr schief dranhängen. »Der Waschtisch steht auf wackeligen Beinen, schau, am hinteren Bein haben die Holzwürmer ganze Arbeit geleistet. Hast du das nicht gesehen?«

»Nein, ich habe nur die wunderschöne alte Marmorplatte gesehen.«

»Macht nichts, ich helfe dir, komm, laden wir auf.«

Nach einigem Gemurkse und unter Yves Anweisungen haben wir es geschafft. Die Möbel sind auf dem Hänger und er zurrt sie mit einem breiten Gurt fest.

»Soll ich sie gleich ins Paradies bringen oder zu mir? Bei mir zu Hause könnte ich sie besser reparieren.«

»Das Bett zu mir, der Rest zu dir. Ich helfe dir dann, wenn du daran arbeitest.«

»Geht klar. Wo hast du dein Auto?«

»Auf dem Parkplatz beim Intermarché.«

»Okay, ich fahr dann mal los.«

Ich schau ihm nach. Weshalb, verdammt noch mal, hüpft mein Herz schon wieder? Er ist doch in Yvonne … ich denke den Gedanken nicht zu Ende und laufe auf den Parkplatz zu meinem Auto.

Yves wartet vor dem verschlossenen Gartentor, als ich vorfahre – ich verriegle immer alles, sobald ich das Haus verlasse, eine Marotte aus meinen Pariser Tagen, hier völlig überflüssig, wie ich weiß – das Bett hat er auch schon abgeladen. Zusammen schleppen wir es vors Haus und stellen es ab. Ich will es hier anstreichen.

Yves umrundet das Bett, betrachtet es erneut mit Kennerblick. »Da hast du dir was Schönes angelacht, ist wirklich ein Schätzchen, ich könnte es mir in einem hellen Blau vorstellen.«

»Ach geh«, rufe ich, »du willst mich nur hochnehmen, ganz in Weiß wird es gestrichen.«

»Nein, nein, ich würde es nicht wagen, dich auf den Arm zu nehmen«, feixt er.

Ich schau ihm nach, wie er leichtfüßig zum Auto zurückläuft.

Der Tag der Eröffnung des Ladens rückt mit Riesenschritten näher. Juliette hat Flyer kreiert und drucken lassen. Auf der Vorderseite hat sie ein kleines Haus gezeichnet, mit den typischen dunklen Fachwerkbalken, die den Dordognehäusern ihren Charme geben, auf der Rückseite stehen die Öffnungszeiten.

Wir haben beschlossen, dass wir nicht jeden Tag geöffnet haben, sondern nur dreimal die Woche. Am Montag übernehme ich den ganzen Tag, den Mittwoch teilen wir uns, am Morgen ist Juliette im Laden und am Nachmittag ich. Und am Freitag haben wir beide Dienst, weil wir am Freitag Kaffee mit Kuchen vor dem Geschäft anbieten, und da müssen beide anwesend sein. Ich bin gespannt, wie es laufen wird.

»Du nimmst dir die Häuser vor, die auf deiner Seite liegen, und verteilst die Flyer in die Briefkästen, ich nehme den Rest«, entscheidet Juliette und schiebt mir ein Bündel Handzettel zu.

Ich stecke sie ein und will aufstehen, sie hält mich zurück, »wir müssen zuerst noch wegen der Finanzen reden.«

»Welche Finanzen?«, frage ich blauäugig.

»Welchen Betrag als Start legen wir in die Kasse, was meinst du?«

»Müssen wir das?«

»Ja klar, wir müssen doch einen Grundstock haben.«

»Eintausendfünfhundert für jede, reicht das?«, frage ich und denke dabei an die Summe, die ich Victor geliehen habe, und die ich sehr wahrscheinlich nie mehr sehen werde.

»Fünfhundert total reichen vollauf«, Juliette schlägt sich lachend auf den Schenkel, »wir sind kein Supermarkt, Herzchen.«

Auf dem Nachhauseweg besuche ich alle Briefkästen auf ›meiner Seite‹, wie Juliette so schön sagte. Ich komme mir vor wie der Dorfbriefträger. Als ich beim Haus von Yves angekommen bin, steige ich aus, laufe hinauf zum Eingang und klopfe. Schlurfende Schritte.

Die Tür öffnet sich und Yves streckt den Kopf zur Tür raus. Mürrisch schaut er aus, aber als er mich sieht, gehen seine Mundwinkel nach oben. »Du? Ich dachte schon, es sind wieder diese Zeugen Jehovas, die im Moment die Gegend unsicher machen. Komm herein.«

»Ich wollte dich persönlich einladen, am Freitag in einer Woche ist die Eröffnung von unserem Laden.« Ich lege ihm einen Flyer auf den Küchentisch.

Yves betrachtet ihn lang. »Sehr hübsch, hast du das gezeichnet?«

Ich schüttle den Kopf: »Nein, das war Juliette.«

»Ich komme gern, keine Frage, kann ich noch was helfen oder mitbringen?«

Ich hebe unschlüssig die Schultern. »Wir haben alles, was wir brauchen. Falls mir noch etwas in den Sinn kommt, lasse ich es dich wissen. Tschüss.«

Wie ein junges Reh hüpfe ich den Weg hinunter zu meinem Auto am Straßenrand. Und wieder fühle ich Schmetterlinge im Bauch und wieder scheuche ich sie weg, weil ich das nicht will.

Meine Haare haben eine pflegende Hand notwendig und für die Eröffnung brauche ich was zum Anziehen. Nicht, dass mein Kleiderschrank leer wäre, aber die Pariser Ausgehkleider sind zu schick für diesen Anlass.

Voller Vorfreude steige ich ins Auto, das mich nach Bergerac bringt und hoffe, dass der Friseur mit meinen dicken, störrischen Haaren zurechtkommt. Seit ich Paris verlassen habe, war ich nie mehr beim Friseur.

In Bergerac steuere ich das Bistro an, wo ich bei meinem letzten Besuch dieses unglaublich köstliche Croque Monsieur gegessen habe. Auf der Holzterrasse finde ich den letzten freien Platz an einem Tisch. Die Touristensaison hat begonnen. Bunte Schirme halten die Sonne fern, die sich heute wieder mächtig ins Zeug legt. Es ist derselbe Kellner wie das letzte Mal. Ich lehne mich zurück und lasse meinen Gedanken freien Lauf. Wie Juliette und ich im Laden geschuftet haben. Wie stolz wir beide waren, nachdem alles fertig war. Ich denke an Yves. Wie er mich anschaut. Staunend, liebevoll und manchmal gönnerhaft, so, als wäre ich immer noch die Pariserin, die keine Ahnung hat, vor allem nicht vom Landleben. Habe ich auch nicht nach den paar Monaten.

Der Kellner stellt den Croque Monsieur auf den Tisch und wünscht mir »Bon appétit.«

Hungrig beiße ich hinein. Herrlich!

Schon lang bin ich nicht mehr die Pariserin, auch wenn ich vielleicht noch nicht alles ablegen konnte. Dennoch habe ich mich ziemlich verändert, nicht nur äußerlich. Ich bin selbstbewusster geworden, dazu hat auch Juliette beigetragen, unbewusst. Sie hat mich geschubst, wenn ich zögerlich war.

Ein Straßenmusikant hat sich gegenüber dem Restaurant unter einem Baum aufgestellt. Auch das gehört zum Sommer. Er zieht eine Gitarre aus der Hülle, zupft an den Saiten, bevor er sich in Positur stellt und zu spielen beginnt. Es ist ein typisches französisches Chanson, das der ›Spatz von Paris‹ gesungen hat, ›Je ne regrette rien‹. Ich winke dem Kellner, bezahle und gehe dann nachdenklich in Richtung Friseursalon. Bereue ich auch nichts?

Als ich aus dem Salon hinaustrete, fühle ich mich um zehn Jahre verjüngt.

Der Haarkünstler riet mir, die Haare etwas stufig und um einiges kürzer schneiden zu lassen. Nur zögernd willigte ich ein und dachte dabei an Gilles, wie er mein langes Haar gemocht hat. Aber Gilles gibt es nicht mehr an meiner Seite. Nach einem Moment willigte ich ein und überließ die Regie dem Haarkünstler, schloss die Augen und dachte an unseren Laden, die Eröffnung und meine Zukunft. Gilles kam darin nicht vor.

Ich schüttle meinen neuen Kopf und bummle durch die Gassen von Bergerac. Vor einer Boutique mit sehr schlichten Kleidern im Schaufenster bleibe ich stehen. Eins springt mir ins Auge, dunkelblaues Leinen, gerade geschnitten mit halblangen Ärmeln und züchtigem Ausschnitt. Ich betrete den Laden, das Innere ist ebenso schlicht wie die Kleider. Die Verkäuferin reicht mir das Kleid aus dem Schaufenster, nachdem sie meine Figur gemustert hat, »das sollte Ihnen passen, wir haben immer nur ein Stück von jedem Modell.«

In der Kabine schlüpfe ich hinein, drehe mich vor dem Spiegel, eine neue Frau lächelt mir entgegen.

»Haben Sie auch Schuhe?«, frage ich und drehe mich erneut vor einem der Spiegel, dieses Mal vor dem großen, der im Laden an der Wand hängt.

»Ja hier«, die Verkäuferin deutet auf ein Gestell, etwas versteckt im hintern Teil des Ladens.

Mein Blick fällt sofort auf ein paar superbequeme Ballerinen ganz in Rot. Ich probiere sie an, sie passen wie angegossen.

Beladen mit zwei edlen Taschen, ich habe mir noch einen Seidenschal in bunten Farben gekauft, verlasse ich die Boutique und nicke meinem neuen Kopf zu, der sich im Schaufenster spiegelt.

Bei Sephora erstehe ich einen knallroten Lippenstift. Auf dem Heimweg singe ich laut und falsch und lächle alle entgegenkommenden Autofahrer an.

33. DIE ERÖFFNUNG UND DER BESUCH

Der Tag der Wahrheit ist angebrochen. Heute wird sich zeigen, wie die Dorfbevölkerung unsere Geschäftsidee annimmt. Die Eröffnung ist auf zwei Uhr am Nachmittag angesetzt.

»Die Frauen müssen am Morgen ihre Kinder zur Schule bringen«, hat mir Yves erklärt, als ich ihn gefragt habe, wann die beste Zeit für die Eröffnung sein könnte. »Die haben am Morgen keine Zeit. Von zwei bis fünf wäre ideal. Da habe sie Ruhe, euer Sortiment kennenzulernen und mit euch zu plaudern. Das ist ganz wichtig, das Plaudern.« Er zwinkerte mir zu. »Danach können sie ihre Kinder direkt von der Schule abholen«, ergänzte er, als er mein fragendes Gesicht sah. »Monfaucon ist nicht Paris, Monfaucon ist Land und die nächsten Schulen sind in Mussidan oder Ste. Foy la Grande. Du kannst dir das nicht so richtig vorstellen, was?«

Ich schüttelte den Kopf. Ich musste noch nie ein Kind zur Schule bringen, weder in Paris noch auf dem Land.

Die Amsel schmettert ihr tägliches Liebeslied, die Blumen öffnen ihre Blütenköpfe und über allem hängt die schwere Süße des Sommers.

Ich husche ins neue Zimmer, in dem ich nächste Woche wohnen werde.

Schön ist es geworden. Das Eisenbett hat einen weißen Anstrich bekommen, der Schrank und die Kommode sind restauriert und strömen einen altertümlichen Reiz aus. Auf dem Markt habe ich einen handgewebten Teppich erworben. Die bunten groben Baumwollbänder geben dem Zimmer ein fröhliches Aussehen.

Ich schlüpfe in meine Arbeitshose, der Rasen muss vor dem großen Tag noch gemäht werden. Hastig stürze ich den Kaffee hinunter und verbrenne mir dabei den Mund. Macht nichts.

Ich fege hinaus. Um die ganze Fläche zu mähen, brauche ich mindestens vier Stunden. Bitte, bitte, bock heute nicht, flehe ich den Traktor an, während ich den Diesel einfülle. Der Traktor hat meine Bitte erhört und springt sofort an. Ich tätschle das Lenkrad, »good boy«, und gebe Gas. Sofort zuckelt er los.

Ich bin schnell heute, nach schlappen drei Stunden habe ich fertig gemäht. Die Blumen der Schmetterlingswiese in der Mitte der Fläche wiegen sich sanft im Wind. Nachdem ich den Traktor versorgt habe, stapfe ich zurück ins Haus.

Noch eine gute Stunde habe ich Zeit, mich fertigzumachen. Ich springe unter die Dusche, die inzwischen repariert ist, und lasse das erfrischende Wasser über meinen Rücken fließen. Herrlich.

Ich betrachte mein Gesicht im Spiegel, fahre mit dem Zeigefinger über die Fältchen um die Augen. Meine Züge sind entspannt und eine leichte Bräune überzieht die Haut. Gedankenverloren fahre ich durch die Haare, schüttle sie kurz.

Das Landleben hat mich verändert. Ich versuche nicht mehr krampfhaft, alles richtig zu machen, mich der Umgebung anzupassen. Bis auf eines – ich vermisse immer noch das unkomplizierte spontane Ausgehen. Schnell mal in ein Bistro hüpfen für einen Kaffee oder ein Glas Wein oder einen einfachen Lunch, wenn ich zu faul bin zum Kochen.

Ich schlüpfe in das neue Kleid, lege den bunten Schal um meinen Hals und trage den knallroten Lippenstift auf. Nun noch die roten Ballerinen und ich bin bereit für das Abenteuer ›Ladenvernissage‹.

Juliette ist schon da, als ich auf den Parkplatz fahre. Sie winkt mir aufgeregt zu.

»Was ist?«, frage ich.

»Nichts, ich freue mich so.«

»Ach, ich dachte, als ich dich so aufgeregt sah, es ist etwas passiert.«

Sie zieht mich in den Laden. »Schau mal, ist der nicht schön?«

Auf der Theke steht ein bunter Blumenstrauß, Rosen, Freesien, Gartenlilien, geschmückt mit grünem Beiwerk, ein Blickfang für jeden, der den Laden betritt.

»Ich hab ihn von Marcel bekommen, für unseren Einstand, weißt du.«

Ich lächle über ihren Enthusiasmus, ihre Freude. »Schön hast du die Tische draußen gemacht!«

Juliette lacht stolz.

»Dann kann es losgehen«, ich drücke sie. »Bin gespannt, wer alles so kommt.«

»Ich auch.«

Der große Zeiger der Uhr bewegt sich auf die Zwei zu. Ein Auto fährt auf den Parkplatz. Die Frau des Bürgermeisters steigt aus.

Ich atme auf, das ist ein gutes Zeichen, wenn die ›Première Dame‹ anwesend ist, dann werden die anderen Frauen neugierig sein und gewiss auch kommen.

Ich trete vor die Tür und winke ihr zu. Sie winkt zurück und eilt über den Platz auf mich zu. Ich habe sie seit dem Sauerkrautessen nicht mehr gesehen, aber schlanker ist sie inzwischen nicht geworden.

Ich lächle und strecke ihr meine Hände entgegen. »Willkommen ...«

»Christelle«, ergänzt sie und lacht mich an. »Ich finde die Idee ganz super«, sie macht einen Schritt auf das Schaufenster zu. »Hübsch, diese Schale, hat Yves die gemacht?«

Ich trete neben sie. »Nein, ich, mein erster Versuch.«

»Oh, Kompliment!«, ruft sie, »dann werden wir sicher noch mehr von Ihnen sehen.«

»Vielleicht, wenn ich neben dem Laden Zeit zum Modellieren finde, aber treten Sie doch ein und schauen Sie sich um.« Ich komplimentiere Christelle ins Innere, wo auch Juliette sie freudig als unsere erste Besucherin begrüßt.

Die Blicke der Bürgermeisterfrau wandern über die Einrichtung. »Sehr schön, das habt ihr beiden großartig gemacht, Kompliment. Wer von euch ist auf die Idee mit dem Laden gekommen?«

»Juliette, als Mutter mit einem Kleinkind und einem

Mann, der die meiste Zeit auf Reisen ist, ist es notwendig, so was in der Nähe zu haben«, antworte ich.

»Das kann ich verstehen, da möchte man für eine Kleinigkeit, die man beim letzten Wocheneinkauf vergessen hat, nicht mehr kilometerweit fahren. Auch Le Fleix ist dafür schon zu weit.«

»Und außerdem«, ergänzt Juliette, »kommt Emmanuel bald in den Vorkindergarten und zu Hause herumsitzen, nein, das kann ich nicht, ich möchte was Sinnvolles tun, und da kam mir halt die Idee mit dem Laden. Am Freitag – vorerst einmal – kann man einen Kaffee auf dem Gehsteig vor unserem Laden trinken und so miteinander ins Gespräch kommen.«

»Das ist eine tolle Idee, und im Sommer werden die Touristen hier draußen sitzen und sich an einem kühlen Getränk erfrischen. Alle Achtung. Wann ist eigentlich die offizielle Öffnungszeit?«

»Hier steht sie angeschrieben.« Juliette zeigt auf den Aushang an der Tür.

WIR HABEN GEÖFFNET:
MONTAG VON 9 – 12.30 UND VON 15 – 19 UHR
MITTWOCH VON 9 – 12.30 UND VON 15 – 19 UHR
FREITAG VON 9 – 12.30 UND VON 15 – 20 UHR
SAMSTAG VON 9 – 12.30 AM NACHMITTAG GESCHLOSSEN
DIENSTAG UND DONNERSTAG DEN GANZEN TAG GESCHLOSSEN

»Das ist gut, dass ihr am Montag geöffnet habt, wenn die anderen Geschäfte geschlossen sind, da habt ihr sicher die eine oder andere Kundin, die froh ist, dass sie bei euch die vergessene Butter oder so einkaufen kann.« Sie lächelt uns zu und geht nach draußen.

»Wir müssen die Bürgermeisterfrau auf unserer Seite haben«, flüstert Juliette mir ins Ohr, während Christelle sich umsieht, »das ist wichtig, denn die Dorffrauen hören auf sie, und wenn sie uns gewogen ist, dann«, sie holt tief Luft, »haben wir alle anderen in der Tasche.«

Ich lache auf. »Du bist unglaublich, Juliette. Hast du mal im Marketing gearbeitet?«

»Nein, aber das ist doch logisch. Ich geh jetzt mal schauen, wer noch so alles neugierig auf unseren Laden ist.« Sie gibt mir einen leichten Schubs gegen den Arm und verschwindet nach draußen.

Von Weitem sehe ich Yves kommen, im Schlepptau Leute, die ich nicht kenne. Und plötzlich tauchen von allen Seiten weitere Neugierige auf. Ich traue meinen Augen nicht, wer da alles die Füße unter den Arm genommen hat, um uns und unseren Laden zu bestaunen.

Juliette und ich kommen kaum mit dem Füllen der Gläser und dem Herumreichen der Häppchen nach. Der kleine Laden platzt bald aus allen Nähten und draußen auf dem Gehsteig schnattern die Leute, als ob sie sich schon Ewigkeiten nicht mehr gesehen hätten, und dabei bin ich sicher, dass es erst gestern gewesen ist. Es wirkt wie eine Stehparty, denn keiner will an die Tische, komisch.

Zwei Frauen möchten weißen Schinken, wie der gekochte Schinken hier genannt wird. Ich will ihn aus der Anrichte heben, er ist ziemlich glitschig und schwer und fällt mir zweimal aus der Hand wieder zurück auf die Schale. Nachdem ich ihn endlich auf die Ablage der Schneidemaschine gehievt habe, finde ich den Knopf nicht, mit der ich die Maschine in Betrieb nehmen kann. Als ich ihn endlich gefunden habe, stehe ich vor dem nächsten Problem, das Einstellen der Scheibendicke.

Die beiden Frauen schauen mich belustigt an. »Ist nicht so einfach«, sagt die eine.

»Ich möchte drei dickere Schreiben«, sagt die andere.

»Und ich fünf hauchdünne«, ruft eine dritte Kundin, die sich eben erst durch die Leute an die Theke gezwängt hat.

Hilfesuchend blicke ich mich um. Juliette ist wie vom Erdboden verschwunden. Plötzlich entdecke ich sie, sie ist draußen und schäkert mit einem Mann, den ich nicht kenne. Sie kann schäkern, so viel sie will, mit bekannten und unbekannten Männern, aber dieses Mal werde ich leicht sauer. Lässt mich einfach hängen und mit der doofen Schneidemaschine allein.

Ich lächle die Frauen verlegen an. »Bin gleich wieder da«, und sause nach draußen. »Bitte kannst du mir helfen«, flüstere ich in Juliettes Ohr, »ich komm nicht zurecht.«

Sie dreht sich um und nimmt lachend meinen Arm, sagt zu dem Mann: »Bin gleich wieder zurück, die Arbeit ruft.«

Nachdem sie es mir gezeigt hat – es ist recht einfach, da hätte ich auch selbst draufkommen können –, schneide ich behutsam drei dicke Scheiben ab, wickle sie in Papier und wiege sie. Anschließend mache ich mich an die gewünschten fünf hauchdünnen Scheiben, wickle auch die in Papier und wiege sie. Die beiden Frauen scheinen zufrieden mit mir zu sein, sie legen das Geld auf den Tresen und bedanken sich.

»Und Sie?«, wende ich mich an die dritte Kundin, »wie wünschen Sie die Scheiben? Dick, hauchdünn oder normal?«

»Zehn ganz normale Scheiben«, erwidert sie und sucht in ihrer Tasche nach ihrem Geldbeutel. »Ist hübsch hier.«

»Sie sind nicht aus der Gegend?«

»Nein, ich wohne in Montpellier und bin für ein paar Tage bei meinem Bruder in den Ferien.«

»Willkommen in der Dordogne«, ich reiche ihr den eingepackten Schinken, »und noch schöne Tage. Wann geht es denn wieder zurück?«

»Übernächste Woche.«

»Dann grüßen Sie mir Montpellier, eine sehr schöne Stadt. Ich bin auch nicht von hier, sondern ursprünglich aus Nizza und via Paris in diesem Dorf gelandet.«

»Viel Erfolg mit Ihrem Laden.« Sie reicht mir das Geld und drängt sich nach draußen.

Mein erster Tag als Verkäuferin und das an der Eröffnung. Ich wische die Hände ab und gehe auch hinaus.

Ich blicke mich um, wo ist Juliette? Ich kann sie nirgends sehen. Die drei Tische vor dem Eingang sind noch nicht besetzt. Irgendwas hält die Leute davon ab, ich bin aber sicher, dass sich das ändern wird. Soll ich sie auffordern? Ich überlege kurz. Ja, ich tu es, obwohl ich nicht so couragiert bin und fremde Leute einfach anspreche.

Ich gehe auf eine kleine Gruppe zu, die sich angeregt unterhält. »Sie können sich auch setzen, und vielleicht möchten Sie einen Kaffee oder ein Bier trinken?«

Sie schauen mich erstaunt an.

»Ist das auch ein Café?«, fragt eine Frau.

»Ja und nein. Am Freitag, vorerst einmal, kann man hier etwas trinken und kleine Snacks essen. Wir wollen es ausprobieren und wenn es gut läuft, dann werden wir darüber nachdenken, es auch an anderen Tagen anzubieten.«

»Oh, dann lasst uns einen Kaffee trinken.« Im Handumdrehen sind alle drei Tische besetzt.

»Kaffee für alle?«

Sie nicken, ein Mann sagt: »Und ein Stück Kuchen, falls Sie so was haben.«

»Ich schau mal.« Diese Leute sehen aus wie Touristen. Laufschuhe, beige Windjacken und Wanderhosen. Hektisch suche ich nach Kuchen. Ich meine, ich habe Juliette mit einer Kuchenschachtel hineinlaufen sehen, finde aber nichts. Doch ich möchte die ersten Gäste nicht enttäuschen, wir haben ja auch noch Biskuits eingekauft.

Richtig, sie liegen im Lager im hinteren Zimmer. Ich suche eine besonders feine Packung aus, Sandgebäck mit Schokolade überzogen, und arrangiere alles auf einem Teller. Anschließend fülle ich Kaffee in die Espressomaschine ein und lasse fünf Espressi in kleine Tassen laufen. Auf einem Tablett balanciere ich die Kaffees zusammen mit den Biskuits nach draußen. Auch eine Premiere, ich als Kellnerin. Vielseitigkeit und Flexibilität sind heute gefragt.

Jedenfalls habe ich das letzthin in einem Magazin gelesen. Nur wenn Sie flexibel sind und die Vielseitigkeit beherrschen, dann können Sie die heutigen Anforderungen im Berufsleben bestehen.

Ich habe also die Prüfung bestanden.

Yves, die Hände tief in den Hosentaschen vergraben, steht vor dem Laden. Verstohlen betrachte ich ihn. Wie ein Baum steht er da. Ein Baum, an dem man sich anlehnen könnte.

Morgen kommt Yvonne. Yves wollte sie in Libourne abholen, aber ich habe mich durchgesetzt. Ich werde sie vom Zug abholen und sie wird in meinem Haus schlafen. Wie sich das anhört: in ›meinem‹ Haus.

»Möchtest du auch einen Kaffee?«

»Ja, gern. Du machst das, als hättest du es schon immer getan.«

»Was?«

»Kellnern.« Da ist es wieder, das leicht Zynische.

Ich beiße mir auf die Zunge, mache kehrt und fliehe in den Laden. Als ich ihm den Kaffee hinstelle, bin ich wieder gefasst.

Erst gegen Abend verabschieden sich die Besucher. Einige loben den Laden, andere sagen nichts, aber sie sind trotzdem bis zum Schluss geblieben. Juliette ist auch wieder aufgetaucht. Wo sie gewesen ist und was sie getan hat, darüber verliert sie kein Wort.

Beim Aufräumen flüstert sie mir zu: »Danke, dass du dagewesen bist, während ich draußen war. Der Mann, das war ein ehemaliger Lieblingskollege aus meiner

Studienzeit. Wir haben immer noch lockeren Kontakt. Als ich ihm von unserem Laden geschrieben habe, da hat er spontan erklärt, dass er zur Eröffnung herkommt.« Sie hebt die Schultern und lächelt schräg.

»Ist doch okay, vielleicht bist du auch einmal für mich da.«

Eine blecherne Frauenstimme dröhnt aus dem Lautsprecher: »Achtung, Achtung, bitte treten Sie zurück, in wenigen Minuten fährt der TGV auf Gleis 2 von Paris ein.«

Gerade noch rechtzeitig trete ich hinter die gelbe Markierung. Der Zug donnert in den Bahnhof ein. Die Bremsen quietschen, der TGV kommt zum Stehen. Die Türen öffnen sich und entlassen eine Menschenflut in die Freiheit.

Yvonne hat kein Auto. In Paris braucht man keines. Es gibt Metros und Busse. Ich entdecke sie schon von Weitem. Die endlosen Beine. Der rot geschminkte Mund leuchtet.

»Mensch Elodie«, sie nimmt mich in den Arm, »du schaust richtig gut aus. Das Landleben bekommt dir.« Sie betrachtet mich von oben bis unten. »Zugenommen hast du und bist nicht mehr so blass.«

Ich winde mich aus ihrem Arm. »Und du bist immer noch dieselbe. Pariserin durch und durch.« Ich nehme ihre Tasche und hake sie unter. »Lass uns gehen, ich habe das Auto auf einem ›Minute-Parking‹, alle anderen waren schon besetzt.« Wir schlängeln uns durch die Menschenmassen.

»Über die Weinstraße oder die Autobahn?«, frage ich im Auto.

»Über die Weinstraße, wir haben doch Zeit«, sie legt den Sicherheitsgurt an.

»Ja, haben wir. Ich habe etwas Kaltes vorbereitet und einen Wein im Kühlschrank.«

»Fein.«

Dass Yves unbedingt wollte, dass Yvonne bei ihm isst, das sage ich nicht. Der erste Abend gehört mir.

Es sind nicht viele Autos unterwegs an diesem Spätnachmittag. Gemütlich fahre ich über die kurvenreiche Straße.

Links und rechts stehen inmitten von sanften Hügeln voller Weinstöcke die Weinschlösser, mit den so wohlklingenden Namen ›Chateau Bellevue‹ oder ›Chateau Puisseguin‹. Der Himmel verfärbt sich langsam zuerst ins blasse Rosa und dann ins dunkle Rot. Ich summe ein Lied vor mich hin. Yvonne sitzt stumm neben mir und ich sehe aus dem Augenwinkel, dass auch sie überwältigt ist von dem Naturschauspiel.

Nach einer knappen Stunde sind wir im Paradies. Ich steige aus, öffne das Tor.

Die Autoräder knirschen auf den Steinen. »Hier sind wir«, sage ich und steige aus. »Willkommen zu Hause.«

Ich lasse Yvonne den Vortritt. »Wahnsinn! Das ist ja der Wahnsinn!« Sie dreht sich um, »das hast du gemacht?«

»Ja, mir war langweilig. Ich hoffe, dass du nichts dagegen hast.«

»Nein, nein, ganz im Gegenteil.«

Ich nehme ihre Tasche und gehe voraus ins Schlafzimmer. »Dein Zimmer, ich schlafe nebenan.« Ich sage das so bestimmt, dass keine Widerrede aufkommen kann. »So und jetzt komm, wir wollen essen.«

In der Küche hole ich die Häppchen aus dem Kühlschrank. Lachs auf weißen Brotscheiben. Käse. Oliven, schwarze und grüne. Paté. Als Krönung habe ich eine Schale mit Erdbeeren vorbereitet. Ich stelle alles auf den Tisch, der vor der Hortensienhecke an der Hauswand steht.

»Rosé oder Weiß, Yvonne?«

»Weiß, bitte.«

Der Wein schimmert golden in den Wassergläsern. Wassergläser, die ich im Supermarkt für einen Euro das Stück gekauft habe.

Ich zünde die Kerzen auf dem Tisch an und lehne mich zurück. Es ist einer von jenen Abenden, an denen die Welt in Ordnung ist, wo ich nichts vermisse, einfach nur glücklich bin.

»Morgen sehen wir Yves. Er hat uns zum Essen eingeladen. Freust du dich auf ihn?«

»Hm.« Yvonne dreht ihr Glas in den Händen. »Ich bin gespannt auf ihn. Hat er dir geholfen, wie ich ihm aufgetragen habe?«

»Ja und nein. Ich glaube, er mag mich, oder besser mich als Pariserin, nicht sehr. Aber geholfen hat er mir.« Ich nehme einen Schluck Wein.

»Ja, Paris und seine Politiker. Er findet sie hochnäsig und auf die Landbevölkerung herabschauend. Was ja teilweise stimmt. Das Élysée ist viel zu weit weg von den Sorgen und Nöten des gemeinen Volkes. Deshalb auch der Aufstand der Gelbwesten im letzten Jahr.« Sie zündet eine Zigarette an und lehnt sich zurück. »Vor allem scheint Macron die Leute auf dem Land vergessen zu haben, und das nehmen sie ihm übel, obwohl die Projekte und Ideen, die er hat, diesem Land absolut nicht schaden würden. Sie würden die Verkrustungen etwas aufweichen, was bitter notwendig ist.«

»Aber deshalb kann Yves doch nicht alle Leute in denselben Topf werfen. Ich bin auch Pariserin, du ebenso, selbst wenn wir nicht in Paris geboren sind, wir leben schon lang dort. Da denkt er sehr einseitig.«

»Yves ist eben so. Komm, lass uns von etwas anderem sprechen.«

»Weißt du, wen er gewählt hat?« Ich lass nicht locker.

»Macron, glaub ich. Wie viele andere Franzosen auch, die verhindern wollten, dass Marine le Pen gewinnt. Aber lass uns nicht über die Politik sprechen, ich möchte den Abend mit dir genießen. So lang haben wir uns nicht gesehen.«

Ich nicke und hangle nach der Schale mit den Oliven. »Du auch?«

Sie bedient sich. »Sag mal, hast du viel Geld für die Renovierung ausgegeben? Ich möchte dir das gern zurückzahlen.«

»Nicht der Rede wert. Für das Dach ist Yves zuständig, das musst du mit ihm ausmachen.«

»Schon erledigt. Ich habe ihm einen Scheck geschickt.«

Es ist eine milde Nacht. Yvonne erzählt mir von ihren Erfolgen im Schmuckdesign, und dass sie plant, in eine Firma anteilmäßig einzusteigen. »Weißt du, ich habe da mehr Freiheiten als jetzt. Ich kann meine Ideen weiterentwickeln.« Ich betrachte sie von der Seite. Yvonne, die Selbstständige, die Mutige, die keine Angst hat, etwas auszuprobieren. Sie hat mich geschubst, hierher zu kommen. Und was habe ich draus gemacht? Einen Laden eröffnet! Wände gestrichen und eine Raku-Schale entworfen! Mehr nicht.

»Erzähl von dir. Bist du weitergekommen mit deinen Überlegungen? Was macht Gilles?«

Ich erzähle ihr vom Dorfladen. Von dem ersten Versuch mit der Raku-Skulptur. »Aber sonst«, ich zucke mit den Schultern.

»Na hör mal, das ist doch wunderbar«, ruft sie. »So einen Dorfladen brauchen die Leute hier. Und hat dich Gilles schon gefunden?«

Ich verneine. »Gehen wir hinein, es ist spät und ich bin müde.« Ich will nicht über Gilles reden, jetzt, wo er aus meinen Gedanken verschwunden ist.

Im Bett wälze ich mich hin und her. Yves, bei dem ich Schmetterlinge im Bauch fühle, wenn er mich mit diesem ganz besonderen Blick anschaut. Einem Blick, den ich nicht beschreiben kann. Victor, der sich abgeseilt hat, französisch verabschiedet mit meinem geliehenen Geld und den ich immer noch gern näher kennenlernen möchte. Und Gilles, von dem ich nach wie vor finanziell abhängig bin. Drei Männer, die unterschiedlicher nicht sein könnten.

34. GILLES

»Dann geh«, ruft Gilles, »geh, geh, geh, mach, dass du rauskommst!«

Chantal streicht sich eine Haarsträhne aus dem Gesicht, lächelt, nimmt die Tasche hoch und stolziert erhobenen Hauptes durch die Tür hinaus.

Gilles brüllt ihr noch ein paar Schimpfwörter nach, bevor er die Tür hinter ihr zuschmettert. Einen Gilles Pedotte verlässt man nicht einfach so. Einem Gilles Pedotte dankt man auf den Knien, dass er sich herabgelassen hat, einer Nutte die Hand zu reichen und sie zu sich emporzuziehen, ihr ein schönes Leben zu bieten. Tollen Sex, den nur ein Gilles Pedotte bieten kann.

Er gießt sich Wodka ein und gibt Eiswürfel dazu. Mit einem Zug leert er das Glas und schenkt sich noch mal ein. Auch das zweite Glas ist im Nu ausgetrunken.

Chantal hat ihn verlassen. Von einer Stunde auf die andere. Wegen eines jüngeren Mannes. Hat sie gesagt. Was ist an dem anderen besser als bei ihm? Was kann der ihr schon bieten? Betäubt und vor den Kopf geschlagen sinkt Gilles in einen Sessel und dreht das leere Glas in der Hand.

Erst gestern Nacht hatten sie noch heißen Sex. Sex, so wie er, Gilles, es liebt. Sie hat die Domina gespielt, das beherrscht sie perfekt. Und er … mit einer Handbewegung wischt er den Gedanken an letzte Nacht weg.

Er schenkt sich noch einen Wodka ein, trinkt ihn aber nicht in einem Zug leer, sondern lässt jeden Schluck eine Weile auf der Zunge. Und er denkt nach.

Wo ist eigentlich Elodie? Erst letzthin wollte er kontrollieren, was sie so macht. Sich an ihrem Elend ergötzen. Schließlich ist er total überzeugt, dass sie noch nicht über den Verlust hinweggekommen ist. Einen Gilles Pedotte vergisst man nicht so schnell.

Kürzlich hat er bei ihrer Wohnung geklingelt, doch sie war nicht da. Eine Dame aus dem unteren Stock klärte ihn auf: sie habe Elodie seit November nicht mehr gesehen. Zu Hause überlegte er, über welche Quelle er sie finden könnte. Elodie hatte nicht viele Freunde in Paris, nur von einer weiß er, Yvonne, eine Studienkollegin von ihr. Aber er weiß auch, dass die ihn nicht besonders mag, also würde sie ihm nichts sagen, selbst wenn sie Elodies Aufenthaltsort kennt. Jedenfalls wurde der Gedanke, Elodie zu finden, zur Obsession, nachdem er sie nicht angetroffen hat. Nicht, weil er sie so sehr liebt, aber schließlich sind sie verheiratet und eine Frau hat an der Seite ihres Mannes zu sein, für ihn da zu sein.

Er fährt sich mit der Hand durch die Haare und geht in den Fitnessraum.

Am nächsten Morgen beim Rasieren kommt ihm die Party in den Sinn, auf der er Elodie kennengelernt hat. Sie war in Begleitung Yvonnes dort, denn die ist mit den Gastgebern, Madame und Monsieur Balard gut befreundet. Die beiden waren keine Pariser, sondern Zugezogene aus der Dordogne. Stinkreich durch mehrere Weingüter, die sie aufgekauft haben. Er würde sie nachher vom Geschäft aus kontaktieren. Es wäre doch gelacht, wenn er, Gilles Pedotte, nicht erfahren könnte, wo sich seine Ehefrau aufhält.

Drei Wochen später steigt Gilles in seinen Porsche 225 und braust los, in Richtung Monfaucon.

35. BESICHTIGUNGSTOUR MIT YVONNE

Yvonne ist hin und weg von dem Dorfladen. Wir haben ihn nach einem ausgiebigen Frühstück vor den Hortensiensträuchern aufgesucht und nun bewundert Yvonne die Raku-Schale in der Auslage. »Die ist toll geworden, da solltest du dranbleiben«, sie legt den Arm um mich und so betreten wir den Laden.

Juliette ist eben dabei, die Waren ins rechte Licht zu rücken.

Sie geht auf Yvonne zu und küsst sie links und rechts auf die Wange. »Willkommen in der Dordogne. Möchten Sie einen Kaffee?« Sie nickt mit dem Kinn in Richtung der drei Tische, draußen vor dem Laden. »Wir bieten das nur am Freitag an, aber weil Sie da sind, sozusagen als ehemalige Dorfbewohnerin und Freundin von Elodie, machen wir eine Ausnahme, du bist doch einverstanden, Elodie?«

»Dann mach mir auch einen«, ich lache und ziehe Yvonne wieder nach draußen.

Juliette bringt die Espressi.

»Der Laden ist genau das, was das Dorf braucht«, sagt Yvonne, »und die drei Tische sind ein guter Treffpunkt für einen kleinen Schwatz. Hey, es ist eine Superidee, die ihr da umgesetzt habt. Ich wünsch euch alles Glück. Wie ist es bis jetzt aufgenommen worden?«

»Teils gut, teils mit Fragezeichen«, antwortet Juliette. »Aber ich bin guten Mutes. Im Sommer werden die Touristen kommen und das wird die Dörfler automatisch auch anlocken. Sie sind doch neugierig.«

»Ja, das sind sie, ein tratschfreudiges, neugieriges Völkchen«, Yvonne verdreht die Augen.

Juliette kichert. »Genau. So, ich muss weitermachen, schönen Tag noch, ihr zwei.«

Wir trinken unseren Kaffee.

»Sag mal, wann müssen wir bei Yves sein? Der hat uns doch heute zum Essen eingeladen.«

»Wir haben noch Zeit, aber wenn du möchtest, können wir fahren.«

»Gut, ich möchte gern sehen, was er alles modelliert hat.«

Fünfzehn Minuten später halte ich am Weg und wir laufen zum Haus hinauf. Yves kommt uns entgegen. Er nimmt Yvonne minutenlang in den Arm. Seine Augen leuchten. Ich bleibe abseits stehen und betrachte die beiden. Bläschen bilden sich in meiner Magengegend und steigen in den Kopf, platzen dort. Ein Gefühl, das ich bis jetzt nicht kannte. Die beiden gehen untergehakt ins Haus, ich folge ihnen.

Im Ofen schmurgelt ein Huhn und auf dem Herd in einer Pfanne eine der Dordogne-Spezialitäten ›Pommes Sarlat‹, Kartoffeln mit Zwiebeln, Knoblauch, Pilzen, gebraten in Entenfett. Meine Magennerven melden sich. Ich stelle die Tasche auf einen Stuhl und setze mich auf einen anderen.

Die beiden turteln immer noch, bemerken mich nicht. Ich räuspere mich.

Yves dreht den Kopf zu mir. »Da ist ja auch die andere Pariserin«, dieses Mal kommt es nicht abschätzig aus seinem Mund, sondern fast zärtlich. »Entschuldige«, er nimmt mich auch in den Arm, »ich habe dich komplett übersehen. Kannst du mir verzeihen?«

Ich schmunzle und nicke. »Ausnahmsweise, ja.«

»Ihr seid früh, das Huhn braucht noch etwas, wir könnten inzwischen meine Raku-Tiere anschauen. Du kennst sie ja, Elodie, aber Yvonne noch nicht.«

»Gehen wir.« Wir nehmen Yves in die Mitte.

Im Atelier bestaunt Yvonne seine neusten Kreationen. »Die könntest du easy in Paris verkaufen. Ich kenne eine Galerie, die so was ausstellt und bestimmt Käufer findet.«

Yves schaut Yvonne zweifelnd an. »Ich habe in Bergerac einen Freund, der meine Tiere in seiner Galerie ausstellt und ab und zu mal was verkauft. Paris ist mir zu aufwendig. Die Tiere müssen absolut bruchsicher verpackt werden, das kostet, und der Transport müsste durch eine Firma gemacht werden, die auf so was spezialisiert ist. Nee, nee, das ist mir zu kompliziert und dann die Ungewissheit, dass in dieser Galerie meine Tiere verkauft werden.«

»Ich frag mal. Fragen kostet nix.« Sie nimmt ihr Handy und fotografiert den Elefanten von allen Seiten. »Das sollte reichen, um das Interesse zu wecken. Du sagst mir noch den Preis, keine Widerrede«, sagt sie, als Yves Luft zum Sprechen holt.

Nachdem wir Yves' frisch angelegten und vergrößerten Gemüsegarten bewundert haben, gehen wir ins Haus zurück.

Auf dem Tisch liegt ein weißes Leinentuch. Die Teller, zusammengewürfelt und in leuchtenden Farben, mischen das Weiß des Tischtuches etwas auf. Die Gläser, auch hier passt keines zum anderen, geben dem Ganzen einen künstlerischen Touch. In der Mitte des Tisches prangt ein Riesenstrauß Gartenrosen, auch in verschiedenen Farben. Mächtig hat er sich ins Zeug gelegt, das hätte ich ihm nicht zugetraut.

Wir setzen uns und Yves serviert eine selbst gemachte Gemüsesuppe.

»Aus Eigenanbau«, bemerkt er stolz.

Anschließend folgen die ›Pommes Sarlat‹ und das Huhn, garniert mit diversen Gemüsen.

Diese Eigenschaften von Yves kenne ich gar nicht. Ich bin hin und weg. Ich habe noch nie einen Mann kennengelernt, der kochen kann. Wer hat kürzlich gesagt, dass seine Kochkünste nicht so berühmt seien? Ja richtig, die Wirtin von dem kleinen Restaurant in Le Fleix!

Auch dass er einen Tisch so hübsch eindeckt, überhaupt, der so viel Weiblichkeit in sich hat, so jemanden habe ich noch nie kennengelernt. Wobei ich mal gelesen habe, dass in jedem Menschen circa vierzig Prozent des anderen Geschlechts zu finden ist. Aber wenn ich Yves so anschaue, diesen Baum von Mann! Nun gut, seine Hände passen nicht so ganz zum Rest seines Körpers.

Yvonne und Yves schäkern und flirten miteinander, was das Zeug hält.

Sie rollt die Augen, wenn er etwas erzählt. Er schaut sie verliebt an und tätschelt ab und zu ihre Hand.

Ich komme mir sehr überflüssig vor und die Bläschen in meinem Magen melden sich erneut.

Auf der Heimfahrt liegt mir auf der Zunge, Yvonne zu fragen, ob sie hierbleiben will, im letzten Moment schlucke ich die Frage hinunter.

Beim abendlichen Wein, den wir wieder vor den Hortensienbüschen trinken, die leider noch keine Blüten haben, erzähle ich ihr von Victor.

Sie hört mir aufmerksam zu. Das konnte sie schon immer. Sie nickt nur hin und wieder.

»Ich hätte ihn gern näher kennengelernt, er hat mich gleichzeitig fasziniert und abgestoßen, er ist etwas Spezielles.«

Sie schenkt mir Wein nach. »Du kennst seine Adresse in Bordeaux nicht?«

Ich schüttle den Kopf. »Wir sind zwar durch die Straßen im Quartier Saint Michel gelaufen, und er hat mir auch gesagt, dass er hier wohnt, aber nicht genau, wo. Weshalb fragst du?«

»Nun, du hättest ihn besuchen können. Alles Weitere hätte sich dann von allein ergeben.«

»Meinst du? Das glaub ich nicht.«

»So, wie du ihn mir beschrieben hast, denke ich, dass er kein Kostverächter ist und du keine Nonne.« Sie grinst mich an. »Gib dir einen Ruck und such ihn.«

Nachdenklich blicke ich in die Ferne. Das habe ich noch nie getan, nach einem Mann gesucht, es war eher umgekehrt, die Männer suchten mich. Eigentlich war es nur ein Mann, Gilles, der mich gesucht hat. Denn davor war ich ein braves und wohlbehütetes Mädchen. Zwar habe ich ein paarmal rumgeknutscht mit ein paar unreifen Jüngelchen, aber die haben mich schlussendlich nicht besonders angemacht. Ich war Gilles eine treue Ehefrau, ich würde eher sagen, eine naive Ehefrau. So oft hätte ich Gelegenheit gehabt, einen Quickie oder einen One-Night-Stand zu haben. Gilles war ja häufig weg. Ich habe immer dankend abgelehnt. Vielleicht hätte ich doch die Initiative ergreifen sollen, als ich in Victors Wohnwagen war.

»Ein Fick würde dir nicht schaden, so ohne Verpflichtung«, reißt mich Yvonne aus den Gedanken. Typisch Yvonne. Ich verkneife mir ein Lachen.

»Magst du noch einen Wein?«

»Immer her damit.«

Ich stehe auf. »Ich habe noch einen im Kühlschrank, ich hol ihn gleich.«

Der Wein schmeckt immer besser, und nachdem auch die zweite Flasche ausgetrunken ist, wage ich die Frage: »Bleibst du hier in der Dordogne, Yvonne?«

Sie schaut mich entsetzt an: »Um Himmels willen, nein und nochmals nein. Ich komme gern her, aber nach ein, zwei Wochen muss ich nach Paris zurück. Die Stille, die würde mich, wenn ich länger bliebe, in eine tiefe Depression stürzen.«

Weshalb fällt mir jetzt ein Stein vom Herzen? Ich will nicht weiter nachforschen, ich lass ihn einfach fallen.

Die zwei Wochen mit Yvonne vergehen wie im Flug. Wir besuchen Bergerac und Bordeaux. Wir flanieren an der Garonne entlang. Essen Eis am Stiel. Lassen uns treiben und reden über Gott und die Welt und Yves.

Sie vertraut mir an, dass er es gern gesehen hätte, wenn sie wieder in die Dordogne zöge und sie damit bedrängt habe. »Aber du kennst meine Einstellung, ich bin inzwischen eine Pariserin geworden und ich möchte mich nicht binden. Mein Leben gefällt mir so, wie es ist.«

»Und ich bin nun ein Landei«, ich lache auf, »und suche auch keinen Mann mehr. Mir gefällt es so, wie es ist.«

Yvonne legt den Arm um mich, »ich mag dich, du Landei«, und wir halten uns die Bäuche vor Lachen.

Der letzte Abend mit meiner Freundin. Ich habe in einem Restaurant ein Drei-Gänge-Menü bestellt, denn meine Kochkünste halten sich immer noch in Grenzen.

Kerzen und Wiesenblumen schmücken den Tisch. Wir stoßen mit einem Glas Champagner an und ich muss ihr versprechen, sie bald in Paris zu besuchen.

Wir essen schweigend. Abrupt legt Yvonne Messer und Gabel zu Seite, stützt die Ellbogen auf den Tisch und schaut mich lang an. »Sag mal, möchtest du das hier kaufen?« Mit einer ausholenden Armbewegung in Richtung Grundstück und Haus unterstreicht sie ihre Frage.

Mir fällt der Unterkiefer herunter und das Besteck aus der Hand. »Das meinst du nicht im Ernst?«

Sie nickt heftig. »Doch, doch, genau so. Schau, ich habe beschlossen, in Paris zu leben, ich habe keinen Bock aufs Landleben. Ich möchte aber nicht, dass dieses Haus verkommt, und wenn es ewig leer steht, dann tut es das.«

»Du kannst es auch über einen Makler verkaufen«, wende ich ein.

»Das möchte ich aber nicht. Du hast dich hier mächtig ins Zeug gelegt, und ich habe schon bemerkt, dass dir das Anwesen ans Herz gewachsen ist.«

Meine Gedanken überschlagen sich, wirbeln durcheinander. Ich soll das Haus kaufen, nein, nicht soll, kann, so ich es möchte. Möchte ich das? Will ich hier auf dem Land bleiben? In einem kleinen Dorf, das nichts hat außer einer Kirche, einem Friedhof, ein paar Häusern und einem Lebensmittelladen, der sich erst noch behaupten muss. Das Paradies, ja, da hat Yvonne recht, ist mir inzwischen ans Herz gewachsen. Aber kann es nicht auch zur Bürde werden? Ich werde älter und der Garten, nee, so kann man diese riesige Grünfläche nicht nennen, eher Flurstück mit anschließendem Wald, der dazugehört.

»Ich habe mich nie als Stadtflüchtling gesehen, ich wollte hier nur zur Ruhe kommen und herausfinden, wie es mit mir weitergehen soll.«

»Hast du ja jetzt. Du hast zusammen mit Juliette ein wunderbares Projekt verwirklicht, du hast skulpturiert, du hast deinen Weg gefunden, da bin ich mir sicher.«

Ich sehe Yvonne zweifelnd an. »Ich möchte mir das überlegen. Wie viel soll es denn kosten?«

»Hundertachtzigtausend.«

»So viel habe ich nicht.«

»Du könntest deine Wohnung in Paris verkaufen oder vermieten oder deine Bank gibt dir einen Kredit auf die Wohnung. Aber lass dir Zeit. Ich hab es nicht eilig.«

»Ich denke drüber nach und gebe dir Bescheid.« Die Worte kommen nicht enthusiastisch aus meinem Mund.

Yvonne streicht mir verständnisvoll über den Arm, hebt das Champagnerglas und gibt mir einen Kuss auf die Wange. Die Gläser klingen.

36. YVES

Yves hasst Abschiede. Diesen ganz besonders. Nachdem Yvonne in den TGV gestiegen ist, dreht er sich abrupt um und verlässt grübelnd den Bahnsteig in Libourne. Winken und durch das Zugfenster gucken, warten, bis der Zug sich in Bewegung setzt, das ist nicht seins.

Weshalb wollte Yvonne nicht hierbleiben? Heute, im Zeitalter der Digitalisierung, muss man nicht mehr zwingend vor Ort sein, um Geschäfte zu machen. In ihrem Beruf eh nicht. Sie könnte ihren Schmuck auch hier in der Dordogne anfertigen. Dazu bräuchte sie nicht in Paris sitzen. Er steuert mit langen Schritten auf den Kiosk in der Bahnhofshalle zu. Dort lässt er an einem Kaffeeautomaten einen Espresso heraus. Den leeren Becher wirft er mit Schwung in den Abfalleimer und stapft mit gesenktem Kopf, die Hände in den Hosentaschen, zum Auto.

Über die Autobahn fährt er nach Monfaucon zurück, ohne den Schönheiten der Weinberge und Weinschlösser einen Blick zu gönnen. In seinem Inneren rumort es gewaltig.

Yvonne, seine Jugendfreundin. Mit ihr hatte er den ersten Sex. Obwohl er älter ist als sie, war sie die Erfahrenere. Sie zeigte ihm den Weg zur sexuellen Erfüllung. Ab da konnte er nicht genug von ihr kriegen und sie erfüllte ihm all seine Wünsche. Und dann ging sie nach Paris. Es zerriss ihn innerlich, aber er war zu schüchtern, ihr seine Liebe zu gestehen, sie zu bitten, doch zu bleiben. Bald trat Sylvie in sein Leben. Er war nicht unglücklich mit ihr, sie hatten es gut zusammen. Sie hielt ihm den Rücken frei, sie schenkte ihm einen Sohn. Aber Yvonne konnte er bis heute nicht vergessen.

Yves gibt Gas, das Auto macht einen Satz nach vorn, die Tachonadel zeigt hundertfünfzig Stundenkilometer, zwanzig zu viel, aber das ist ihm egal.

Und dann lernte er Elodie kennen. Elodie, die Pariserin, hochnäsig wie alle aus der Stadt. Dachte er. Erst mit der Zeit fand er heraus, dass sie anders als die Pariser Touristen ist, die jedes Jahr wie Heuschrecken über die Dordogne herfallen. Seit einer Weile sieht er sie als Frau. Sie macht ihn unsicher, wenn sie ihn mit ihren dunklen Augen anschaut.

Die Zahlstelle Mussidan taucht vor ihm auf. Er nimmt den Fuß vom Gaspedal und fischt die Kreditkarte aus der Hosentasche.

Wie von magischer Hand gelenkt, fährt er zuerst beim ›Paradis‹ vorbei, hält an und späht übers Gartentor. Von Elodie ist keine Spur zu sehen. Ist sie etwa beleidigt, weil er darauf bestanden hat, Yvonne zum Bahnhof zu fahren?

Zu Hause schenkt er sich einen Schnaps ein. Dem ersten folgte ein zweiter. Endlich wird er ruhiger, versucht, seine Gedanken zu ordnen. Versucht, seine Gefühle für Elodie einzuschätzen. Es gelingt ihm nicht.

»Muss ja nicht sein«, brummt er, »gibt Wichtigeres.« Damit steht er auf und geht hinaus in seinen Gemüsegarten.

Die Zähne der Harke greifen tief in den trockenen Boden. Nach einer Stunde streckt er sich, fühlt sich besser. An der Seite des Beetes türmt sich ein Berg Unkraut. Der Gedanke an Elodie ist etwas in den Hintergrund getreten. Morgen wird er sie besuchen und mit ihr besprechen, wie oft sie und Juliette frisches Gemüse von ihm für den Laden bekommen wollen. Er hat ihnen vor einer Woche diesen Vorschlag unterbreitet. Elodie hat sofort zustimmend genickt, Juliette war skeptisch.

»Die Dorfbewohner haben doch eigenes Gemüse in ihren Gärten.« Am Ende hat auch sie zugestimmt. »Wir können es mal versuchen, wenn es läuft, gern.«

Yves wirft das Unkraut in eine Schubkarre und versorgt die Harke im Schuppen. Er freut sich auf morgen.

37. Betrüger und Machos

Eine schwüle Hitze liegt schon am Morgen früh um sieben über dem Land. Nur mit einem Slip und einem luftigen Shirt bekleidet sitze ich draußen vor den Hortensienbüschen. Ich spiele mit dem Handy herum und schlürfe in kleinen Schlucken den lauwarmen Kaffee.

Plötzlich bleibt mein Blick auf dem Handydisplay hängen. War das nicht Victor in einer Buchhandlung? Ich ziehe mit den Fingern das Bild auseinander. Ich habe mich nicht getäuscht, es ist Victor bei einer Lesung aus seinem neuen Roman in der Buchhandlung Mollat in Bordeaux. Sein neuer Roman scheint auf dem Weg, ein Bestseller zu werden, so jedenfalls der Bericht im Netz, wo auch noch weitere Lesungen in Bordeaux angekündigt werden. Hm, sein Roman ist veröffentlicht und auf dem Weg zum Bestseller. Hätte er mich nicht wenigstens informieren können, schließlich habe ich das Manuskript gelesen? Ich überlege, ob ich die Gelegenheit wahrnehmen und eine der Lesungen besuchen soll. Übernächste Woche hätte ich bequem Zeit. Ich notiere mir das Datum und die Buchhandlung in meinen Handykalender. Möglicherweise habe ich da Gelegenheit … ich denke nicht weiter darüber nach.

Viel mehr beschäftigt mich das Angebot von Yvonne. Der Preis ist nicht zu hoch, aber ich müsste meine Wohnung in Paris verkaufen und dazu bin ich im Moment nicht bereit. Noch nicht. Ich strecke mich. Ein fauler Tag liegt vor mir. Die Grünfläche ist gemäht. Das Unkraut habe ich einigermaßen unter Kontrolle. Yves hat mir gestern Abend noch gesimst, er wolle vorbeikommen und mit mir die Gemüselieferung für den Laden besprechen. Ich schaue an mir hinunter. Normalerweise kommt er früh, ich sollte mir etwas Züchtigeres anziehen.

Räder knirschen. Ein Auto hält vor dem Gartentor. Ein tiefes Brummen. Ich setze mich aufrecht hin und spitze die Ohren. Die Autotür wird geöffnet, aus dem Radio wummert Rockmusik. Die Tür wird zugeschlagen. Die Glocke am Gartentor bimmelt, laut und herrisch. Ich sitze wie erstarrt, kann kaum atmen.

Dann rüttelt jemand am Gartentor. »Elodie, Elodie, bist du da?« Es ist die Stimme von Gilles!

Merde, wie hat der mich gefunden? Yvonne? Nein, nein, mit Sicherheit hat sie meine Adresse nicht preisgegeben.

Ich sitze immer noch wie eine Salzsäule auf dem Stuhl.

»Elodie, ich weiß, dass du da bist.« Die Stimme ist jetzt ärgerlich.

Ehe ich ersticke, hole ich Luft und stehe langsam auf. Setze einen Fuß vor den anderen. Meine Beine sind wie gelähmt.

»Elodie«, jetzt hat seine Stimme einen bedrohlichen Ton angenommen. Da steht er. Vor dem Gartentor.

In meinem Magen breitet sich ein großer Klumpen aus.

Sein Gesicht spiegelt Ärger wider. Wie damals, als er nicht zufrieden mit mir war. Weil ich nicht auf alle seine Sexwünsche eingegangen bin.

»Ich wusste doch, dass du hier bist.« Er betrachtet mich mit zusammengekniffenen Augen. Das durchsichtige Shirt klebt an meinen Brüsten und mein Slip ist auch nicht viel mehr als ein Hauch. Ich schließe das Gartentor auf.

»Zieh etwas Anständiges an«, schnauzt er mich an, »man muss sich ja schämen mit dir.«

»Du hast mir gar nichts zu befehlen. Auf meinem Grund kann ich herumlaufen, wie ich möchte.« Was habe ich gerade gesagt? Auf meinem Grund! Ich schnaufe.

»Du bist immer noch mit mir verheiratet«, schnaubt Gilles, »und es ist mir peinlich, dich so halb nackt herumlaufen zu sehen.«

Ich presse die Lippen zusammen. »Du kannst dich hier setzen«, ich zeige auf den Stuhl vor dem Haus, »ich komm gleich wieder.«

Was will der hier? Ich ziehe ein weites Sommerkleid über und gehe wieder hinaus.

»Weshalb bist du hier?«

»Du kommst jetzt zu mir zurück nach Paris.« Sein dominanter Ton soll mir wohl Angst einflößen.

Ich straffe die Schultern. »Hättest das wohl gern, was?«

»Ich habe vorhin bereits erwähnt, du bist immer noch meine Frau. Also pack deine Sachen, ich habe nicht ewig Zeit.«

»Kommt nicht infrage. Ich denke nicht daran! Darf ich dich jetzt bitten, mein Grundstück zu verlassen!«

Gilles schaut mich verwundert an. So habe ich noch nie mit ihm gesprochen. Zögernd steht er auf. »Ich komme morgen wieder, verlass dich drauf.«

Bewegungslos starre ich ihm nach. Kann er mich zwingen, zurück nach Paris zu gehen, zu ihm?

In diesem Moment höre ich, wie Yves mit seiner dunklen Stimme Gilles begrüßt. Sie ist wie Musik in meinen Ohren. Jetzt kann mir nichts mehr passieren, denke ich, und laufe Yves entgegen.

»Wer war das denn?«

»Mein Mann.« Ein Schluchzen steigt in mir auf, ich versuche es wegzudrücken. »Der … der mich vor ein paar Monaten weggeworfen hat wie einen alten Handschuh, weil eine Jüngere …«, das Schluchzen gewinnt die Oberhand, »und nun verlangt er, dass ich wieder nach Paris zurückgehe, zu ihm … weil die Jüngere ihn offenbar verlassen hat.«

Yves tätschelt meinen Arm. »Ich würde an deiner Stelle möglichst rasch zu einem Anwalt gehen und die Scheidung einreichen. Sonst …«

Was das mit dem ›sonst‹ ist, darüber hat sich Yves nicht weiter ausgelassen. Aber ich weiß selbst, dass ich in dieser Hinsicht etwas unternehmen muss. Das mit der Wohnung, die er mir geschenkt hat, die monatliche Überweisung, ich hätte mehr hinterfragen müssen, es nicht einfach so hinnehmen. Ich bin wieder einmal mehr als blauäugig und naiv gewesen. »Möchtest du einen Kaffee?«

»Ja gern und dabei möchte ich mit dir über meine wöchentliche Gemüselieferung sprechen. Aber ich kann ein andermal kommen, ich verstehe, wenn dir jetzt nicht danach ist.«

»Nein, nein, wir können darüber sprechen. Setz dich, ich bin gleich wieder zurück.«

Yves setzt sich vor die Hortensienbüsche, ich eile in die Küche, um neuen Kaffee aufzusetzen. Durch Gilles unerwarteten Besuch ist die Gemüselieferung in den Hintergrund gerückt.

»Du willst wissen, was wir für den Laden brauchen und wann und wie viel?« Ich stelle die Tassen auf den Tisch und ziehe einen Stuhl an seine Seite.

Yves nimmt einen Schluck Kaffee. »Ja. Ich habe mir überlegt, zu Beginn werde ich euch keine schnell verderbliche Ware wie Salat bringen. Sondern eher Karotten, Kartoffeln, Kohl, und das auch nicht in großen Mengen. Wenn es dann einmal läuft, können wir nochmals darüber sprechen. Bist du einverstanden?« Seine Blicke streicheln mich. Verlegen senke ich den Blick, die Bläschen in meinem Magen sind wieder da.

»Ich würde euch jeden Montag mit Ware beliefern, was nicht mehr so ganz frisch ist, kann ich wieder zurücknehmen und den Hühnern verfüttern. Habt ihr eigentlich schon mal an Baguette gedacht? Ich denke, dass sich das auch gut verkaufen würde, ein Dorf ohne das tägliche frische Baguette ist kein richtiges französisches Dorf.«

»Darüber haben wir bisher gesprochen, aber was machen wir mit dem Brot, das wir nicht verkaufen?«

»Ich kenne da einen Bäcker in Ste. Foy La Grande, der würde euch beliefern. Und das übrig gebliebene Brot könnten meine Hühner fressen.« Er lacht. »Denk mal darüber nach.« Ohne Überleitung steht Yves auf, umrundet den Tisch, zieht mich vom Stuhl hoch und nimmt mich in die Arme.

»Ich mag dich, Elodie«, flüstert er und küsst mich zuerst auf die Wange, sein Mund streift meine Lippen.

Es ist kein wilder fordernder Kuss, sondern eher ein Kuss unter Geschwistern und trotzdem empfinde ich etwas zwischen uns, das ich nicht beschreiben kann. Ich muss es auch nicht beschreiben. Ich spüre, dass der Moment noch nicht gekommen ist, aber es fühlt sich gut an, ich fühle mich in seinen Armen geborgen.

Er lässt mich los, streicht mir über die Haare. »Ich muss jetzt gehen. Denk über einen Anwalt nach, ich möchte nicht, dass Gilles dir wehtut.«

Ich schau ihm nach, wie er mit ausholenden Schritten den Weg zum Gartentor hinaufgeht.

Am nächsten Tag, punkt neun Uhr steht Gilles vor dem Gartentor und betätigt herrisch die Glocke.

Die Luft ist schwer. Die Blätter an den Bäumen bewegen sich nicht. Auch die Amseln sind verstummt. Mein Sommerkleid klebt am Körper. Das Thermometer zeigt bereits achtundzwanzig Grad. Langsam bewege ich mich in Richtung Tor. Schließe auf.

Gilles sieht wie aus dem Ei gepellt aus. Trotz Hitze. Polohemd, weißes Leinen, ebensolche Hosen, weit und bequem. Das Rasierwasser erdig. Ganz Mann.

Jedes weibliche Wesen würde auf ihn fliegen, nur ich nicht. Nicht mehr. Nie mehr.

»Hast du schon gepackt?« Wieder dieser Befehlston.

»Hat dich dein Püppchen verlassen? Hatte sie genug von dir oder ist ein Jüngerer aufgetaucht?«, halte ich dagegen.

»Das geht dich nichts an, du kommst jetzt nach Paris zurück!«

»Nein. Du kannst mich nicht zwingen.«

»Kann ich wohl. Mach jetzt voran«, er schaut auf die Uhr, »in einer Stunde will ich fahren.«

»Mach nur, aber ohne mich.«

Eine Weile schaut er mich sprachlos an, während die Farbe seines Gesichts röter und röter wird vor Wut. Mir fährt durch den Kopf, dass ihn gleich der Schlag treffen wird, immerhin hat er es ja am Herzen.

Er packt mich am Arm und zerrt mich ins Haus. Im Eingang gibt er mir einen Stoß, ich stolpere und falle der Länge nach hin.

Mühsam rapple ich mich hoch. »Das wirst du büßen. Das lass ich mir nicht gefallen!«

Mit beiden Händen fasst er meine Schultern, schüttelt mich, dass ich glaube, meine Halswirbelsäule geht zu Bruch. Er stößt mich von sich, schaut mich wutentbrannt an. Hochrot nun sein Kopf, er keucht und spuckt mir die Worte ins Gesicht: »Gut, du willst es so.« Er holt aus. Ich hebe schützend die Arme vor den Kopf.

Doch dann lässt er die Hand sinken und brüllt: »Ich werde zurückfahren! Ich werde dich enterben und meine Zahlungen an dich einstellen. Keinen müden Sous wirst du bekommen. Und ich werde dafür sorgen, dass du deines Lebens nie mehr froh wirst.«

Mein Knie tut weh. Meine Hand auch. Mir wird übel. Aber ich lasse mir nichts anmerken. »Mach, was du tun musst«, schleudere ich ihm entgegen und humple in die Küche. Setze mich. Eine große Wut steigt in mir hoch. Ich höre den Porsche aufjaulen. Räder knirschen. Dann ist es still.

Mühsam erhebe ich mich. Hinke ins Bad und kühle mein Knie, das langsam anschwillt.

Ein Blitz durchzuckt den Himmel, Donnergrollen folgt. Die bleierne Schwüle macht mich kurzatmig. Ich schaue in den Garten. Der Himmel ist schwarz-gelb. Wieder ein Blitz, und dann noch einer, gefolgt von Donnergrollen rundum, das sich wie das Poltern schwerer Steine anhört. Ein Windstoß, dann öffnet der Himmel seine Schleusen.

Ich lege mich aufs Bett, verschränke die Arme im Nacken.

Jemand ruft meinen Namen. Ich muss eingedöst sein. Der Uhrzeiger steht auf zwölf. Benommen richte ich mich auf, streiche die Haare aus dem Gesicht. Die Glocke am Gartentor ertönt und eine männliche Stimme ruft erneut meinen Namen. Ich stehe auf und taste mich nach draußen. Noch immer liegt drückende Schwüle über dem Land. Vor dem Gartentor stehen ein Mann und eine Frau in Polizeiuniform.

»Sind Sie Madame Pedotte?«, fragt mich die Polizistin, »wir sind aus Mussidan.«

Ich nicke.

»Dürfen wir hineinkommen?«

Stumm öffne ich das Gartentor.

»Können wir hineingehen?«, die Frau nimmt meinen Arm und geleitet mich sanft zurück ins Haus. Sie drückt mich auf einen Sessel: »Es tut mir sehr leid, wir haben keine guten Nachrichten für Sie, Madame. Ihr Mann hat auf der Autobahn in Richtung Poitier einen Schlaganfall erlitten und daraus ergab sich ein Unfall. Er war auf der Stelle tot. Die Nachricht haben wir soeben von der dortigen Gendarmerie erhalten.«

38. FÜGUNG - ENDLICH FREI

Ich versuche zu begreifen. Tot. Auf der Stelle. Poitiers. Mühsam stehe ich auf. Ich muss das jemandem erzählen, sonst ersticke ich.

Yves.

»Soll ich Ihnen ein Glas Wasser bringen?« Die Polizistin streicht über meinen Arm.

Ich verneine. »Es geht mir gut.«

»Sind Sie sicher?« Besorgt mustern mich die beiden Polizisten.

»Ja, ja. Ich muss jetzt zu einem Freund«, erkläre ich, streiche mein Kleid glatt und schlüpfe in ein Paar Espadrilles.

»Wir bringen Sie hin. Sie können jetzt nicht Auto fahren.«

Willenlos lasse ich mich zum Polizeiauto führen, setze mich hinein und gebe ihnen die Adresse von Yves.

Als wir bei Yves unten am Weg angekommen sind, steige ich aus.

»Kommen Sie zurecht, Madame, oder sollen wir Sie begleiten?«, fragt mich die Polizistin.

»Danke, geht schon«, murmle ich und schlurfe die Einfahrt hoch.

Yves steht in der Tür und schaut mich fragend an. Ich werfe mich in seine Arme.

»Gilles Pedotte hatte einen tödlichen Unfall«, stammle ich.

Stumm streicht er mir über die Haare, dann nimmt er meinen Arm und zeigt auf die blauen Flecken, die mir Gilles zugefügt hat. »Jetzt kann er dir nicht mehr wehtun«, sagt er sanft.

Yves zieht mich in die Küche, schenkt mir einen Schnaps ein. »Das beruhigt.«

Dankbar trinke ich und halte ihm das leere Glas für noch einen hin.

»Weißt du schon Näheres?«

»Ungefähr. Die Gendarmerie von Mussidan war da und hat mir mitgeteilt, dass er, bedingt durch einen Schlaganfall, bei einem Überholmanöver einen Unfall hatte. In der Nähe von Poitiers auf der Autobahn soll es passiert sein. Sie haben gesagt, dass ich noch nähere Informationen von der Gendarmerie aus Poitier erhalten soll. Er war schrecklich cholerisch und sehr wütend auf mich.«

»Magst du was essen? Ich habe eine Suppe gekocht.«

»Ich habe keinen Hunger.«

»Du musst etwas zu dir nehmen.«

»Wir hatten einen Streit, weil ich nicht mit ihm fahren wollte. Er hat mich gestoßen, geschüttelt und mir an den Kopf geworfen, dass er mich enterben und die monatliche Überweisung streichen will. Und jetzt ist er tot.« Ich hebe die Schultern, lasse sie fallen. »Mir graut vor der Beerdigung, vor all dem, was danach kommt. Polizei, Anwalt, Erbschaft. Ich bin die Alleinerbin und er hat … er war reich, sehr reich.«

»Lass es auf dich zukommen und ich bin da, wenn du Hilfe brauchst.«

Am nächsten Morgen erhalte ich den schriftlichen Polizeibericht im Telegrammstil über den Unfallhergang.

Überhöhte Geschwindigkeit auf der Autobahn. Beim Überholen die Kontrolle über das Auto verloren, Ursache Schlaganfall. Nach dreimaligem Überschlagen touchieren der Leitplanke. Der Körper konnte nur noch tot geborgen werden. Die Überführung nach Paris wurde vorgenommen.

Emotionslos lese ich den Bericht. Ich muss seine Eltern anrufen. Die Beerdigung organisieren – ich bin hochoffiziell noch mit ihm verheiratet. Das Testament … der Anwalt. Das Riesenhaus in Vincennes.

Ich rufe Yvonne an. Sie hat es bereits gelesen. In den BFMTV-Nachrichten. »Nun bist du frei«, ist ihr Kommentar dazu. Typisch Yvonne.

Ich packe. Nur das Nötigste. Ich will nicht länger als notwendig in Paris bleiben. Die Beerdigung ist am Donnerstagnachmittag um vierzehn Uhr auf dem Friedhof in Vincennes im Familiengrab. Am Freitag ist die Testamentseröffnung. Am Wochenende werde ich mich mit Yvonne treffen und am Montag wieder nach Hause fahren. Ich will Juliette mit dem Laden nicht zu lang allein lassen.

»Nach Hause«, flüstere ich und die Worte schmecken wie Honig.

»Willst du wirklich mit dem Auto fahren?« Yves schaut mich zweifelnd an. »Der TGV ist doch bequemer und in Paris brauchst du eh kein Auto.«

»Ich nehme das Auto, da bin ich unabhängig.«

»Ich bring dich zum Bahnhof in Libourne und hole dich dort wieder ab«, drängt er. Ich bleibe stur. »Dickkopf«, murmelt er zärtlich und zieht mich in seine Arme. »Ebenfalls«, erwidere ich, worauf wir lachen müssen.

Das erste Lachen seit einer Woche. Ein Lachen, das befreit. Ein Lachen, das hoffen lässt.

In Paris gehe ich als Erstes in meine Wohnung. Ich werde dort und nicht in Vincennes wohnen. Nachdem ich meine wenigen Kleider verstaut habe, fahre ich in die Boutique, in der ich früher Stammkundin war, und kaufe ein schwarzes Kostüm und einen schwarzen Hut mit Schleier. Obwohl ich mit meinen Schwiegereltern nie viel anfangen konnte, sie waren zu distanziert und ich habe nie so richtig Zugang zu ihnen gefunden, möchte ich sie nicht vor den Kopf stoßen. Es ist ihr Sohn, der zu Grabe getragen wird, und ich werde nicht kneifen. Das bin ich ihnen schuldig und habe außerdem Mitleid mit ihnen. Ein Kind sollte nicht vor den Eltern sterben.

Nachdem ich meine Einkäufe in die Wohnung gebracht habe, beschließe ich, in mein Bistro zu gehen. Von Weitem sehe ich das Schild, aber es steigt nicht mehr das gleiche Gefühl in mir hoch wie damals, als ich an Silvester Hals über Kopf vor dem Landleben geflüchtet bin. Habe ich mich wirklich so verändert in den letzten acht Monaten? Ich suche mir einen Platz draußen, obwohl es drinnen durch die Klimaanlage wahrscheinlich kühler ist, aber ich will die Abgase einatmen, hastende Menschen sehen.

Der Kellner, wieder ein neues Gesicht, fragt nach meinen Wünschen. Ich bestelle ein Wasser und einen großen gemischten Salat. Für ein richtiges Menü ist es zu heiß. Ich schaue mich um. Mich dünkt, dass sich auch das Publikum verändert hat. Jünger und lauter. Oder liegt das wieder an mir?

Ich breche ein Stück Brot auseinander und denke dabei an Yves. Was hat sich zwischen uns verändert? Bin ich es, die sich geändert hat oder ist er es? Oder wir beide? Sein Kuss. Seine Umarmung. Der Glanz in seinen Augen, wenn er mich anschaut.

Träum nicht, Elodie, rufe ich mich zur Ordnung, nie mehr, das hast du dir vor nicht so langer Zeit geschworen.

Ich bezahle und schlendere zurück in meine Wohnung. Der morgige Tag wird bedrückend und anstrengend werden.

Die Sonne knallt unbarmherzig auf den Friedhof in Vincennes. Obwohl mein Kostüm aus kühlem Leinen ist, zieht das Schwarz die Hitze so richtig an.

Der Pastor findet kein Ende. Ich schaue mich um.

Meine Schwiegermutter schluchzt leise und ihr Mann schaut mit steinerner Miene geradeaus. An die hundert Leute begleiten Gilles auf seiner letzten Reise. Regungslos stehen sie da, schwitzen. Ich kenne die wenigsten, die meisten sind Bekannte und Freunde von Gilles und seinen Eltern. Yvonne ist nicht hier. Ich hätte sie gern an meiner Seite gehabt, fühle mich so verloren unter all den Leuten, die ich nicht kenne.

Der Sarg wird in die Gruft geschoben. »Da gehst du nun hin, lieber Gilles«, flüstere ich lautlos. Meine Schwiegermutter schluchzt auf, meine Augen bleiben trocken.

Das Leichenmahl zieht sich. Ich werde unruhig, nervös rutsche ich auf meinem Stuhl hin und her. Wie gern würde ich jetzt vor den Hortensienbüschen sitzen und vor mich hinträumen. Fünf Stunden und dreißig Minuten trennen mich von meinem Traum.

Ich schrecke auf. Soeben hat mein Schwiegervater die Leichentafel aufgehoben. Erleichtert schaue ich auf und stelle mich neben die Tür, um die Gäste zu verabschieden.

Nachts liege ich im Bett und starre an die Decke. Ich kann nicht schlafen. Die vergangenen Jahre ziehen an mir vorüber. Die erste Zeit mit Gilles. Ich war jung, verliebt und sehr naiv. Und danach ging es bergab. Zuerst langsam und dann immer schneller. Bis es zum Knall kam. Dann war lang nichts, sehr lang. Und jetzt? Heute? Ich drehe mich auf die Seite. Will einschlafen. Vergessen.

Der nächste Tag ist noch heißer. Zum Glück muss ich heute beim Notar nicht in Schwarz erscheinen. Nach einer Stunde bin ich reich, nenne ein Aktienpaket mein eigen, das mich überfordern wird, das weiß ich jetzt schon, und habe ein großes Haus am Hals, das ich nicht möchte.

»Ich rate Ihnen, sich einen Vermögensverwalter zuzulegen.«

»Können Sie das für mich übernehmen?«, frage ich ihn.

Der Notar nickt und wir kommen überein, dass ich jetzt erst mal alles so lasse, wie es ist, und in ein paar Wochen nochmals nach Paris komme, um die Details zu besprechen, die er ausarbeiten wird.

»Allerdings brauche ich in den nächsten Wochen hundertachtzigtausend Euro und noch ein paar Zerquetschte, ich möchte nämlich das Haus in der Dordogne kaufen, in dem ich zur Zeit wohne.«

»Kein Problem. Sie sagen mir, wohin ich das Geld überweisen muss.«

Am Montagmorgen fahre ich zurück. Yvonne habe ich nur kurz getroffen. Sie hatte ein unerwartetes Geschäftsessen, mit der Firmenleitung, in die sie einsteigen will. Sie verspricht mir, dass sie das nächste Mal, wenn ich wieder in Paris bin, sich einen ganzen Tag für mich reservieren wird.

»Versprochen«, ich lächle.

»Versprochen«, sie lächelt.

Und dann lachen wir beide. Laut. Es ist ein befreiendes Lachen für mich.

Auf der Autobahn geht es schleichend vorwärts. Schulferien, die Pariser fahren aufs Land.

Ich denke an meine erste Fahrt in die Dordogne. Geregnet hat es, dunkel war es und ich habe das Paradies nicht auf Anhieb gefunden. Ich denke an Victor und meine tausendfünfhundert Euro, die ich vermutlich nie mehr sehen werde. Ich lache. Die brauche ich jetzt nicht mehr. »Du kannst sie behalten, Victor, ich schenk sie dir.«

Und ich denke an Yves.

Noch bevor ich ins Paradies fahre, halte ich unten an der Straße vor Yves Haus und renne den Weg hinauf. Ich will ihn sehen. Will ihn riechen und spüren. Alle Vorsätze von wegen ›nie mehr‹ habe ich über den Haufen geworfen.

Er kommt aus dem Atelier.

Ich laufe ihm entgegen. »Ich bin wieder zu Hause. Ich bin so froh, wieder bei dir zu sein.«

Er nimmt mich in die Arme. »Ich habe dich vermisst, du Pariserin.«

Wir küssen uns, und dieses Mal ist es mehr als nur ein Kuss zwischen Geschwistern.

ENDE

DANKE

Ich hoffe, dass ich Ihnen, liebe Leserin, lieber Leser, mit meinem Buch ein paar schöne Stunden verschafft habe. Ein paar Stunden, in denen Sie in eine andere Welt eintauchen konnten. Eine Welt, in der die Langsamkeit herrscht, auch heute noch. Ich weiß das, denn ich wohne seit einigen Jahren in dieser Welt, und deshalb wollte ich Ihnen diese Geschichte erzählen.

Wenn Sie mehr über mich lesen wollen, besuchen Sie mich auf meiner Hompage: www.verena-dahms.com
Wenn Sie mögen, dürfen Sie auch meinen Newsletter abonnieren, der natürlich gratis ist. Sie erfahren als Erste alles über meine Arbeit. Ich serviere kleine Häppchen und was sich sonst noch so tut in meiner Schreibstube.
https://verena-dahms.com/newsletter/
Oder auf meiner Facebook-Seite:
https://www.facebook.com/V.Dahms

Das Dorf Monfaucon gibt es tatsächlich. Es ist nur 6.2 km von St. Meard de Gurcon entfernt, wo ich wohne. Es hat 310 Einwohner, gehört zum Departement Dordogne (Region Neu-Aquitanien). Auch die Dörfer und Städte die in meinem Roman vorkommen, gibt es in Real, nur die Personen sind in meiner Fantasie entstanden. Doch so abwegig ist meine Fantasie nicht, die Geschichte hätte sich nämlich genauso abspielen können.
Ich hatte wieder einmal viel Spaß beim Erzählen von

dieser Geschichte. Die Elodie ist mir während des Schreibens so richtig ans Herz gewachsen. Und auch der Yves, mit seiner Bedächtigkeit habe ich vor mir gesehen. Victor, Yvonne und Juliette, die meine Elodie auf Trab gehalten haben, auch sie haben die Geschichte bereichert.

In der Entstehungszeit des Buches haben mir viele Leute geholfen, ohne die es diesen Roman nicht gäbe.

Wie immer danke ich meiner Lektorin, Elsa Rieger. Ihre klugen Anmerkungen haben dieses Buch besser und dichter gemacht. Ebenso geht mein Dank an Enya Kummer. Sie hat mit der Lupe nach den kleinen und fiesen Fehlerteufelchen geforscht, die sich eingeschlichen haben und die meistens nicht so einfach gefunden werden. Die Dritte im Bunde ist meine Coverdesignerin DaylinArt. Sie hat einmal mehr für meine Geschichte ein Kleid entworfen, das wie angegossen passt. Vielen Dank.

Nicht zuletzt geht mein Dank auch an Manfred Dahms, mein Erstleser und Lebenspartner. Er spricht mir Mut zu, wenn ich mal wieder alles hinschmeißen will – ja, das kommt vor. Ich danke dir dafür.

Wenn Ihnen das Buch gefallen hat, freue ich mich, wenn Sie mir das mitteilen. Entweder Sie kontaktieren mich direkt unter dahms94@gmail.com oder mit einer Rezension.

MEINE BÜCHER

Eine Frau kämpft für ihren Traum

1956 flüchtet Anna Horvath zusammen mit ihren Eltern vor den sowjetischen Truppen aus Ungarn in ein Bergdorf in der Schweiz. Sie wächst in zwei Welten auf. Ein Zwiespalt entwickelt sich in ihr. Wo gehört sie hin? Ist Ungarn ihre Heimat oder die Schweiz, ihr neues Zuhau-se? Anton, ein Nachbarjunge, hilft ihr, im Dorf Fuß zu fassen, im Laufe der Zeit entwickelt sich Zuneigung, ja, Liebe. Doch Anna bleibt getrieben, rastlos, schafft es nicht anzukommen. In ihrer Not entdeckt sie zunächst das Zeichnen, dann das Malen. Damit findet sie ihre Bestimmung, ihr Glück – eine andere Art von Heimat. Ein Kunstagent wird ihr Mentor, sie verlässt das Bergdorf, und später erlangt Anna durch die internationale Anerkennung als Kunstmalerin endlich Akzeptanz. Aus dem Flüchtlingskind von einst wird eine gefeierte Per-sönlichkeit. Besessen malt Anna bis zur Selbstaufgabe, verkraftet dadurch Schicksalsschläge, in die sie sich hin-ein manövriert hat, und obwohl sie immer wieder an Anton, ihre Jugendliebe denkt, schiebt sie ihn und das Leben selbst beiseite.

Ob sie jemals erkennt, dass die Liebe zu einem Menschen wertvoller ist als die Leidenschaft zur Kunst?

Deine Küsse schmecken wie frische Erdbeeren

Ein herrschaftliches Weingut in der Dordogne im Südwesten von Frankreich kurz nach dem Zweiten Weltkrieg.

Amélies innigster Wunsch ist es, Medizin zu studieren. Doch ihr Leben als Tochter eines Weingutbesitzers ist vorgezeichnet. Nach erbitterten Diskussionen mit ihren Eltern willigen diese endlich ein. Sie bekommt als eine der wenigen Frauen einen Studienplatz an der Univer-si-tät in Bordeaux. Mit einem Doktortitel kehrt sie zurück und übernimmt eine Landarztpraxis.

Auf einem Weinfest begegnet ihr Alexandre, ein Erntehelfer. Sie fühlt sich von seiner Unbekümmertheit angezogen, er bewundert ihre Intelligenz. Trotz sozialer Unterschiede kommen sie einander näher. Es entwickelt sich eine Liebe, die nicht sein darf. Alexandre verschwindet aus Amélies Leben, ohne dass sie ihn jemals vergessen kann. Jahre später begegnen sie sich erneut ...

Ein Roman über eine selbstständige Frau, die sich den gesellschaftlichen Zwängen der damaligen Zeit widersetzt.

Sie nannten mich Joe, ein Leben für die Musik

Ich habe alles gewagt. Und verloren. Sitze mit Obdachlosen in der Kälte, zittere. Nicht weil ich friere. Weil ich Stoff brauche und nicht weiß, woher nehmen. Komponieren? Da kann ich nur lachen, ich bin leer, total leer. Bis auf einen haben mich alle Freunde verlassen, meine Rockband ist zersplittert. Ich bin am Ende. Einst ein Star der Berliner Musikszene, jetzt Abschaum. Als es losging, dass Melodien aus mir raus, endlich raus wollten, schmiss ich meinen Job als Jurist. Tag und Nacht habe ich wie verrückt komponiert. Um wachzubleiben, schluckte ich kleine weiße Pillen, mehr und mehr, Speed und Kokain folgten, jetzt sitze ich wieder da am Berliner Drogentreffpunkt, nach Entziehungskur, nach der Liebe, nach der Musik.

Ein Roman über Musik, Ruhm, Gier, tiefen Fall und – neuer Hoffnung vielleicht ...

Claire traut sich

Es gibt Schuhe, für die das Taxi erfunden wurde.

Claire ist Standesbeamtin. Tagein, tagaus hat sie verliebte Paare vor Augen. Und das, obwohl sie nach einer großen Enttäuschung die Nase gestrichen voll von Män-nern hat. Nie wieder!, schwört sie und meldet sich im »Club der Eheverweigerer« an.
Auch ihre Freundin Renate wünscht sich mehr Pepp in ihrem bereits öden Eheleben und lenkt sich mit Partys ab.
An ihrem vierzigsten Geburtstag kauft sich Claire ein paar sündhaft teure lila High Heels. Mit diesen Schuhen will sie am Abend auf der Party, die Renate für sie organisiert, in einen neuen Lebensabschnitt stöckeln.
Dort begegnet ihr Richard, ein bekannter Scheidungsanwalt. Frisch getrennt schaut er sich wieder in der freien Wildbahn um. Sehr angetan von Claire lädt er sie zu einer Bergtour ein.
Und Renate? Die wäre einem amourösen Abenteuer mit Richard nicht abgeneigt.
Wer jetzt denkt, das amüsante Liebeskarussell ist damit schon erzählt, der irrt.
Denn wie es im Leben so ist, es kommt alles anders als gedacht.

Sarah will hoch hinaus

Wenn du glaubst, nichts geht mehr ...

Die Enddreißigerin Sarah, eine ehrgeizige EDV-Expertin, fällt in ein tiefes Loch, als ihre Firma die Kündigung ausspricht. Das bringt Sarah, die ohnehin schon unter Beziehungsangst leidet, sich aber einredet, überzeugter Single zu sein, an andere, bisher unbekannte Ängste: die um ihre Existenz.

Aus der Hoffnung, durch den Eintritt in eine Basler Fasnachtsclique die richtigen Leute kennenzulernen, um endlich den Sprung ganz nach oben zu schaffen, wird nichts, außer im Elfenkostüm zu pfeifen, aber sie lernt den charmanten Modedesigner Mischa kennen, der eine wichtige Rolle in ihrem Leben einnimmt.

Leistungsorientiert ein Leben lang, scheint sie nun zum alten Eisen zu gehören, als sie sich auf Arbeitssuche macht, die nichts als Absagen bringt. Letzter Strohhalm ist eine Stelle als Bürofachkraft, die ihr angeboten wird. Aus Verzweiflung sagt sie zu, obwohl sie todunglücklich damit ist.
Ihr Freund Mischa und der ehemalige Arbeitskollege Bruno, für den Sarah mehr ist als Kollegin, raten ihr zur Selbstständigkeit. Nach einigem Zögern wagt sie den Schritt und wirft die Bedenken um die finanzielle Sicherheit über den Haufen.

Es ist ein neuer, ihr völlig fremder Weg mit Höhen, Tiefen und herben Rückschlägen, die sie an den Rand der Verzweiflung bringen. Bei ihren Eltern und ihrer Schwester, denen Sarah eher distanziert begegnet, findet sie kein Verständnis. Aber es gibt drei Männer, die Sarah zur Seite stehen und an sie glauben.

Eine lebensbejahende Geschichte über die Kraft der Freundschaft, der Liebe und das Vertrauen in sich selbst.

Printed in Germany
by Amazon Distribution
GmbH, Erfurt

10797366R00157